犯罪悬疑小说

无罪贪官

何家弘 著

群众出版社

·北京·

题　记

你是个贪官，但非十恶不赦之人。只要你在规定时限内如实申报你的全部家庭财产，而且不再犯贪腐之罪，你所申报的财产就被视为合法财产，不被追查。如果你不如实申报，或者在申报后再犯新罪，你的财产将被严查，你也会被追究刑事责任。人民可以宽恕你的原罪，但你必须用行为去救赎你的灵魂。

目　　录

序　曲

圣国市位于广东省的南部，背靠群山，面临大海。最初，这里只是一个渔村，后来逐渐发展为城市。20 世纪 90 年代中期，圣国市幸运地成为“经济特区”。于是，该市的发展突飞猛进，日新月异。如今，它已成为中等规模的现代化都市，并且戴有“文明城市”的桂冠。

2012 年 4 月，洪钧应圣国大学法学院的邀请，给学生讲授全国人大刚刚通过的《刑事诉讼法修正案》。洪钧于 1988 年到美国西北大学法学院留学，获得法律博士学位之后在芝加哥做过两年律师，后来回北京开设了“洪钧律师事务所”，专门受理刑事案件，因为在“郑建国强奸杀人案”“夏哲股市诈骗案”“金彩凤投毒杀夫案”等复杂案件中成功地替当事人洗清冤情并查明真相而名噪一时。后来，他急流勇退，回到母校中国人民大学法学院教书，目前是国内颇有名气的法学教授。

洪钧相貌出众，气质非凡，虽已年近半百，依然风度翩翩，绝对是“偶像派”学者，因此，偌大的报告厅里听众爆满。讲座结束后，很多学生都排队请他签名并合影留念，以至于圣国大学的几位教师不得不组成人墙才把他“解救”出来。

坐在汽车里，负责接待的张教授说：“还有时间，我带你去博物馆看看吧。”

洪钧说：“客随主便。不过，我对博物馆的兴趣可不太大。”

“这个嘛，你一定会感兴趣的，因为与你有关。”张教授开动了汽车。

“博物馆与我有关？不会吧！”

“我是说，博物馆里的一件展品与你有关。”

“什么展品？”

“到那里你就会知道了。”

汽车沿着整洁宽阔的海滨大道向东行驶。大道的左边是鳞次栉比的现代化建筑，包括豪华的住宅楼和高级的宾馆酒店。大道的右边是浅绿色的草坪和深绿色的灌木，以及排列整齐的棕榈树，衬托在黄色的沙滩和蓝色的大海中，令人产生美妙的遐想。

洪钧情不自禁地赞叹：“圣国市的变化可真大！”

“你上次来圣国是什么时候？”

“1995 年。”

“17 年了，那变化确实很大。这么多年，你为什么一直没来？”

“说老实话，圣国市给我留下的印象并不好。那些经历，或者说那些遭遇，让我不愿意再踏上这片土地。不过，这些年，我听说圣国市变化很大。这次一看，果然是今非昔比，名不虚传。”

“你们外来人看到的主要是城市表面的变化，而我们当地人感受的还有内在的变化，那可是更为重要的变化。”

“你指的是什么？”

“是人的变化，特别是政府官员的变化。”

“你这么一说，我好像也有点儿感觉。虽然我来了才一天，但是我接触的人都给我留下很好的印象。无论是学校里的人，还是宾馆里的人，素质都很高，都很懂礼貌。看来，你们这个‘文明城市’的称号不是虚的！”

“那当然！不过，我们圣国市还应该有另外一个荣誉称号，那就是‘清廉城市’。你知道，我这些年一直很关注反腐败问题，当下中国的官员腐败问题也确实很严重。在透明国际公布的2011年腐败感指数排行榜上，中国大陆排第75名，在183个国家和地区中排名居中。但是，我们的得分只有3.5，与榜首新西兰的9.5分相比，差距还是很大的！就是与我国的香港和澳门相比，内地的差距也很大。不过，内地的腐败状况也不一样。比方说，我们圣国市就很清廉。假如让我们单独参加透明国际的排行，肯定能进前十名！我告诉你，我们圣国市绝对是当下中国最清廉的城市！”

“真的吗?”洪钧饶有兴趣地转过头来。

“绝对保真！你知道，我在市检察院挂职，副检察长，了解实际情况。这些年，我们圣国市每年查办的官员腐败案件都只是个位数，而且都是小案子。我们可不是有案不查，确实是无案可查。你肯定知道，我们圣国市实行官员财产申报制度已经十几年了，而且我们是真正公开的官员家庭财产申报。按照我们圣国市人大通过的《干部财产申报条例》，凡是科级以上的市管干部，每年都必须公开申报家庭财产，包括直系亲属名下的财产。虽然我们的市委书记和市长属于省管干部，但是已经形成惯例，市委书记和市长每年都带头申报。我告诉你，就这一条，基本上就遏制了官商勾结的腐败。另外，在我们圣国市，买官卖官的现象基本上杜绝了。你知道，吏政腐败是最大的腐败，也是最难根治的腐败。但是在我们圣国市，这个问题基本上解决了。我们的做法很简单，就是让阳光照进干部选任的决策过程。具体做法有两条：第一，所有干部的选任都要举行公开的听证会，市民凭身份证入场，先来后到，坐满为止；第二，市委常委会和人大常委会讨论人事任免的会议过程公开，电视直播。我告诉你，每周一上午的市委常委会例会，每月一次的市人大常委会会议，都由圣国市电视台第一频道现场直播，感兴趣的市民都可以坐在家里观看。只有当常委们讨论涉及国家机密的问题时，电视直播才中止。不过，干部的选任不属于国家机密。这已经形成了制度，非常了不起啊！我告诉你，一开始，常委们在电视镜头下讨论问题，很不适应，但是后来也就习惯了。因为是在广大市民面前发表意见，常委们必须出以公心，必须有理有据。这样一来，我们圣国市的官场生态就发生了彻底的变化，形成了公平竞争、文明竞争的环境。而且，领导们的行为对广大市民有表率作用。这对于提升我们圣国市的文明程度起了很大的推动作用。还有，我们圣国市真正做到了财政公开。用通俗的话讲，我们每年的收入是多少，上缴了多少，剩下的钱都干什么用了，统统告诉老百姓。特别是政府的公款花费，一律公开。而且，我们的书记和市长带头，尽量少花公家的钱。我告诉你，我们圣国市的公车都有明显标志，而且都不能在玻璃窗上贴膜，就是为了便于群众监督。我们市委书记的太太从来不坐书记的公车。市长和家人到海边去度假，也是开自家的私车。有书记、市长带头，我们圣国市基本上没有公车私用的现象。”张教授侃侃而谈，如数家珍，而且每次说到“我们圣国市”时，那份自豪感溢于言表。

“确实了不起！”洪钧由衷地感叹道，“其实，我也有所耳闻。这次来之前，我在北京见到一个在美国留学时的老朋友。他原来也是学法律的，后来成了大老板。他去年参加了一个华人企业家回国考察团，准备在国内投资。他们参观考察了五六个城市，其中给他印象最好的就是圣国市。他说，在其他城市考察，市长都会在豪华酒店宴请。但是在圣国市考察的时候，市长请他们吃盒饭，因为要花纳税人的钱。他告诉我，就凭这一条，他就决定在圣国市投资了。我原来还以为这是你们市长善于把握外商心理呢。听你这么一说，我才知道，这还真是你们的传统。”

“当官的不乱花钱，老百姓也自觉纳税。我告诉你，我们圣国市的企业和市民，纳税最自觉了。这些年，我们圣国市基本上没有偷税漏税的案件。”

“你们做得这么好，为什么没有在外面宣传呢？”

“多做，少说，不宣传，这就是我们市领导的理念。你知道我们袁书记吧？他就是1995年建立经济特区时来到圣国的。我们的很多制度和规矩都是他建立的。他在任的时候就说过，做人做事都要低调，不要到外面张扬，就把自家的事情做好。他还说过，他是圣国人，做官始于圣国，也将止于圣国。他是共青团的干部，当过圣国的团市委书记，还当过圣东的县委书记。后来，他调到省委工作，当过省纪委的副书记。他说，他一生的愿望就是把圣国市建成圣国人的美好家园。其实，他当年还不到50岁，可以再到省里去任职，但是他坚决不去。因此，我们圣国人都很感激他，吃水不忘打井人嘛！”

“是啊，万事开头难。你们这些制度的建立绝非易事！”

“要说，这里还有你的一份功劳呢。”

“我怎么不知道？”

“你一定记得达圣健脑液事件吧？那可是你亲手办过的案子！我告诉你，没有那个事件，我们圣国市大概也不会有改革的今天！”

汽车穿过一段繁华的商业区之后，来到一栋造型简洁明快的白色大楼面前。大楼的正门上方有六个黑色大字——“圣国市博物馆”。张教授把车开进停车场，然后和洪钧下车，走进了博物馆。

这是一个现代化的博物馆。从室内的采光到展柜的设置，从图像的演示到声音的调控，都体现了高超的科技含量。张教授带着洪钧，穿过两个展厅，走到一幅中国古画的面前，轻声问道：

“这幅画，你一定见过吧？”

洪钧向前走了两步，仔细观看。这是一幅仕女图。一株垂柳，随风舒枝；两只彩蝶，追逐戏闹；一位窈窕淑女，侧坐柳下，纤纤十指，轻抚琴上。虽然画纸已有些泛黄，但是画中的人与物依然栩栩如生。画的右上角写有四句诗：“新柳有枯黄，幼蝶无永翔；今夕窈窕女，明朝白骨娘。”画的左下角无印，只有“江南无名氏写于万历乙巳年”等字。

这幅画下面的展品说明写道：明代《仕女抚琴图》，无名氏作，因画中仕女在一定角度的透射光作用下可变为一具骷髅而被俗称为“尸女图”。据史书记载，此画在当年曾受到官府的追缴，因为题诗中的“明朝”二字有影射“大明天朝”之嫌。不过，收藏此画之人不畏杀头，才使之留存下来。圣国市达圣公司总工程师佟文阁先生的祖父于清朝末年购得此画，作为传家之宝。1995年，佟文阁先生涉嫌刑案，经著名律师洪钧先生鼎力相助方查明真相。2005年10月5日，佟先生和夫人金亦英将此画捐赠给本博物馆。（本展品为复制品）

张教授小声问到：“洪教授，这幅画与你有关吧？”

洪钧没有回答，因为大脑深层的记忆已把他带回1995年的秋天……

第1章　诡异的案件

当事人还没见到，委托人又失踪了。无论是在美国还是在中国，洪律师都没遇到过如此诡异的事情。

洪钧坐在办公室的写字台前，目光从起诉书飘移到对面那幅很大的油画上。他喜欢这幅油画的厚重感和朦胧感，更喜欢这幅油画带有神秘色彩的名字——天池幻影。从画面背景的高山草场来看，这不是长白山的天池，而是天山的天池。然而，那湖面上隐约可见的幻影却不像天山传说中的仙女，而像长白山传说中的水怪。也许，这正是画家的高明之处。朦胧产生美感，神秘产生魅力。世界名画“蒙娜丽莎”的魅力不正在于那神秘的微笑嘛！委托人说的那幅古画一定也有这样的神秘感。仕女能变成骷髅？那大概就和这仙女变水怪差不多吧。洪钧感觉自己的思维也变得有些诡异了。

委托人叫金亦英，是大学的计算机老师，看上去快人快语，但说到案情时却有些吞吞吐吐。她是来给丈夫请律师的。她丈夫叫佟文阁，在广东省圣国市一家民营企业担任总工程师，因强奸罪被捕。金亦英说，她丈夫是个老实人，从来不干违法乱纪的事情，肯定是遭人陷害。面对飞天横祸，她不知所措。后来，朋友让她请律师，并推荐了大名鼎鼎的洪律师。她看过报道，知道洪律师专做刑事辩护，特别擅长洗除冤情，所以前来求助。

洪钧问她是否拿到了检察院的起诉书副本。她很困惑，说没有。洪钧问她丈夫的案件目前是在检察院还是在法院。她也不清楚，只知道丈夫被公安局抓走了。洪钧问她是什么时候抓走的。她说至少有两个月了，但她是上个月才得到消息的。她立即赶到圣国市，但是没能见到丈夫。她很担心，有一种不祥的预感。她想请洪律师去圣国市见她丈夫。她听说律师可以见被告。她在美国的电影中看过律师的作用，不仅能见被告，还能把有罪说成无罪。她知道，洪钧是美国律师，特有本事。

洪钧解释说，在美国，律师可以在犯罪侦查环节会见嫌疑人，甚至可以在嫌疑人接受讯问时在场。但是，按照中国现行《刑事诉讼法》的规定，被告人只有在案件起诉到法院之后才可以委托辩护人。在实践中，法院一般在开庭前 7 日才把起诉书副本送达被告人，并告知其可以委托律师进行辩护。在犯罪侦查阶段和审查起诉阶段，嫌疑人不能请辩护律师。当然，法律并未禁止嫌疑人的亲友请律师，但律师在这个阶段既不能阅卷，也不能会见嫌疑人，只能提供咨询意见。目前，刑诉法的修改正在讨论之中，许多专家学者都呼吁要提前律师介入刑事诉讼的时间，至少应提前到检察院审查起诉的阶段。

对于洪钧的解释，金亦英似懂非懂，但坚持要请洪律师辩护。洪钧便让她介绍案情。金亦英说，她丈夫肯定是被那个姓贺的女人陷害了。洪钧问，那个女人是干什么的。金亦英说，那个女人也在达圣公司工作，三十多岁了，不结婚，专门勾搭男人，就是个狐狸精。洪钧问，她为什么要陷害佟文阁。金亦英说，就是报复呗，也许背后还有个大阴谋。洪钧问，什么阴谋。金亦英犹豫片刻才说，这大概与他们家的一幅古画有关。洪钧问，是什么古画。金亦英张了张嘴，低头不语。洪钧见状便说，如果不方便，就不用说了。金亦英抬起头来说，其实也没什么，就是老佟家祖传的一幅明代仕女图。从表面上看，它挺普通的。但是，它的神奇之处在于画像可以变。洪钧问，怎么变。金亦英说，把灯光放在画的后面，变换角度，那画中的仕女就会变为一具骷髅，所以又被称为“尸女图”。洪钧问，真有那么神奇。金亦英说，她丈夫曾演示给她看，果真能变，尽管那骷髅的画像有些模糊。她丈夫本来是学光学的。按照她丈夫的解释，这是画师分层着墨的结果，有点像现代人制作的三维画。洪钧说，那幅画一定很值钱吧。金亦英说，她不懂画，但她丈夫当成传家宝。她也不喜欢那幅画，据说它能招灾惹祸。

金亦英反复强调那个姓贺的是个坏女人，并一再请求洪律师去圣国市见她的丈夫。洪钧表示理解，但目前无能为力。就算他去了圣国市，也见不到佟文阁，顶多找人打听一下案件的进展情况。只有等检察院把案件起诉到法院之后，他才能以辩护律师的身份去了解案件的情况。而且，作为律师，他需要了解案件的基本情况之后才能决定是否代理诉讼。一般来说，他需要委托人提供能够说明案件基本情况的材料，例如，检察院的起诉书副本，或者一些证据材料。金亦英想了想说，她手中还有一封信，是丈夫写的，很奇怪的信。她答应第二天就把那封信送来。然后，她含着眼泪请求洪律师救救她的丈夫，并办理了委托手续。

第二天，金亦英没有如约前来，也没有打电话。秘书宋佳多次打电话到金亦英家中，但是无人接听。宋佳费了一番周折才找到金亦英单位的电话号码，但是对方也不知道金亦英的行踪，因为金老师这段时间没课，很少到学校去。宋佳通过电话号码查到了金亦英的住址。她去了，那是新建的高楼。金亦英家中无人，邻居只知道她家还有一个上高中的女孩，但这段时间也没看见。如今，金亦英失踪已经一周了，去向不明，似乎一下子就从人间蒸发了。洪钧越来越感到心神不安，一种难以名状的自责感缠绕心中，挥之不去。

今天早上，洪钧收到一封信，里面没有信函，只有佟文阁强奸案的起诉书副本。这是一封挂号信，寄信地址是广东省圣国市达圣公司，寄信人是佟文阁。这也是一封奇怪的信，因为佟文阁此时应该关在看守所里，不可能到邮局去寄信。是什么人用佟文阁的名字寄的呢？从信封上的字迹来看，寄信者应该是男人。邮戳上的时间是9月21日，正好是金亦英失踪的那一天。这是巧合吗？

洪钧的目光从油画回到面前的起诉书上——

广东省圣国市圣城区人民检察院

起诉书

圣区检刑起字〔1995〕第256号

被告人佟文阁，男，四十六岁，汉族，北京人，研究生学历，捕前系圣国市达圣公司总工程师，住圣国市工业园区达圣公司宿舍楼，一九九五年七月十八日被拘留，同年七月二十四日经圣国市圣城区人民检察院以强奸罪批准，由圣国市圣城区公安分局执行逮捕。

被告人佟文阁强奸一案，经圣城区公安分局侦查终结后，于一九九五年八月十八日移送本院审查。经审查查明：

被告人佟文阁因家属在北京，自己一人在圣国市工作，备感寂寞，便时常请同事贺茗芬到其住所吃饭聊天，并多次发生性关系。一九九五年七月十六日，星期日，被告人佟文阁再次请被害人贺茗芬到其住所吃晚饭。饭后，被告人佟文阁提出要与被害人贺茗芬发生性关系，遭到拒绝，因为被害人贺茗芬要求被告人佟文阁与妻子离婚，但是被告人佟文阁未同意。被告人佟文阁不顾被害人贺茗芬的反抗，以殴打、捆绑的暴力方式将被害人贺茗芬强奸。

上述事实有被害人陈述、现场勘查笔录、法医检验报告、刑事技术鉴定书、被告人口供等证实。证据确实、充分。

被告人佟文阁目无国法、道德败坏、色胆包天、强奸妇女，其行为已触犯《中华人民共和国刑法》第一百三十九条，构成强奸罪。本院为严明国法，惩罚犯罪，保护公民的人身权利，维护社会治安秩序，依据《中华人民共和国刑事诉讼法》第一百条，将被告人佟文阁提起公诉。

此致

圣国市圣城区人民检察院

检察员　赵福长

一九九五年九月十三日

附项：

1. 被告人现羁押于圣城区公安分局看守所；

2. 移送案卷一册；

3. 移送被害人的内裤一条、被告人的床单一件和白色尼龙绳一根。

洪钧认为，这是一份比较规范的起诉书，尽管语言有些简单。如果起诉书中的陈述属实，那么本案就很难作无罪辩护了。根据刑法理论，如果男女双方先有通奸关系，后来女方表示不愿意继续通奸，而男方采用暴力、威胁等手段，违背女方意志，强行与女方发生性交行为，应该以强奸罪论处。当然，如果只要求法庭从轻处罚佟文阁，那辩护工作就很容易，因为从轻的理由还是比较充分的。按照刑法规定，强奸妇女的，处3年以上10年以下的有期徒刑。根据本案的情况，法院判处3～5年的可能性很大。但是，金亦英一再强调她丈夫是遭人陷害，显然要作无罪辩护。虽然按照刑事诉讼法的规定，辩护人具有独立自主的诉讼地位，辩护律师完全可以按照自己的意愿确定辩护意见和选择辩护方式，但是他也应该尽可能尊重委托人的意愿。如果作无罪辩护，那就只能在是否违背女方意愿上做文章，因为从双方发生性交行为的证据看来是确实充分的。在现实中确有女方把通奸说成强奸的案例，但关键是如何证明。如果要证明佟文阁与贺茗芬的性交并没有违背贺的意愿，那就要证明佟没有使用暴力、威胁等手段。看来，被害人身体上的伤痕检验结论是关键证据，当然还有双方的陈述。目前，他的首要工作是到法院去查阅案卷和到看守所去会见被告人。但是，委托人的突然失踪给本案罩上一层阴影。本案是否另有隐情？金亦英和女儿是否遇到危险？在这封挂号信的后面是否隐藏着精心设置的陷阱？那么，在找到金亦英之前，他是否应该去圣国市呢？

洪钧站起身来，走到玻璃窗前，默默地望着外面已经泛出红色的枫叶。突然，一阵敲门声打断了他的思路。他转过身来，只见宋佳面带微笑地站在门边。

“电话打通了?”洪钧的声音很圆润。

“真不容易，总算听到活人的声音了。”宋佳的声音很清脆。

“他们怎么说?”

“人家说，无可奉告。”

“为什么?”

“人家说，辩护律师到法院来，他们会接待，但是在电话中他们不会解答任何与案件有关的问题。”

“那你没问被告人的家属有没有到法院去?”

“问啦。人家说，无可奉告。”

“总之是毫无收获。”

“收获还是有的哦。”

“什么收获?”

“我感觉，这个案子不用着急。”

“为什么。”

“我也说不清楚。听了那个法官的话，我就是有这么一种感觉。”

“但愿你这次的感觉是正确的。”

“你的感觉呢？你是不是感觉这个案子很难办哦？”

“我？没什么感觉。”

“你这个人呀，就是感觉迟钝！”

洪钧没有回答。每当遇到一个具有挑战性的案件时，他的心中便有些急不可待。仿佛他的思维已经被启动，要想停止下来便很困难。然而，他喜欢有根据的推理，不喜欢凭感觉的猜测。不过，他感觉到了宋佳话语中的另外一层含义。

宋佳学着洪钧的口气说：“我记得有一位哲人曾经说过，男人用思维认识世界，女人用感觉认识世界。所以，你应该相信我的感觉哦！”

洪钧也用同样的口气说：“不过，那位哲人还说过一句话。”

“什么话？”

“这世界上最难认识的，就是女人的感觉！”

“那就看你想不想认识了！”宋佳看着洪钧，眨了眨漂亮的大眼睛，换了个话题：“哎，我还有件重要的事情要向你请示呢。”

“什么事情？”

“洪钧律师事务所成立快一周年了，咱们也得庆祝一下吧！”

洪钧不无感慨地说：“是啊，不知不觉，又到该看红叶的季节了。这时间过得可真快！就像美国人说的：Where did the time go？（这时间都去哪儿了？）真是不可思议！”

“不可思议的问题就不要再想啦，还是想想咱们‘所庆’的事儿吧。你说，咱们是大庆还是小庆？”宋佳问了之后，见洪钧没有回答的意思，便继续说，“现在很多单位都利用什么厂庆啊校庆啊，拉关系，搞公关。咱们这一年也干了几件漂亮的案子，应该多请些新闻界的朋友，借此机会好好宣传宣传。这叫不做广告的广告效应。你说对吧，洪律？”

“劳民伤财的事儿，咱不干！”

宋佳微微一笑，“既然你不喜欢‘大庆’，那咱们就只能‘小庆’喽！”

洪钧坐到老板椅上，端起咖啡喝了一口，然后不紧不慢地说：“听你这话音儿，我已经没有否决权了。”

“那得说是您自愿弃权。”

“挨宰，还得说自愿。这是什么世道！”

“别说得这么催人泪下。您可是老板！”

“老板？我最怕别人这么叫我。特别是你，一叫准有节目。”

“别把我说得那么阴暗！”

“得啦，宋小姐，还是谈谈你那蓄谋已久的‘小庆’方案吧。”

“方案嘛，其实很简单。找一天晚上，你请我吃饭，我陪你打保龄球，就算庆祝了。反正咱们所就这么俩人。”

“让外人听起来，这似乎很公平噢。”

“本来就很公平嘛！你请我，我陪你。”

“那干吗非打保龄球呢？”

“我最喜欢呀！”

“真是大言不惭！而且，肯定都是我买单。”

“那当然，您是老板嘛！”

“得，我也甭跟你谦让了。谁让我放弃了否决权呢！”

“就是！”

“不过，日子可得由我定。”

“这没问题。”

洪钧煞有介事地拿出记事本，翻开看了看，一本正经地说：“就定在星期五，10月4号。”

宋佳高兴得跳了起来，但马上又收起了笑容，“10 月 4 号不是星期五吧？”

“没错，10 月 4 号，星期五。”

“下个星期五是 4 号？”宋佳转身去看墙上的挂历。“不对，下个星期五是 10 月 6 号啊！”

“噢，我说的是 1996 年。”洪钧不无得意地笑了。

“啊？明年呀！”宋佳撅起了小嘴。

“日子由我定嘛！”

“那不行！说好了庆祝律所成立一周年。明年 10 月就是两周年了。你耍赖！”

洪钧看着宋佳那认真的样子，开心地笑了。他觉得跟宋佳在一起工作真是愉快的事情。他站起身来说：“好吧，就定在下星期五。不过，这还得看我能不能按时赶回来。”

“你要去哪儿啊？”

“圣国市。”

“你要去法院？再过两天就到国庆节了，人家还上班吗？”

“明天应该还上班。我们已经跟金老师签了合同，就必须对她负责。我认为，金老师的失踪有两种可能性，第一，她去了圣国市；第二，她自己也遇到了麻烦。我们在北京找不到她，就只能去圣国市了。”

“那我跟你一起去吧？”

“你还是老老实实看家吧。万一金老师到所里来呢！”

“可是，你一个人去，会不会有危险哦？我有一种感觉，圣国市那个地方，挺危险的。不过，我希望我的这个感觉是错误的。”

“你呀，别感觉啦，快去给我买机票吧。事不宜迟，我今天下午就走。”洪钧站起身来，左腿略弓，右手握拳在面前用力绕了两圈——这是他决定采取行动时的习惯动作。

第2章　奇怪的强奸

1995年9月29日，星期五。早餐后，洪钧在圣国宾馆门口坐上出租车，很快就来到圣城区人民法院。大概因为临近节日，一楼大厅里冷冷清清。在接待室，洪钧向工作人员说明来意，对方便让他到大厅等候。大约半小时后，一个小伙子从通向法院办公区的门里走了出来。他巡视一番，走到洪钧面前，用广东味的普通话问道："你就是从北京来的律师啦？"

"对，我叫洪钧。您是？"

"我是刑庭的书记员。你叫我小张就可以啦。"

"您好！我是佟文阁的辩护律师，今天是来申请阅卷的。"

"佟文阁？"书记员的脸上浮起怪异的笑容。他查看了洪钧的律师证、律师事务所介绍信和金亦英的辩护委托书之后，慢悠悠地说："这个案子嘛，你就没有阅卷的必要啦。"

洪钧小心翼翼地问："为什么？"

"浪费时间嘛！我已经告诉你，没有必要的啦。没有必要，那就是浪费时间啦！"

"我不阅卷，怎么进行辩护呢？"

“都是浪费时间的啦!”

“您的意思是说，我的辩护也是浪费时间?”

“我可没有这样说哦。”

“我是辩护律师。按照法律规定，我有权查阅本案的案卷材料。”

“你们律师有权阅卷，这我当然是知道的啦。我只是好心地告诉你，没有必要啦。你可不要把好心当成驴肝肺哦!”

“我从北京来，就是要阅卷的。按规定，法院应该为律师阅卷提供方便。如果法院拒绝律师的阅卷请求，必须给出正当理由。”

“我可没有说过不让你阅卷嘛。对不对呀?我告诉你，这个案件的事情，我不能决定，我得去请示领导。既然你坚持，那你就只好等一等啦。”

书记员走了。洪钧站在大厅里，耐心地等待着。对于律师阅卷难的问题，他是有心理准备的。半个小时之后，小伙子又走了出来。“我们的领导已经同意让你阅卷啦。你看，我们法院很支持律师的阅卷工作嘛。我告诉你，你很幸运的啦。我们院刚刚建成律师阅卷室，专门为你们律师阅卷提供方便的啦。你是北京来的大律师，自然知道的，现在很多法院都没有专门的律师阅卷室嘛。”

洪钧跟着书记员来到律师阅卷室。房间不太大，但是很整洁，此时只有他一人，显得格外安静。书记员拿来一本黄色牛皮纸封面的案卷，交给洪钧。

案卷不厚，洪钧很快地浏览了公安机关采取强制措施的法律文书，包括“呈请拘留报告书”“拘留证”“拘留通知书”“提请逮捕书”“批准逮捕决定书”“逮捕证”等。他发现，在“拘留通知书”上签名的是被拘留人单位代表罗太平。根据侦查人员写的“破案经过”，被害人贺茗芬于 1995 年 7 月 17 日到公安局报案，声称自己被公司领导佟文阁强奸，并提交了她当时穿的内裤，上有精斑。法医检验了贺茗芬身体上的伤痕，能够印证她的说法。7 月 18 日上午 8 时，侦查人员把佟文阁传唤到公安局进行讯问，通过出示证据和政策教育，佟文阁承认了强奸的基本事实。

洪钧仔细阅读了证据材料中的“讯问记录”。讯问时间是 7 月 18 日上午 9 时 20 分至 11 时 30 分。内容如下——

问：你叫什么？

答：佟文阁。

问：你是干什么的？

答：达圣公司的总工程师。

问：把你前天晚上的活动情况详细地讲一讲，要实事求是地讲。

答：前天是星期天。晚上是我自己做的饭。我炖了一锅排骨汤，还炒了两个青菜。然后，我就一边看电视，一边吃饭。饭后，我又看了一会儿电视。后来，我就睡觉了。没干什么。

问：就你自己在家吃的饭吗？

答：呵，是的。

问：我告诉你要实事求是嘛。你怎么说瞎话呢？你以为我们随随便便就把你传唤来的吗？

答：呵，对了，是贺茗芬跟我一起吃的饭。

问：贺茗芬是干什么的？

答：她是我们公司的总经理助理。那天晚上，我刚做好饭，她就来了，谈公司的事情，我就留她一起吃的饭。

问：你和贺茗芬是什么关系？

答：就是一般的同事关系。

问：你们喝酒了吗？

答：喝了一点儿红酒。

问：吃完饭，你们还干什么了？

答：我们又闲聊了一阵子，都是跟公司有关的事情，然后她就走了。

问：你们发生关系了吗？

答：您这是什么意思？

问：你这么大人了，还用我解释吗？

答：我……不明白。

问：你可真能装糊涂。你们有没有发生性关系？或者用时髦的话说，你们有没有做爱？

答：我们……没有。

问：真的没有？

答：……

问：（政策教育）党的政策是“坦白从宽，抗拒从严”。你要争取一个好的态度，争取从轻处理。你有没有和她发生性关系？

答：……

问：佟文阁，你别以为不说话就可以蒙混过关！我告诉你，我们办案靠的是证据。贺茗芬的内裤上有你的精斑。你解释解释吧。

答：我是和她干了。

问：你们发生了性关系？

答：是的。

问：是你要求的？

答：是的。

问：她怎么说？

答：她同意了。

问：她具体怎么说的？她说，你干吧。是吗？

答：她具体说了什么，我记不清了。

问：她有没有说过“不行”、“你……”什么的？

答：她好像是说过，但我确实记不清了。可是，虽然她嘴里那么说，但她是同意的。

问：她嘴里说不让你干，但心里想让你干。看来，你对女人很有研究嘛！

答：她确实是同意的。

问：你有没有把她的手捆起来？

答：……

问：佟文阁，最重要的问题你都承认了，这些细节问题你还不老实讲？只要你把问题都讲清楚，就可以啦。我再问你，你有没有把她的手捆起来？

答：是她让我捆的。

问：怎么捆的？两只手捆在一起了吗？

答：是的，一起捆在了身后。

问：这是不是你捆贺著芬用的绳子？（出示物证）

答：是的。

问：你有没有打她？

答：是她让我打的。

问：打哪儿了？

答：她的屁股。

问：她穿着裤子吗？

答：是脱光了打的。

问：你有没有掐她的乳房？

答：是她让我掐的。

问：你有没有掐她的大腿？

答：也是她让我掐的。

问：你可真会说啊！她让你捆，你就捆；她让你打，你就打；她让你掐，你就掐。这么说，你强奸她，也是她让你强奸的了？

答：什么？强奸？

问：你有没有强奸她？

答：……

问：佟文阁，你有没有强奸贺茗芬？

答：那不是强奸，都是她同意的。我们干过好多次了，每次她都让我把她捆起来，打她。她喜欢那样干。那怎么能是强奸呢？

问：以前你们干过多少次，我不管。我就说这一次。

答：这次也不是强奸。

问：可是，贺茗芬说你把她强奸了。

答：什么？她说我把她强奸了？

问：你想想看，要不是她告你，我们凭什么传唤你？要不是她说的，我们怎么能知道你们俩干的那些臭事儿？

答：那……那我就无话可说了。

问：你承认了？

答：反正这事儿我也说不清楚了。我是跳进黄河也洗不清了。我还能说什么呢？我确实干了。我不能都赖她，我自己也有责任。

问：你还有什么要交代的吗？

答：我对不起我的妻子，我对不起我的家庭！我后悔啊！呜呜……

问：你以上说的都属实吗？

答：属实。

这份讯问笔录的每一页上都有佟文阁的手印，最后一页还有他写的“以上记录我已看过，属实”和他的签名。

洪钧又查阅了案卷最后部分的“法医检验报告”“现场勘查

记录”“刑事技术鉴定书”“侦查终结报告”“移送审查起诉意见书”等。他着重研读了有关物证检验和鉴定的内容。法医在被害人贺茗芬报案之后就对其进行了身体检查，发现其胸部、臀部、阴部和大腿内侧都有皮下出血，大腿内侧还有轻微的表皮剥脱。侦查人员在立案后对佟文阁的住所进行了勘查，提取了佟文阁的床单，上有精液和阴道分泌液的混合斑，还提取了一根尼龙绳。被害人贺茗芬提交的内裤上也有精液和阴道分泌液的混合斑。侦查人员把床单和内裤一起送到广东省公安厅的刑事技术部门进行鉴定。经过DNA技术的检验，鉴定人员认定从上述混合斑中提取的精液是佟文阁所留。另外，鉴定人员采用电泳法分离了混合斑中的精液和阴道分泌液，又通过吸收试验分别测定了精液和阴道分泌液的血型：精液的血型与佟文阁的血型同为A型；阴道分泌液的血型与贺茗芬的血型同为O型。

洪钧合上案卷，不停地用右手梳拢头发。他认为，本案的证据可以证明佟文阁和贺茗芬有性交行为，也可以证明佟文阁在与贺茗芬性交的过程中使用了一定的暴力。但是，这是否足以证明这次性交是违背贺茗芬意愿的行为呢？如果佟文阁的陈述是真实的，那么这次性交以及使用的暴力就都是贺茗芬的意愿。作为辩护律师，特别是听了金亦英讲的那些话，洪钧愿意相信佟文阁的陈述，但是他还需要证据。他知道，某些妇女会因为个人恩怨、家庭纠纷或其他原因而把通奸诬称为强奸。他还知道，有一种性变态人格被称为“受虐癖”。

据说，“受虐癖”一词来自于一位名叫萨歇尔·马琐克的奥地利作家。他在一本自传体小说中描述了自己获得性快感的方式，即通过女人对他的身体折磨和语言侮辱来获得性满足。后人根据他的名字把受虐癖称为“马琐克癖”。一个人在性行为时希望感受到轻微的疼痛，这是正常现象。对一般人来说，情人的热烈拥抱造成的窒息感也能令人快乐和满足，但是性虐待行为比拥抱要“猛烈得多”。它可以包括打、抓、勒、压或其他形式的肉体折磨。受虐癖在被虐待时也会像正常人一样受伤，但这种肉体痛苦可以促使他或她达到性交的快感高潮。

根据专家的研究，受虐癖的形成可能是对所受压制、挫折和失败的反映，是失望与内疚情感的表现。受虐癖在性行为过程中遭受的身体痛苦可以减轻他们内心的罪恶感。长久以来，因为社会的道德说教往往把性行为说成是肮脏的和邪恶的，所以那些对性行为有强烈偏好的女子就需要某种方法来抚慰良心。她们在性行为中受到的痛苦可以使她们摆脱内心的谴责。她们可以心安理得地对自己说，她已经为这种邪恶行为付出了代价。有些父母为了防止孩子过早地参与性行为，便对女儿说性交是非常痛苦的，而第一次性交往往疼痛得令人难以忍受。这一教导会在女儿幼小的心灵上留下深刻印象，而有关月经的亲身体验更使其相信父母的教诲。于是，痛苦会伴随性行为的观念在她们的头脑中根深蒂固。当她们长大成人时，痛苦的感觉已经和性的欲望混合在一起，她们就会心甘情愿去接受性交的痛苦。受虐癖在以上因素的影响下形成一种性交快感反应模式——她们只有在性行为中伴有某种痛苦时才能唤起性欲，才能体验到性行为的快乐，才能达到快感高潮。

洪钧怀疑贺茗芬就属于这种受虐癖。但是，他需要证据。佟文阁的陈述可以作为证据，佟文阁与贺茗芬的性交史可以作为证据，但是要说服法官，这些证据显然并不充分。他还能找到别的证据吗？突然，一个问题浮上脑海。他又查阅了那份法医检验报告。是的，法医检验报告中没有提到贺茗芬的手腕有皮下出血和表皮剥脱的现象。这很奇怪！如果佟文阁用捆绑的方式限制贺茗芬的反抗，那么在贺的手腕上就应该有相应的损伤。贺的手腕没有任何损伤，这说明捆绑时贺并没有反抗，而且那绳子捆得不紧。这是一个有利的证据，但还不够。如果贺茗芬真是受虐癖，那她可能还有其他性交伙伴，而且一定会以同样的方式性交。如何去查找贺茗芬的其他性交伙伴呢？另外，贺茗芬究竟为什么要诬陷佟文阁？是报复还是有其他目的？看来，本案中需要调查的问题还很多。

洪钧在归还案卷材料时问书记员："请问圣城区公安分局的看守所在什么地方？我想去会见本案的被告人。"

"我可以告诉你啦。不过，今天是礼拜五，你就是赶过去，人家也不会安排的啦。我还告诉你，国庆节之后，你也不用去看守所，没有必要嘛！"

"为什么？"

"我不能告诉你嘛。但是呢，你就听我的话，就好啦！"书记员的脸上又浮现出那种怪异的微笑。

第3章　昔日的情敌

洪钧站在法院的大门外，看着街上拥挤的摩托车车流，听着路旁嘈杂的粤语喧哗，一种人在他乡的感觉从心底油然而生。虽然已是秋季，这里的气温依然很高，阳光依然灼热。他沿着树荫，向南走去。

这是圣国市的老城区。街道不宽，两旁多为四五层高的楼房，墙面上挂着雨水淌过的污渍。楼房的底层是各种店铺，几乎都没有门窗，铝合金的卷帘门里面是开放式的卖场。一些经营海产品的商店门外还流淌着黑水。楼房的上面是住宅，几乎每家的阳台都装有金属护栏。由于这些护栏是各家自建的，所以样式和颜色并不统一，虽然里面摆放了花草，仍然显得杂乱无章。有些人家的阳台上还挂满晾晒的衣服，大煞风景。

走过几个路口之后，洪钧来到圣南大道。这条大街很宽阔，两旁长着不太高大的棕榈树，矗立着新建的高楼。洪钧看到一栋白色大楼前挂着圣国市人民检察院的牌子，一个念头便浮上脑海。离京前，他习惯地查阅了校友通讯录，发现大学同学郑晓龙在圣国市检察院工作，便记在本上。虽然这位郑晓龙曾经是他的情敌，但二人是君子之争，而且毕业前握手言和。

洪钧走进检察院的大门，向门卫说明来意。对方告诉他，郑晓龙是副检察长，今天早上出去了，不知道何时回来。洪钧有些失望，只好留下自己的名片和圣国宾馆的电话号码。

洪钧在一家快餐店吃了午饭，然后赶到圣城区公安分局的看守所。接待室的中年女子打着哈欠查看了洪钧的律师证、律所介绍信和委托书，很客气地说，今天下午没法安排了，因为这事要请示领导，还得征求检察院的意见，来不及了，让洪钧过节之后再来。洪钧满脸赔笑地说，自己是从北京来的，明天就要赶回北京，实在无法等待，请大姐帮帮忙。中年女子面对如此英俊潇洒的青年男子的请求，不忍拒绝，便答应去请示一下。十几分钟之后，中年女子走了回来，一脸严肃地说，你要会见的那个佟文阁不在我们的看守所。洪钧拿出起诉书副本，指着上面的文字说，这里明明写着，被告人现羁押于圣城区公安分局看守所。难道圣城区公安分局还有别的看守所吗？中年女子说，我们查过了，佟文阁确实不在这里。洪钧说，佟文阁是否在这里关押过？如果关押过，是什么时候被转走的？转到什么地方去了？或者，他是不是办了取保候审？中年女子说，我只能告诉你，我们这里没有叫佟文阁的人。其他的问题，我一概不知。中年女子的语气很坚决，但目光中带有一丝恳求。洪钧无可奈何地离开了看守所。

洪钧感觉，这不是一起简单的强奸案。他又想起了法院书记员脸上那怪异的笑容。委托人失踪了，被告人也失踪了。由此看来，书记员说的话是有含意的——“都是浪费时间”。那么，佟文阁能到什么地方去呢？难道他逃出了看守所？难道真是他自己把起诉书副本寄到了律师事务所？金亦英为什么会突然失踪？也许，二人的失踪是有关联的。难道他们夫妻二人一起亡命天涯了？洪钧立即否定了这个想法，因为如果是那样的话，法院和看守所的人就不该是这种态度了。书记员的笑容和中年女子的眼神都有些怪异。洪钧试图从中找出答案，但是徒劳无功。也许，答案都在达圣公司？但是，他贸然进入达圣公司，后果很难预测。经过一番思考，洪钧决定先到达圣公司去看看，绝不轻举妄动。

洪钧回到圣国宾馆，脱去西装，换上牛仔裤、T恤衫、旅游鞋，走出宾馆的大门。他根据圣国市旅游地图，来到城市西北的工业园区。一路上，他看到不少达圣公司的大广告牌。其中有一块牌子上的话给他留下了极为深刻的印象——“发扬达圣精神，振兴圣国经济，再创新的辉煌”。他感受到达圣公司在圣国市的地位。是啊，在圣国这样一个人口不足百万的城市里，出了像达圣公司这样全国闻名的大企业，确实是令人自豪的事情。进入工业园区，他不费吹灰之力就找到了达圣公司。

达圣公司的建筑非常醒目，由三栋相互连接的四层高的乳黄色大楼组成。其中，南面一栋是办公楼，有着宽大明亮的玻璃窗，正面楼顶上有四个镶着霓虹灯的大字——“达圣集团”；北面两栋是厂房，窗户很小，给人一种封闭的感觉。楼房周围有一圈铁栅栏墙，正门开在南面。门两边各站着一名身穿乳黄色制服，扎着武装带，腰挂电警棍的门卫。门卫站得笔直，目光直视前方，其姿势和神态大概可以和天安门前的国旗卫士媲美。北面还有一个后门，大概是专供货车出入的。后门里面是一个凹进大楼的半封闭式货场兼停车场。达圣公司围墙的东边隔一条街是一个面积很大的街心花园，里面有平整的草坪，有漂亮的树木，还有典雅的亭廊。花园入口处立着一块大理石碑，上面刻着“达圣公园”四个大字和一些小字。

洪钧沿着达圣公司周围的小马路走了一圈，然后走进达圣公园。由于是上班时间，公园里人不多，显得很清静。他看到入口处有一个投币式公用电话亭，便走了进去。他拿出记事本，找到事先查到的达圣公司的电话号码，拨通了电话。总机的女接线员用标准的普通话问他找谁。洪钧说自己是从北京来旅游的，想顺便看一位老朋友，就是达圣公司的总工程师佟文阁。接线员说，佟总已经很长时间没有来上班了，可能是休病假了。随后，她就把电话挂断了。洪钧愣愣地站了片刻，沿着小路向公园里面走去。

突然，达圣公司的大楼里传来嘹亮的军号声。洪钧看了看手表，正好17点，便向公园门口走去。这时，街上的行人多了起来，而达圣公司的大门里则出现了下班的人流。人很多，男的女的，都穿着乳黄色的工作服，推着自行车。不过，大门口并不显得拥挤和混乱。工人们都自觉地按顺序往外走，出门后，才纷纷骑上车向东或向西奔去。这么多自行车一下子涌上本不宽阔的街道，立刻使来往的车辆受到阻塞，于是便响起了一连串急促的汽车喇叭声。这种状况并没有持续多久，达圣公司门前就恢复了正常的交通秩序。

洪钧拦住一辆出租车，回到圣国宾馆。大厅里人声鼎沸，很有节日气氛，而他的心里却升起一丝孤独感。他一人作客他乡，而且只能干一些没有意义的事情，令他心情不爽。他想给宋佳打个电话，但是看了一下手表，估计宋佳已经下班回家了。咳，让她一起来就好了。上次在燕山的盲龙峪办案，那么偏僻的地方，和她在一起，他都没有孤独的感觉。

洪钧坐在房间的沙发上看着电视。在圣国电视台的新闻节目中，与达圣公司有关的就占了三条！其一是达圣公司成立十周年庆祝活动的准备情况；其二是达圣公司提前三个月完成全年生产计划的报道；其三是达圣公司董事长孟济黎向“希望工程”捐款20万元人民币的捐赠仪式。

这时，电话铃响了。

洪钧拿起话筒，“喂！”

“请问洪钧先生在吗？”

“我是洪钧。您是哪位？”

“我是郑晓龙。”

“嗨，你好，晓龙！我刚才去登门拜访，才知道你已经是‘郑检’啦！忙得很呀！”

“我那是瞎忙。是什么风把你这个大律师吹到我们这个小地方来了？”

“我来办个案子，顺便看看你这位老同学。”

“我说你也不会专程来看我的啦。”

“你今天晚上有时间吗？我请你吃饭。”

“老同学来了，自然是我做东的啦。地主之谊嘛！”

“你怕‘吃人家的嘴短’？我可不怕！那我今天晚上就宰你一刀！”

“这一刀我还挨得起哦！没问题啦，我去接你，半个小时就可以了嘛。”

“好，一言为定！”

放下电话之后，洪钧的心情好了许多。

半小时后，电话铃又响了。郑晓龙说他已来到圣国宾馆。洪钧急忙下楼，在大厅里见到老同学。郑晓龙身材不高，圆脸，嘴部和肚子一样，都圆鼓鼓地向前突出。他的头发稀少，但梳得很整齐。他穿着浅灰色西装裤和花格短袖衫，带着金丝眼镜，很有港商的风度。见面后，两人高兴地开了几句玩笑。洪钧说就在这宾馆吃饭吧。郑晓龙说，这里没有桌位了。别说是周末，平日也很火，不预定就没有桌位。随后，他还说了一句，都是公款吃喝啦。

二人出门后坐上郑晓龙开的桑塔纳牌轿车，来到一家虽不豪华但很干净的餐馆。进门后，郑晓龙要了一个小单间。

女招待员先送来一壶香片茶和一壶白开水，并给两人面前的小茶盅里斟满茶水。郑晓龙熟练地点了酒菜，然后看着洪钧说：

“你是留过洋、见过大世面的人，今天到我们这个小地方来，就委屈你啦!”

“什么大世面？那是‘洋插队’！接受‘资产阶级的再教育’!”

“算了吧，你是洋博士、大律师、知名人士。对吧？报纸也登了，电视也上了，钱也赚了。你可真是要名有名，要利有利。说真的，要不是在《法制日报》上看了关于你的报道，我还真不知道你又回国了。哎，肖雪怎么样了？你们这对有情人到底成没成眷属？想当年，咱俩还是情敌呢！不过，我可是甘拜下风的啦！哈哈哈!”

“我可是你的‘嘴’下败将!”洪钧在上大学时就很佩服郑晓龙的口才。

“不要转移话题了嘛。你们俩到底成没成啊?”

“反正我现在还是单身。”

“真的？你回国以后见过肖雪吗?”

“见过。她在哈尔滨市公安局，副处长。”

“也没结婚?”

洪钧点了点头。

“那你们俩还等什么呀?”

洪钧摇了摇头。

“你们这恋爱可真成了马拉松！告诉你啦，我儿子都上幼儿园了！你们呀，整整落后了两个节气嘛。”

“你以为这是种庄稼哪?”

“人生也有节气的嘛。农民说：‘清明忙种麦，谷雨种大田，过了芒种，不可强种。’其实呢，这几句话用在人生上一样合适的啦。”

“我哪能跟你比？你是家庭美满，事业有成。上大学的时候我就知道你是当官儿的材料。你连当了两届学生会的主席，对吧？”洪钧转了话题。

“咳，我这个副检察长算什么？才是个副处。咱们同学里都有干到局级的啦！”郑晓龙的话音里带着一点酸溜溜的味道。

女招待员端来一个托盘，上面有一个砂锅和两个小碗。她把砂锅和碗放到桌子上，分别盛了两碗汤，放在两人面前。郑晓龙说：“粤菜中的汤很有讲究，而且跟吃西餐一样，先喝汤。这是蛇羹，你尝尝，很不错的啦！”

两人喝了汤。女招待员又送来白灼虾、清蒸石斑鱼和炒螃蟹。郑晓龙说：“动手吧，吃海鲜就不能太斯文啦！想当初上学的时候，要是能吃上这么一顿饭，那准得两天两夜睡不着觉。回味无穷啊！”

“我看那是让肚子给闹腾的。”

“啊？哈哈哈！很有可能！你别说，现在这肠胃的消化能力确实强多了。”

“都是让公款吃喝给锻炼出来的。”

“也不完全是的啦！现在社会上流传一首《新长征诗》，你听过没有？”

“没有。谁有这么大本事，敢给‘新长征’作诗？”

“‘新长征’的诗？你这个解释蛮有新意的啦！不过，我的理解是新的‘长征诗’。敢套毛主席诗词，也很有本事啦。”郑晓龙喝了一大口酒，向前探了探身子，小声说，“那我就说给你这位才子听一听啦——

当官不怕百姓难，
公款消费只等闲；
五粮茅台腾细浪，
鸡鸭鱼肉走泥丸。
桑拿水拍心里暖，

按摩床头肾虚寒；
更喜小姐肌如雪，
三陪过后尽开颜！

怎么样？挺有水平吧？”

“谁挺有水平呀？写诗的人，还是干事的人？”

“都有的啦！”

“你不是主管反贪工作吗？”

“我？一个小萝卜头，能管得了什么呀？领导让查就查，不让查就不能查。我告诉你，我们办案也有指标，但是跟人家公安不一样。人家是一年至少要办多少个案子，我们是一年最多办多少个案子。”

“为什么有这种限制？”

“我们查多了，说明腐败问题很严重，上边就不高兴嘛！”

“腐败问题确实很严重啊。中央不是也一再强调要反腐败嘛！”

“问题是反谁啦？大大小小的官，真正是两袖清风的能有几个呀！我给讲一个故事。我们检察院的一个女同志怀孕了，二胎嘛。怎么做工作，她都不同意做人流，坚决要生。院领导找她谈话也不管用啦。处分啦，罚款啦，甚至开除公职啦，她都不怕嘛。你知道，超生会影响到检察院的年终评比呀。大老板找我出主意。我就让反贪局长去告诉她，你不做，我们就去查你丈夫的经济问题啦。她丈夫是海关的干部嘛。第二天，她就自己去做了人流。其实，我们也没有掌握她丈夫的问题嘛。很有意思吧？我告诉你，现在有些部门，你查谁，谁都有问题啦！”

“在有些部门和行业，腐败确实成了普遍现象。”

“何止是有些啦！去年我们总结过，各区县查出来的腐败官员几乎涉及所有政府部门，包括公安局的、人事局的、税务局的、文化局的、农林渔业局的、检验检疫局的、园林管理处的、消防队的、城管垃圾处的、街道办事处的、公立医院的、国有酒店的，等等。司法机关也有问题啦。我们也抓过法官和检察官的嘛，还抓过一个街道的纪委书记嘛。我告诉你，现在连学校都不干净啦！”

“这么说，你们的反贪工作还是很有成效的嘛。”

“我们抓的都是小萝卜头，科级干部啦。有时候，科级干部也不好动，背后有人关照嘛。圣东县检察院办过一个案子，嫌疑人就是个乡长嘛，但是背后有人关照啦。检察院传唤他，他就是不来，结果还调到县林业局当了局长。后来，我们市院出面，才把这个案子办下来嘛。不过，法院最后还是给判了缓刑。我告诉你，除了那些影响大的案子，一般就都判缓刑啦。当然喽，如果是站错了队，上边没人保护，那就另当别论的啦！你想想看，为什么贪官一查就是一窝一串的？就是这个道理嘛！现如今，官场上的人都知道，重要的不是你贪不贪，而是你有没有站错队。只要没站错队，贪了也有人保护嘛。有人说，吏政的腐败才是最大的腐败。我完全同意的啦。在我们圣国的一些部门，你要想升官，送钱是一定的啦！而且每个级别都是有价码的！副科级 10 万；正科级 20 万；副处级 30 万；正处级 50 万！你说说，这样上来的官员能不贪吗？我们这里还有个顺口溜，你再听听——

圣南大院往里看，
个个都是贪污犯；
先枪毙，后审判，
保证不会有错案！
你说我能怎么办？

这最后一句是我给加上的。”

“什么是‘圣南大院’?”

“市政府给处级以上干部建的住宅大院，就在圣南大道西段，标准很高的啦！那个顺口溜是民间传说，难免有些夸张。其实呢，那里边也有清官。比方说，我们检察长就是一个嘛。他是省里下派的干部，做人老老实实，办事规规矩矩。要是没有他的支持，我们的工作就更不好干啦!”

“你也住在那里边吧?”

“拿到钥匙了，还没搬呢。我知道你的意思。我告诉你，我可是个真正的共产党员！今天这顿饭，绝对是我自己掏腰包啦!”

“老同学，就为你这句话，干杯!”

两人端起酒杯，一饮而尽。然后，郑晓龙说：“咱们还是谈些轻松的吧，别老忧国忧民啦！你这次来圣国办什么案子?”

“我估计你也知道，就是达圣公司总工程师佟文阁的强奸案。”

“我说呢，一般的案子也请不到你这个北京的大律师啊！不过，那可是个烫手的山芋啦!”

“为什么?”

“被告人和被害人都是达圣公司的头面人物啦。一个是总工程师，一个是总经理助理。你知道达圣公司吧？全国的知名企业啦。公司的老板叫孟济黎。那可是个人物哦，圣国市的首富嘛，还是人大代表啦。他自称是孟子的七十二世孙，以救济黎民为己任。非常厉害的啦!”

“今天下午，我去过达圣公司。”

“你进去了吗?”

“没有，就在外面看了看。”

“我说呢，外人很难进去的啦。”

“从外面看，很有气派，而且管理得很好。下班还吹军号呢!”

"孟老板当过兵，有管理才能，也有经济脑瓜。他对公司实行半军事化管理，坚持用'三大纪律'和军风军纪要求职工嘛。企业的经济效益很好，圣国的纳税大户嘛。用孟老板的话说，这都是'向解放军学习的成果'！我告诉你，孟老板还是个'浪子回头金不换'的典型人物呢！他从军队复员回来，曾经因伤害罪被判过 3 年嘛。"

"佟文阁的案子，你了解情况吗？"

"你想找我走后门？"

"我本来没有这个想法，但是遇到了困难，确实想请你帮个忙。不过，你放心，我不会让你干违法的事情。"

"什么困难？"

"我今天下午去看守所会见被告人，他们告诉我，看守所没有佟文阁这个人。起诉书上明明说被告人关押在圣城区分局的看守所，他们却说没有这个人，你说奇怪不奇怪？"

"那都是说辞啦。他们不想让你会见，所以就说不在嘛。"

"我感觉，那个人说的不像假话。"

"你知道的啦，不光在我们圣国市，辩护律师要会见被告人都是很困难的啦。怎么，你想让我帮你安排会见吗？"

"那倒不用。我就想请你帮我打听一下，佟文阁究竟在不在那个看守所。"

"这个嘛，应该是可以的啦。不过呢，我在市院，又不管公诉，不好直接过问，只能找人去打听啦。你什么时候回北京呀？"

"会见被告人之后，我就回北京。"

"可是明天就放假了嘛，找人就不方便啦。国庆节之后，我去帮你去打听吧。你第一次到圣国来，也应该好好看看啦。我们这里的海滩还是很不错的嘛。另外，北山上的圣国寺也值得一看啦。"

"我还真想去看看大海。"

“你这两天有什么安排吗?”

“没有安排。在这里，我认识的人就你一个。”

“这样吧，明天上午我要参加一个重要活动，下午我陪你去看海。后天国庆节，我再陪你去圣国寺。好不好啦?”

“就听你的安排吧。”

“对了，明天上午的活动，你想不想去参加呀?”

“什么活动?”

“达圣公司成立十周年庆典，能见到不少重要人物的啦。”

洪钧学着广东人的语调说：“那好啊，反正我也没有事情干了嘛。”

第 4 章　免费的午餐

9 月 30 日上午，达圣公司门前一派节日景象。大门两边各有一个彩色大氢气球各拉着一条大红绸带，在空中随风飘动。右边的绸带上写着“发扬达圣精神”，左边的绸带上写着“创建圣国辉煌”。铁栅栏墙上插满了彩旗。办公楼门前的平台上呈八字形摆放着其他单位致贺的大花篮。四位身穿乳黄色西服裙、肩披红黄两色彩带的礼仪小姐正用不知疲倦的微笑迎接着来宾。

洪钧跟着郑晓龙走进大门，穿过整洁的长廊，来到能够容纳数百人的大礼堂。礼堂内除前三排外都已坐满了穿乳黄色衣服的人群，显得非常整齐。洪钧跟着郑晓龙坐到第三排的边上。他小声问道：“你不到台上去?”

“我?”郑晓龙对着洪钧的耳朵说，“今天这个场合可轮不到我上台哦。你等着瞧吧，圣国市的很多头面人物都会出场的啦。”

9 点整，台下座无虚席，台上嘉宾入座，庆祝大会开始。主持人是达圣公司的总经理助理贺茗芬。此人长得娇小玲珑。由于她的上身比较短，下身比较长，而且大腿比较瘦，再加上紧绷在身上的黑色尖领短袖衫和深蓝色弹力牛仔裤的勾勒作用以及玫瑰色高跟皮凉鞋的衬托作用，所以她的身材并不显矮。她留着一头蓬松垂肩的卷发，脸上的皮肤很白净。她的嘴唇比较厚，被涂成了黑紫色。这在一定程度上弥补了她那牙齿不太洁白的缺陷，而且显得很和谐。她脸上最好看的是那一双大眼睛和那又黑又长而且上翻的睫毛。大概她深知自己相貌中的优劣，所以在讲话时，眼部的动作要比口部的动作更为引人注意。

贺茗芬首先介绍在主席台上就座的嘉宾，包括圣国市委、市政府、市人大、市政协的主要领导，还有来自香港和澳门的商人，当然还有达圣集团的董事长孟济黎。孟济黎四十多岁，身材魁梧，黑红脸膛，花白头发，五官都不太大，但下巴很大，给人留下干练坚毅的印象。贺茗芬每介绍一位嘉宾，台下就会响起热烈而且整齐的掌声。

郑晓龙小声向洪钧介绍了台上的重点人物。第一位是圣国市市长曹为民。此人五十岁左右，长得仪表堂堂，据说是能够"一手通天"的高干子弟。由于市委书记身体不好，而且临近离休年龄，所以圣国市的大政方针主要由曹市长决定。第二位是圣国市政法委书记兼公安局长吴风浪。他已年近六十，但是红光满面，一头黑发，而且身材保持很好，看上去只有五十岁左右。第三位是香港宏发公司的董事长沈福官，四十多岁，戴一副黑边眼镜，颇有学者风度。

介绍嘉宾之后，贺茗芬请达圣集团的董事长孟济黎讲话。孟济黎回顾了达圣公司这 10 年的历程——从最初三个人合伙卖水果，发展到今天有近千名员工的大企业，公司产品已销售到全国绝大多数省、市、自治区，年利润已经达到数千万元人民币。然后他又描绘了公司的发展前景，特别谈到了即将与港商进行的合作。他要让达圣健脑液"冲出亚洲，走向世界"；他要让达圣公司的年利润上亿元，还要在三年内成为上市公司；他要让达圣公司的员工都成为公司的股东，都住上自己的房子，都开上自己的摩托车甚至小轿车！孟济黎的讲话很有水平，虽然是大实话，但很有鼓动性和冲击力，不时赢得热烈掌声。

孟济黎讲话之后，贺茗芬请市长曹为民致词。曹市长很有口才，说出话来不仅头头是道，而且非常风趣。他讲了达圣公司对圣国市的贡献，然后便讲了自己来到圣国市的一些经历。他特别谈了自己学习广东话的趣闻。例如，他第一次在市政府餐厅买饭时，把“例饭”说成了“离婚”，让卖饭的小姐笑了半天。还有一次，公安局局长吴风浪请他吃饭，饭前在开水中烫筷子，吴局长对他说“请市长先滚”。他很不高兴地说，“要滚也得你先滚呀”。饭后吃西瓜，最后盘子里还剩一片大的和一片小的，吴局长对他说“请市长吃大便，我吃小便”。这可把他气坏了，那“大便”能吃吗？他的讲话不时博得满场笑声，而坐在旁边的吴风浪笑得最为开心。

其他人讲话之后，曹为民代表市政府授予孟济黎“圣国市光荣市民”的称号。此时达圣公司管乐队在后面奏起了“达圣之歌”，会场气氛达到高潮。洪钧也被这如火如荼的场面所表现出来的集体荣誉精神所感动了。

庆祝大会结束之后，多数领导纷纷离去，员工们分班组聚餐，留下的来宾则被请到一个大餐厅吃自助餐。洪钧和郑晓龙一起来到餐厅。郑晓龙遇到一些熟人，谈笑寒暄，洪钧便去了洗手间。回来后，他和郑晓龙取了饭菜，坐在窗边的一个小桌旁，边吃边聊。

郑晓龙问：“你想不想认识一下孟老板啊？”

洪钧说：“算了吧。我一直在想，在佟文阁的案子里，这位孟老板扮演的是个什么角色啊？”

“这确实是个问题。这个案子刚发生的时候，非常轰动的啦，也有不少传闻嘛。有人说，这本来是第三者插足，没插好，闹翻了。还有人说，这是达圣公司的权力之争，可给孟老板出了个难题啦。你知道，佟文阁是达圣公司开发健脑液的功臣嘛，贺茗芬是孟老板起家时的帮手嘛，都很厉害的啦。虽然这强奸是个人的事儿，给达圣公司的打击也很大呀。后来，这个事情平静下来了。我估计是孟老板给摆平了。孟老板这个人，能量大得很呀！"

“他怎么摆平？难道他能把佟文阁给捞出来？”

“这我就不得而知喽。”

“有这种可能，所以，我这个辩护律师就成了个摆设。你这话倒是解答了我心中的疑问。”

“说者无意，听者有心啦。”

“你上大学的时候就经常说一些至理名言。我至今还记得你在毕业分手时对我说的那两句话。”

“什么话？”

“过错只是一时的遗憾，而错过则是终生的遗憾。”

“我有说过吗？”

正在这时，港商沈福官走了过来，笑容满面地对郑晓龙说：“这不是郑检察长吗？你没有穿制服，我差一点就没有认出来呀，真是眼拙的啦！”

郑晓龙站起身来，与沈福官握了握手，眯着眼睛说：“沈老板，你这次是回来过国庆节的吗？”

“一定是的啦。我们香港也要回归祖国了嘛，也要过国庆节了嘛。”

“希望你为祖国建设多作一些贡献啦！”

“一定的啦。郑检察长，把你的朋友也给我介绍一下吧。”

“这位是我的老同学，北京来的洪钧大律师，很厉害的啦。”

洪钧和沈福官握手之后，交换了名片。沈福官笑呵呵地说：“洪大状师，幸会，幸会！我的普通话说得不灵光，请你多包涵的啦。”

洪钧说："哪里？沈先生的普通话说得很好，比我的广东话强多了！宏发公司，好名字！不知道沈先生主要做哪方面的生意？"

"什么都做一点啦！只要是大家有钱赚，就很好的嘛！"沈福官看着洪钧的名片，说，"啊，洪大状师是在美国读的法律？西北大学法学院，是在芝加哥吧？"

"是的。沈先生去过吗？"

"没有啊。不过，我听说，那个地方的犯罪是很厉害的啦！所以大状师也都很厉害嘛。哈哈哈！"

"沈先生一定看过《罪恶的芝加哥》吧？"

"看过的啦。所以我才知道芝加哥的犯罪很厉害呀。那些黑手党，比香港的三合会还要厉害的啦。洪大状师，以后我在北京遇到麻烦，就去找你啦。"

"没有问题啦！"洪钧学着广东话说道，"我下个月要去香港，就去找你啦。"

"一定是可以的啦！那么，洪大状师到香港去做什么公干呢？"

"香港城市大学法学院请我去做个讲座。"

"那是很厉害的啦。我们一言为定，你到香港，一定要给我打个电话啦！"

沈福官走后，郑晓龙对洪钧说："这位沈老板正准备跟达圣公司合资办厂，还要联合投资兴建'圣国广场'，那将是圣国市最大的建设项目，就在市中心最繁华的圣南大道旁边嘛。那可是块大肥肉啊！"

洪钧看了郑晓龙一眼，没有说话。

午饭后，郑晓龙开车拉着洪钧去了金海滩。

天气晴好，又逢假日，海滩上人很多。他们站在沙滩上，眺望蓝色的大海，顿觉心旷神怡。他们没有下海游泳，而是坐了一回渔船。

那是真正的小渔船，只能坐四五个人。船夫是个面颊清瘦、皮肤黝黑的老头，穿着连靴的橡胶裤。没有码头，游客必须走过一段不深的水面才能上渔船。洪钧刚要脱鞋，被郑晓龙拦住了，只见老船夫从船上取来两个方木凳，放在水边。郑晓龙站到木凳上，老船夫交替移动木凳，郑晓龙便脚踩木凳上了船。然后，老船夫用同样的方法，把洪钧送上渔船。穿好救生衣后，洪钧和郑晓龙坐在小木凳上，老船夫站在船尾摇橹，渔船慢慢驶离岸边。风浪不大，他们在海里航行了将近一个小时，洪钧没有丝毫晕船的感觉。回到岸边，老船夫为了节约时间，要把郑晓龙和洪钧背到沙滩上。洪钧不好意思让老人背，但老船夫坚持说他每次都这样做。到沙滩后，洪钧额外又给了老船夫100元钱。

洪钧和郑晓龙在路边的海鲜大排档买了一些烧烤和啤酒，坐在沙滩的木椅上，吃着，喝着，看着夕阳洒在海面上的金光。洪钧情不自禁地唱起了校园歌曲《外婆的澎湖湾》。郑晓龙也加入进来，两人的歌声在沙滩上飘荡——

……

澎湖湾，澎湖湾，外婆的澎湖湾，

有我许多的童年幻想，阳光、沙滩、海浪、仙人掌，

还有一位老船长……

郑晓龙把洪钧送回圣国宾馆时，天色已经黑了。洪钧向老同学表示了由衷的感谢。郑晓龙说第二天上午9点钟来宾馆接他。分手后，洪钧意犹未尽地在大厅里走了一圈，然后才走进电梯。电梯里有一个身穿白大褂的青年女子，饶有兴趣地注视洪钧，看得他有些不好意思。

回到房间后，洪钧洗了个热水澡，坐在床上看电视。

忽然，电话铃响了。他拿起话筒，只听一个女人嗲声嗲气地说："先生，你一个人旅行，一定很寂寞的啦。要不要我来陪陪你呀？我可以给你按摩，是那种全身按摩，你懂的呀。我一定会让你很开心的啦！"

"对不起，小姐，我没有时间。"洪钧的语气有些生硬。

"我知道你有时间的啦！先生，你不用担心哦，没有人会知道的啦！"

"你找错人啦！"洪钧已经生气了。

"没有错哦，你就是从北京来的洪先生嘛。"

洪钧挂断了电话。他既感到愤怒，又感到厌恶。他走到房门边，挂上了安全链。这时，电话铃又响了。他抓起话筒，只听里面一个女子说了声"喂"，他便大声喊道："我已经说过了，没有时间。你再捣乱我就报告公安局啦！"

电话那边的女子愣了一下才说："喂，洪钧，怎么啦？你这是跟谁较劲哪？"

洪钧听出是宋佳，不好意思地说："噢，是宋佳呀，我还以为又是……"

"是谁呀？惹得你生这么大气！"

"一个不要脸的女人，要来给我……按摩！"

"那不是很时髦吗？咯咯咯！"

"你别起哄！"

"别的倒没什么，就怕染上艾滋病什么的，麻烦！"

"宋佳，你说什么哪？"

"洪律，开个玩笑，你别生气哦。"

"你打电话到底有什么事儿？"

"哎，我说洪律，你可别得了健忘症。这可是你说的，到圣国以后跟我通电话。昨天晚上我在所里等到9点多钟！你不来电话，我就打你的‘大哥大’，可是你不在服务区。”

“这个地方没有移动的信号，‘大哥大’没用，所以我就没开机。”

“你这个人呀，就爱给我出难题。”

“别瞎说！”

“谁瞎说了？你不给我打电话，也不告诉我住哪家宾馆，你让我怎么跟你联系呀。幸亏我这人聪明，凭着感觉就找到了你的电话号码。而且，我感觉你在那边儿玩儿得很开心哦。”

“隔着十万八千里，请问你是怎么感觉的呀？”

“我会遥感！你不懂了吧？”

“那就说说你是怎么遥感的吧。”

“我呀，查了一下圣国市星级酒店的名字。凭我的感觉，你肯定住在圣国宾馆。打电话到服务台一问，果然有你的名字！不过，我打了好几次电话，你都不在房间，真把人急死了！现在好容易找到你了，你还问我有什么事儿？就算你是老板，也不能对人家这个态度吧！”

“宋佳，真是对不起！我刚才是让那个女的给气蒙了。我告诉你，我已经去过法院，看了案卷，但是还没有见到佟文阁。我正在想办法，看来得等到国庆节以后了。你那边有什么新情况吗？”

“当然有了。不过，既然你这么忙，那我就不说了。”

“宋小姐，我已经向您道歉了，您就别卖关子啦！什么情况？说吧。”

“当然是重要的情况，而且是你最想知道的。”

“你找到金老师了？”

“应该说是她找到了我。”

“佟文阁是不是跟她在一起？”

“你怎么知道的呀？”

"我也会遥感啊。"

"你学得倒挺快!"

"他们现在怎么样?"

"具体情况我也不知道。今天上午，金老师给我打电话。她说，她已经回到北京，想见你。我说你去圣国了。她问，你什么时候回来。我说，还不知道。她就说，佟文阁也回来了。她希望尽快见到你，因为情况很复杂，她要当面对你讲。我感觉，她有些心神不安，而且很疲惫。那你什么时候回北京呢?"

"我明天就回去。这样，你约金老师后天上午 9 点到所里来吧。不过，那又得让你加班了。"

"那你就给我加班费呗。不过，我要的加班费可不是钱哦。你知道的，对吧？晚安!"

洪钧看着手中的话筒，还想说什么，但是宋佳已经挂断了。他无可奈何地摇了摇头。

洪钧给郑晓龙打了个电话，取消了第二天的旅游计划。

此时，他已归心似箭。

第5章　费解的谜语

10月2日上午9时，金亦英走进友谊宾馆的商务楼，来到洪钧律师事务所。她中等身材，偏瘦，相貌和善，似乎天生就是做教师的人。此时，她面容疲倦，双目无神。坐在会客室的沙发上，她说："洪律师，我都不知该怎么说了。这些天，我的脑子都乱成一锅粥了。"

洪钧从宋佳手中接过茶杯，放在金亦英面前，"金老师，那就从我们上次见面之后说起吧。"

"好吧。那天晚上，我接到了罗太平打来的电话。你知道他吧？"

"我知道，他是达圣公司的副总经理。"

"他是老佟的好朋友，就是他拉老佟到圣国下海的。他对我说，老佟病了，挺严重的，让我马上过去。第二天上午，我把琳琳，就是我女儿，托付给她姑姑，就坐飞机赶到了圣国。当我赶到医院的时候，老佟已经昏迷不醒了。医生说他有生命危险，正在全力抢救。"

"他得了什么病？"

“医生说，他得的是一种罕见的病毒性感冒，持续高烧，已经昏迷好几天了。”

“现在不是感冒流行的季节啊！”

“是啊，我也感觉挺怪的。不过，达圣公司的孟老板是个挺仗义的人。他说，甭管得了什么怪病，现在就全力抢救，用最好的药，无论花多少钱，都由公司出。最后，人总算抢救过来了。但是，老佟醒来之后就什么都不知道了，连我都不认识了。”金亦英的声音有些哽咽。“医生说，这是病毒性感冒造成的大脑损伤。要我说，就是让看守所给耽误了。我听说，老佟得病之后，看守所的医生就给吃普通的感冒药，一直不退烧。后来看到实在不行了，才送到人民医院抢救。另外，那个案子对老佟的打击也很大。老佟都是让那个狐狸精给害的！”

“后来呢？”

“老佟被抢救过来之后，除了糊涂，身体状况都挺稳定。我就对医院说，希望带他回北京治疗。医院说，这事儿他们做不了主，得问看守所，因为病人是看守所送来的，而且有看守所的人在监视。后来，还是孟老板给帮忙，找人疏通，办了取保候审，才让我们回北京。”

“老佟现在在哪儿？”

“在北医三院的精神卫生研究所。”

“治疗得怎么样？”

“还在治，但是医生说，这种大脑损伤很难康复。看来，老佟这下半辈子就成个傻子了。”金亦英掏出手绢，擦着眼泪。

宋佳坐到金亦英身边，拉着她的手，安慰道：“金老师，您别太难过，要保重自己的身体。您还有女儿呢，现在这个家就靠您支撑了。”

洪钧说：“金老师，您看有什么事情需要我们做的，您就说。对了，您上次交的律师费，回头让宋佳退给您。您的案子，我们继续代理，但是不收费。”

“洪律师，谢谢你的好意，但是那钱不能退。我现在不缺钱。真的，这些年，老佟给家里挣了不少钱。这次回北京看病，孟老板答应全由公司报销，而且工资照发。我来找您，主要还是为老佟的案子，也是想解开我心里的谜。我觉得，他的案子和他的病，都是谜。我不懂法律，但我想，这取保候审不能算结案吧。孟老板送我们去机场的时候，还叮嘱说，这事儿千万不要声张。神秘兮兮的，让我感觉就像个逃犯。我想，法院总得给个公开的说法吧？”

洪钧身体向后一靠，“根据老佟的身体情况，我认为法院很可能会决定本案中止审理。”

“什么叫终止审理？就是不审了吗？那是不是说老佟就没事儿了？”

“我说的‘中止’是中间的‘中’，不是‘终结’的‘终’。关于中止审理，虽然刑诉法没有明文规定，但是法院可以根据实际情况采用。中止审理一般都是因为被告人患有严重疾病，在较长时间内无法接受审问，所以法院决定停止该案的诉讼活动，等原因消失之后再恢复审理。”

“您的意思是说，如果老佟的病治好了，他还得去法院，还有可能被判刑，是吗？要是那样的话，那他还不如就在医院里呢。”金亦英似乎在自言自语。

“是的，病好之后，他还得接受审判，但是否判有罪，那就得看证据了。”

“我听宋小姐说，您去法院看过案卷了。您认为法院会判老佟有罪吗？”

“这个问题，我现在很难回答。我只能对您说，两种可能性都存在。”

“您的意思是说，证据对老佟不利？”

"有些证据确实对老佟不利。金老师，您见过贺茗芬吗？"

"我见过那个狐狸精。"

"她跟老佟的关系怎么样？"

"你是说他俩的关系？"金亦英犹豫片刻才说，"我知道她和老佟有那种关系。老佟跟我承认了。我也能理解老佟。一个男人嘛，长期一人在外，会有那种需求，又碰上这种不要脸的女人。再说了，圣国那个地方很乱，卖淫的也不少。老佟跟这个姓贺的，总比到那些地方鬼混要好一些。要说这件事儿，我也有一定责任。当年我要是下决心跟老佟一起去圣国就好了。罗太平就说过我。不过，我相信老佟不会真的爱上那个姓贺的，他最终还得回来跟我过日子。"

"金老师，根据我看到的材料，贺茗芬很可能就是因为老佟不愿意跟您离婚，才诬告老佟强奸的。我认为，即使法院重新审理本案，我们争取无罪判决的可能性还是很大的。当然，我们还需要证据。您再说说老佟的情况吧。"

"老佟在大学时学的是光学，后来又读了生物学的研究生。我们就是在那个时候认识的。研究生毕业后，他被分到生物研究所工作。五年前，罗太平劝他辞职下海。那时候，罗太平已经去圣国两三年了。后来，老佟就去了圣国。那时候，达圣公司还不大，也不叫达圣集团，叫达圣食品有限公司。老佟去了以后，带着人研发出达圣健脑液，后来就越做越大。他给达圣公司赚了不少钱。达圣公司对他也不错，每个月光工资就两万！所以，生物所的人都很羡慕他，也有说三道四的。要我说，那个孟老板就是会用人。老佟给达圣公司干活是绝不惜力的！"

"孟老板对老佟也很好？"

"对。老佟说，孟老板还有意让他当总经理哪！"

"老佟经常回北京吗？"

"不经常，一年也就回来一两次。"

"他上次回来是什么时候?"

"就在今年7月初。他一般是在春节回北京。那次挺突然，直到去机场之前才给家里打了个电话。他说要去香港，先回家看看。他以前说过，他们公司要和一家香港公司合资，他和孟老板要去香港考察。从香港回来之后，他给我打过一次电话，说给我和女儿买了些礼物。可我感觉他的心情不太好，就问他怎么了。他说没事儿。我以为他就是工作压力太大。没想到，他就出事儿了。"

"您上次说，要让我看一封信，对吧?"

"啊对。您要是不说，我差点儿又给忘了。我现在的脑子太乱，净忘事儿，都快赶上老佟了。那是一封很奇怪的信，是老佟发给我的，不是一般的信，是电子邮件。我们学校和他们公司的计算机都可以上互联网，所以我俩通信就用e-mail。信中有些内容，我看不明白。可我感觉不对劲儿，好像有人要害他，而且这信里好像隐含着什么秘密，可能还和他的案子有关。我觉得，老佟就是被人给害了。如果您能把这事儿给查清楚，那我就太感谢您了!"

"您把信带来了吧?"

"我打印了一份。"金亦英说着，从皮包里取出一张打印纸，递给洪钧。洪钧接过来，很快地看了一遍——

亦英:

我很想念你和琳琳，很想念我们的家。我近来觉得很累，也许我真该休息一段时间了。生活中有些事情是难以预料的，也是让人难以接受的。我和公司的人吵了一架，当然是为了工作。你知道，我是不爱和人吵架的。这次实在是没有办法，进退两难啊！我想最近回北京，到时我会把一切都告诉你。不过，我也不知道，也许我回不去了。无论我发生了什么事情，你都要保管好咱家的那件东西。那是咱们的传家宝，不能给任何人拿走。任何人！你懂吗？我送你一句谶语：

驮谟蚁陆堑暮诘闵稀

此话语义颇深，你需尽你所学，反复参悟。我可以再给你一句提示语：后退半步，海阔天空。

日后若遇难处，可请老猫帮忙。

文阁

（计算机上记录的发信时间是1995年7月15日15时38分）

洪钧把信放在桌子上，慢慢抬起头来，“确实很费解，但老佟显然预感到了什么，而且他有重要的事情要告诉您。他喜欢猜谜语吗？”

金亦英摇了摇头。

“他以前给您写过类似的东西吗？我指的是那谶语。”

金亦英又摇了摇头。

“老猫是什么人？”

“老佟的老同学，叫戴华元，在光学研究所工作。”

“传家宝指的就是那幅古画吗？”

“是的。我丈夫把它当成了命根子，经常一个人看。上次回家，他那么忙，还把那幅画拿出来看了大半天呢！”

洪钧站起身来，若有所思地说：“金老师，我可以去看看老佟吗？”

“周三下午外人可以探视，3点到5点。”

“那咱们后天下午3点在医院门口见面吧。”

第6章　可疑的病人

北医三院的精神卫生研究所既是一个科研机构也是一个医疗机构。它坐落在北三环路和北四环路之间的一条不太宽的马路边上。一道铁栅栏默默地将它与外界隔开。在那几乎总是关闭的大铁门内，矗立着一栋白色的楼房。

洪钧把汽车停在医院对面的马路边，下车穿过街道，从门卫室旁那扇开着的小门走进去。他在白楼门口见到金亦英，然后两人一起来到楼上的住院部。

这是一间单人病房，不大，室内的陈设也很简单。门边的椅子上坐着一个中年妇女，皮肤挺黑，不胖，但很健壮，像个职业运动员。里边的床上坐着一个中年男子，国字脸，浓眉大眼，鼻直口方，前额很宽，头发很黑也很密。他穿着一身浅蓝色病号服。他就是佟文阁。

进屋后，金亦英先小声把洪钧介绍给门口的女子。她是佟文阁的姐姐，名叫佟爱贞。然后，金亦英提高嗓音对丈夫说："文阁，你看是谁来看你啦？是洪律师。你认识他吗?"

佟文阁站起身来，很认真地看着洪钧，"认识。"

“瞎说！你第一次见到洪律师，怎么会认识呢？人要诚实，不认识就说不认识。”金亦英仿佛是在对孩子讲话。

“不认识。”佟文阁连忙改了过来，然后小声问妻子，“你还给我买冰棍儿吗？”

“买！”

“我要奶油的，行吗？”

“行。不过你别一见面就要冰棍儿，你得先回答我的问题。”

“行。”

“我是你什么人？”

“你是好人。”佟文阁的样子非常天真。

“我是你的什么人？”金亦英强调了“你”字。

“你是我的——爱人。”

“对啦！那我叫什么名字？”

“叫……我忘了。”

“我叫金亦英。”

“金亦英。”

“记住了？”

“记住了。”

洪钧在一旁观察佟文阁的举止和神态。他觉得，如果不考虑说话的内容，佟文阁似乎没有不正常之处。他的脑海里不由得升起一个问号：这真是一个精神病人吗？他记得在电影里看过类似的情节，好像叫“失忆症”。有些失忆症人是长期的；有些失忆症人是暂时的；还有些失忆症人是伪装的。现实中真有这种病吗？应该去找专家问问。另外，金亦英对丈夫说话的态度也让人感觉不自然，因为佟文阁毕竟是个年近五十的人了。这两人是在演戏吗？还有那个佟爱贞，面无表情，不言不语，不像是病人的姐姐。总之，这三个人都有些不正常。有人说，正常人进了精神病院，也就都变得不正常了。

这时，佟文阁突然转过身来，很神秘地对洪钧说："她是我爱人，对我可好啦，还给我买冰棍儿呢！你给我买冰棍儿吗？"

洪钧微笑着说："买，但我不知道你想要几根儿啊。"

"买两根儿！你现在就去吧。"

金亦英在一旁拉了佟文阁一把，"你不能一见面就叫别人给你买冰棍儿。让人家笑话！"

佟文阁猛地转过身去，举起拳头，瞪着眼睛，对妻子说："你打我？"

"我没有打你，我在叫你。"金亦英昂起头来，绷着脸，看着丈夫。

"你敢打我？"

"我干吗要打你？好人都不打人。"

佟文阁突然又笑了，"我也不打人。我吓唬你。我也是好人。我要上厕所。"

一直没有说话的佟爱贞在一旁说："你刚才去过了，怎么又要去？"

"我有尿。"佟文阁说着就往外走，佟爱贞忙起身跟了出去。

金亦英在后面说："大姐，他自己行，甭管他。"但是佟爱贞还是跟着弟弟走到厕所门口。

金亦英看着丈夫的背影，问洪钧："洪律师，您是不是觉得他很可笑？其实他这已经好多啦。刚抢救过来的时候，他什么都不知道，连大小便都不知道。现在他能这样，我已经很知足了。"

洪钧从侧面看着金亦英。他觉得金亦英对丈夫的态度并不像他原来想象的那样。诚然，他也说不清金亦英的态度应该是什么样子，但总感觉不对头。他对金亦英说："金老师，要不是亲眼见到，我很难想象他会是这个样子。他这是失忆症吗？"

"大夫是这么说的。"

"我不懂医学，但是在电影里看过。在我的印象中，这种病一般都是因为大脑外伤造成的，对吧?”

“大夫说，他这是大脑受感冒病毒侵害造成的。”

“老佟是研制达圣健脑液的人，竟然变成了这样，真让人难以置信。”

“是啊，我的朋友们听说了，也都不相信。大夫说，他现在的智力水平，只相当于几岁的孩子。”

“他还能康复么?”

“大夫说，很难。”

佟文阁从厕所出来，挺胸抬头，甩着胳膊，雄赳赳地走了回来。金亦英迎上前去，“文阁，别这样走路。”

这时，一位医生走了过来，笑着说：“佟文阁，你已经好多了嘛！我问你，我姓什么?”

佟文阁想了想，“姓黄。”

“这不是赵大夫嘛！怎么说姓黄呢?”佟爱贞在旁边小声提醒。

“赵大夫。”佟文阁赶紧叫了一声，脸上还流露出不好意思的神态。

“这已经很不错啦。”赵大夫说。

“那你给我买冰棍儿吗?”佟文阁伸出一个手指放在面前，很认真地问。

“买！我这就去给你买。”赵大夫笑着走了。

佟文阁冲着大夫的背影做了个鬼脸，然后跟在佟爱贞的后面走进病房。

洪钧觉得佟文阁刚才伸手指的动作有些眼熟，但一时又想不起在何处见过。他认为自己不便久留，便告辞了。

金亦英送洪钧下楼，站在楼门口，她问洪钧：“您觉得怎么样？能查出来吗?”

“医院不是有结论了吗?”洪钧看着金亦英，故意反问了一句。

“我说的是那封信。”金亦英忙说。

“噢，那封信。对了，您为什么不去问问老佟呢？”

“问他？”

“是啊。信是他写的，他应该清楚是什么意思啦。”

“可是，他的情况您也看见了，连我的名字都记不住，怎么可能记住那封信的内容呢？”

“那也说不定。也许，那封信还能刺激他的大脑，使他恢复记忆呢。”

“是吗？我可不敢抱这种希望。不过，我明天可以把信拿来试一试。”金亦英看着街上过往的车辆，似乎有些心不在焉。

“说不定会有意外的结果呢！您明天让他看了之后再给我打个电话吧。”

“好的。但是，如果老佟说不出来，那您准备怎么去调查呢？”

“如果老佟不愿意帮咱们解开这个谜的话，那我就只好自己去寻找答案了。看来，我还得去一趟圣国市。对了，您知道那份起诉书副本是谁寄到我们律所的吗？”

“罗太平，是我让他寄的。”

“这么说，您已经看到起诉书了？”

“是的，就是我到圣国那天看到的。那天是老罗到机场接的我。路上，他把那份起诉书交给我，说是法院通知他去取的，还问请不请辩护律师。我告诉老罗，我已经请了一个很有名气的律师，让他把起诉书寄给你。当时，我还不知道老佟究竟病成了什么样子。也许，我不该让他寄给你，让你白跑了一趟。”

“那也不能算白跑。我们律师办案，总是要到法院去阅卷的。再说了，圣国市风景优美，值得一看。对了，您为什么一直没有调过去呢？”

“其实，达圣公司也曾经想调我过去，他们需要搞计算机的人。但是我不想去。一方面是为女儿着想，她今年上高三，中学教育当然还是北京的好。另一方面嘛，我也离不开学校的工作，我喜欢教书。”

“其实我也挺喜欢教书的。”洪钧说的是心里话。

“我就想当一辈子老师。不怕您笑话，我还作过一首诗呢，写的就是我对校园的感情。”

“是吗？金老师，我没想到您的兴趣还挺广泛。我以为……”

“以为我就是个书呆子？或者是个家庭妇女？”

“不，我不是那个意思。我觉得计算机和诗歌之间的差别应该很大！一个是非常严谨的逻辑思维，一个是无拘无束的形象思维。”

“我可不这么认为。其实，计算机语言和诗歌语言之间有很多共同之处。最起码来说，二者都追求形式的美和内容的美。而且，计算机也可以表达形象思维的东西，诗歌也要有严谨的逻辑思维做基础。洪律师，我说得对吗？”

“有道理。对了，您信佛教吗？”

“不信。您问这个干吗？”

“老佟的信里好像有些佛教的内容。”

“老佟对佛教挺感兴趣。圣国市北面的山上有个寺，他经常去。不过，他也不信佛教。”

“金老师，我还有一个问题：老佟为什么老要吃冰棍儿呢？他一直就这么喜欢吃冰棍儿吗？”

“其实他原来并不喜欢吃凉东西。他这人有点儿胃寒，冰棍啊，雪糕啊，冰激凌啊，他很少吃。”

“那他为什么老说要吃冰棍儿呢？难道他以前在吃冰棍儿的时候受过什么强烈的刺激吗？”

“你这么一说，我倒想起来了。我和老佟交朋友的时候，他曾经给我讲过他小时候的一件事儿。有一次，他们全家去北海公园玩儿，天气很热，他看见别的小孩儿吃冰棍儿，也想吃。当时他们家生活比较困难，他也知道，所以他忍了半天才说出来。但是他爸说不行。他很少向大人要东西吃，所以觉得很难堪，便站着不走。他妈来拉他，他一挣巴，结果跪在了地上。他爸气坏了，二话没说就带他们回家了。到家后，他爸怒气冲冲地把他叫到面前，训斥了一顿。说他没骨气，古人不为五斗米折腰，他却为三分钱的冰棍儿下跪。还说他日后一定是个只知道跟着别人屁股转的哈巴狗。最后，他爸还用铜戒尺重重地打了他的手掌三下。他觉得非常委屈，因为他根本没想下跪，他也不知道当时怎么就跪到了地上。老佟对我说，那件事儿给他心灵上的打击特别大，他一辈子都不会忘记。当然，他并不记恨他爸，实际上他后来对他爸一直很孝顺。他对我说，父母最容易犯的一个错误就是错怪自己的子女。我觉得他这句话挺有道理。”

洪钧被金亦英的话感动了，他也有过被父母错怪的时候。他看了一眼手表，很认真地说：“金老师，那我明天就等您的电话了。再见！”

第7章　夸张的广告

星期四上午，洪钧开车来到德胜门城楼北侧护城河畔的北京安定医院。这是北京最有名的精神病医院，去年成为了首都医科大学的附属医院。经人介绍，洪钧找到一位老教授。他想了解病毒性感冒导致失忆症的可能性。按照他的理解，在感冒和记忆丧失之间似乎难有联系。

听了洪钧介绍的情况之后，老教授慢条斯理地讲道："导致失忆症的原因很复杂，既有器质性的，也有功能性的。比如讲，某些撞击造成的大脑损伤，某些疾病造成的大脑损害，或者长期食用某些镇静类药物，都有可能是导致失忆症的器质性原因。另外，巨大的心理压力，歇斯底里的情感震荡，也有可能成为失忆症的功能性原因。而且，器质性原因和功能性原因也会相互影响。根据你讲的情况，这位病人的记忆丧失很可能就是由病毒性感冒造成的。感冒病毒的种类很多，有些就专门侵害人的大脑组织。当然，并不是所有得了这种病毒性感冒的人都会丧失记忆。一般来说，人的大脑组织有相当强的抗病毒能力。但是对那些大脑抵抗力较弱的人来说，或者对那些高烧持续时间较长的人来说，造成这种结果就不足为奇了。”

洪钧又问：“这种失忆症能用仪器诊断吗?”

“功能性的失忆症，不可能用仪器诊断。器质性的失忆症，也得看具体情况。如果是外伤造成的大脑损伤，一般可以通过 CT 检验出来。如果是疾病或者药物造成的大脑损害，那就很难用仪器检验了。”

“那怎么诊断呢?”

“主要根据病人的临床症状和行为反应模式。”

“那么，一个正常人能不能伪装成失忆症的人呢?”

老教授看了洪钧一眼，反问道：“他是在精神病医院里接受治疗吗?”

“是的。”

“那除非是医生与他同谋，而且他要有高超的表演才能。一般人是做不到的。”

洪钧带着复杂的心情走出安定医院的大门。律师的直觉让他怀疑佟文阁，但是老教授的话是不能怀疑的。不过，万一佟文阁就是一个具有高超表演才能的人呢？再小的可能性也是可能性嘛！他是辩护律师，他不能成为当事人造假的帮手。但是，他又不愿意相信金亦英和佟文阁是联手欺骗他的人。

中午，洪钧回到律师事务所。一进屋，宋佳便问道：“你这一上午去哪儿了？金老师两次打电话来找你，都找不到。我打你的手机，可你没开机。”

“噢，我去找老师请教问题，拿着‘大哥大’不像话。”

“什么老师?”

“一位精神病学的专家。”然后，洪钧便把去安定医院的经过讲了一遍。

听完之后，宋佳若有所思地问：“你怀疑佟文阁在装病?”

“我有这种感觉。你昨天跟我一起去医院就好了。”

“为什么?”

“女人的感觉比男人的感觉更准确嘛!”

“真是难得!”

“什么难得?”

“谦虚呗! 特别是您!”

“讽刺我?”

“不敢!”

“那就说说你的感觉。”

“我又没看见佟文阁，怎么感觉。”

“你不是说你能遥感吗?”

“啊，是啊! 但是那得看感什么，对吧? 那好，我现在就感觉感觉。佟文阁嘛，我感觉他不是装的。要是装的，那金老师怎么会不知道呢?”

“你怎么知道金老师不知道呢?”

“难道是他们两口子一起装? 那她干吗还来找咱们呢?”

“有律师的帮助，更容易掩人耳目嘛! 也许，他们认为这样就可以逃避审判了。一切都有可能啊!”

“我感觉，金老师不是那种人。”

“我也不愿意相信她是那种人。不过，即使她真的那样做，我们也不能说她就是坏人。总之，我们现在谈的只是各种可能性。我们的任务就是去查明究竟哪一种可能性是事实。我以前说过，调查案件事实的时候一定要保持开放性思维，特别是在开始阶段。因为在复杂的现实生活中，各种情况都是可能出现的! 对了，金老师打电话说什么了?”

“第一次，她就说，是你让她打的。第二次，她又说，让你给她打。”

“让我什么时候给她打?”

“两点钟以后，往她家里打。”

“那还有一个多小时呢。”洪钧在屋里转了一圈，皱着眉头说，“宋佳，你说奇怪不奇怪?”

“什么事儿?”宋佳莫名其妙。

“我这肚子里怎么老叫唤呢?”

“你呀！肚子饿了就直说，还用绕那么大个弯儿！算你有口福。我刚才买了一份儿盒饭，有你爱吃的红烧排骨。”

“那你呢?”

“我今天没食欲，吃几块儿饼干就行了。”

“你真伟大!”

“别甜言蜜语！我有自知之明，再伟大也就是个小秘书！不过，我这可是全方位的秘书，就差……”

“差什么?”

宋佳没说话，走进自己的办公室，端来一个白饭盒，放在洪钧面前的茶几上。洪钧高兴地吃了起来。宋佳又从屋里取来一盒录像带，打开沙发对面的电视机，放了起来，洪钧抬起头，问道：“什么节目?”

“你一看就知道了。”宋佳不无得意地说。

电视里播放的是电视连续剧《包青天》。洪钧看了一眼，不以为然地低下头去吃饭。但是，他很快又抬起了头，因为那电视里的话语引起了他的注意——“喝了达圣，人人成大圣；喝了达圣，事事都大胜。”他忙说：“哎，再放一遍!”由于说得太急，他嘴里的饭粒都掉了出来。

宋佳笑道：“哎呦，真够夸张的，都让您‘喷饭’啦!”

洪钧认真地说：“我记得就看过达圣健脑液的广告，正想去找呢，没想到你给录来了。真行!”

“什么真行假行?还不是老板一句话!”宋佳一边倒带一边说。当电视屏幕上再次出现那段广告时，两人就都安静了。

电视画面上首先出现的是一个似乎有些弱智的儿童，正在喝一瓶达圣健脑液，随后那儿童就变成了孙悟空，并说：“喝了达圣，人人成大圣！”接着，屏幕上出现了一个非常现代化的实验室，一个中年男子喝了一瓶达圣健脑液，手指向前一伸说：“喝了达圣，事事都大胜！”最后，画面变成了一栋乳黄色的工厂大楼，门口的铜牌上写着：圣国市达圣食品有限公司。

洪钧此时知道自己昨天在医院为什么看着佟文阁的那个动作眼熟了。他对宋佳说：“再放一遍。那个男的就是佟文阁。”

电视屏幕上又出现了儿童和健脑液，伴随着那颇有诱惑力的声音——“喝了达圣，人人成大圣！”当佟文阁又出现在屏幕上时，洪钧叫了一声：“停！”宋佳连忙把佟文阁定格在那微微颤动的屏幕上。洪钧的目光紧盯着佟文阁的动作和表情。过了一会儿，他从宋佳手中要过遥控器，操纵着佟文阁的形象前进后退几次，然后才继续吃饭。

两点钟，洪钧给金亦英打了电话。“金老师，您给老佟看那封信了吗？”

“看了。”

“他毫无反应？”

“不，他把那信给撕了！”

“给撕了？”

“是啊。他好像很生气的样子。”

“他什么话也没说？”

“没有。我问他为什么撕信，他也没回答。”

“看来，这封信对他还是有刺激作用的。”洪钧认为，金亦英的话是可信的。如果金亦英和佟文阁联手欺骗他，那她就不该这样说了。洪钧觉得心里轻松了许多。“既然老佟不说，那我就只能去圣国了。正好，我下个礼拜要到香港城市大学去做个讲座，那我就提前两天走，先到圣国，到法院去问问老佟的案子，再拜访一下达圣公司。您没有跟他们说过这封信吧？”

“当然没有。不过，他们也可能看到了，因为内行人可以破解密码。他们有电脑专家。”

“金老师，您说我以什么名义去拜访达圣公司比较合适呢？”

“我想，您可以代表我去和他们谈一谈老佟的医疗费和生活费问题。就说我希望能签一份书面协议。其实，我也确实想要一份书面协议。虽然他们现在说得很好，但是谁知道以后会怎么样呢。还是有一份书面的东西心里才踏实。”

“那您得给我写一份委托书，最好再给那位孟老板写封信。”

“可以，我一会儿就可以到你们所里去办。”

“另外，我还需要您授权我去清理一下老佟的私人物品。我希望能找到一些有利的证据，或者是线索。您看可以吗？”

“可以，我相信您。我这次去圣国接老佟的时候太匆忙了，没来得及整理他的东西。老佟在圣国有一套房子，我一会儿就把钥匙给您。”

“谢谢您的信任。这对我的工作来说是非常重要的。再问您一个问题，在达圣公司有没有我可以信赖的人？”

“那就是罗太平了。您可以去找他。”

“那好，我明天去圣国。我不在北京的时候，您有事可以和宋佳联系。”

“洪律师，我非常感谢您！我也代表老佟感谢您！”

洪钧放下话筒后，走到宋佳的办公室门口，他听见宋佳已经在打电话为他订飞机票了。

洪钧回到自己的办公室，拿出那封怪信，放在面前，一字一句地分析着。他想，佟文阁显然遇到了什么难题，而且是“很难预料的”和“很难让人接受的”。这难题是什么呢？是生活中的还是工作中的？他认为，信中有两句话很重要。一句是“我和公司的人吵了一架”，另一句是“无论我发生了什么事情”。前者应该是整个“事件”的发端，因此查明和佟文阁吵架的人具有重要意义。后者表明佟文阁已经有了一种不祥的预感。他究竟预感到了什么？是有人要害他吗？这封信是在强奸案发生之前写的，显然他没有预感到贺茗芬要害他。那么，这个人又是谁呢？是和他吵架的人吗？洪钧在大脑中列出几个人的名字，但是无法得出明确的结论。佟文阁显然有重要的事情要告诉妻子，但是不便在信中明讲，因为他大概知道电子邮件并不能保密。他为什么又提到那“传家宝”呢？而且要强调“任何人”呢？最后的谶语和前面的话有没有联系呢？这谶语是一般的人生体验还是有具体含义呢？于是，他把注意力集中到那 9 个似乎毫无关联的字上——“驮谟蚁陆堑暮诘闵稀”。这应该是佟文阁要告诉金亦英的话。但是，这句话是什么含意呢？这是一句佛教用语吗？他不知道。他试图从不同的角度来寻找这 9 个字之间的联系，但是都失败了。他又试着在这 9 个字之间按规律添加一些字，但是也没有结果。他觉得，佟文阁的思维跳跃很大，他努力去捕捉那背后的线索，但感到力不从心。他喜欢钻研疑难问题，但此时却感到有些烦躁。

洪钧站起身来，走到窗前。他喜欢在思考时观看窗外的景致。这时，那个问题又浮上他的脑海——佟文阁真的丧失记忆了吗？如果金亦英的话是可信的，那么佟文阁就不仅在欺骗外人，也在欺骗他的妻子。他真有这么大的本事吗？一个声音在洪钧的心中响起——你正在被人利用，你已被卷入一个阴谋之中。这个念头搅得他心神不定，使他无法集中精力去分析那封信的内容。

轻轻的敲门声传进他的耳鼓，他回过头来，见宋佳站在门口。

“洪律，我给你订了明天上午去圣国的飞机票。”宋佳慢慢地走了过来。

“谢谢！”洪钧仔细看着宋佳，他感觉宋佳的神态有些忧郁。

“不过，我们的计划……”宋佳欲言又止。

“什么计划？啊，所庆！”洪钧恍然大悟。

“你还记着哪！”宋佳的眼睛亮了。

“没问题，咱们提前办。你说过，这友谊宾馆里你最喜欢的地方就是友谊宫。今天晚上，我请你到友谊宫去吃海鲜，然后再打一个小时的保龄球。怎么样？”

“太棒啦！老板万岁！”宋佳轻盈地一转身，跳着出去了。

第 8 章　匿名的警告

10 月 6 日，星期五。洪钧又来到圣国市，依然住进圣国宾馆。下午，他先到圣城区法院询问佟文阁强奸案的情况，得知法院已决定中止该案的审理。然后，他乘车直奔达圣公司。

洪钧在达圣公司门口受到了颇有礼貌的阻拦。他向门卫说明来意，门卫用步话机请示之后，让他在门外等人来接。几分钟后，一位身穿乳黄色西装套裙的小姐快步走出来，带着洪钧走进办公大楼。来到二层楼的一间办公室后，黄衣小姐把洪钧交给一位身穿黑色套裙的漂亮女子，并介绍说后者是董事长的秘书，姓李。

李秘书看了洪钧的名片之后，脸上带着热情的笑容说："洪律师找我们董事长有何贵干啊?"

"我是为佟文阁的事情来的。这是佟文阁的爱人写给孟董事长的信。"洪钧从公文箱里取出金亦英的信，递了过去。

李秘书接过信，关切地问："佟总的身体怎么样啦?"

"病情稳定了，但是没有好转。"

"佟总可是个好人哦，也是我们公司的功臣嘛。咳，真是没有想到的事情啊!"李秘书看着信封,"董事长在开会。我去问一下。你等一会儿,可以吗?"

洪钧点了点头,目送李秘书走出办公室。几分钟后,门外传来急促的脚步声,孟济黎与李秘书一起走了进来,没等李秘书介绍,便上前握住洪钧的手,大声说:"洪律师,欢迎,欢迎!嗨,其实佟总的事情应该我们到北京去谈啦,还麻烦你跑到圣国来,不好意思的啦!不过呢,我的事情太多,要是能有分身术就好啦!洪律师,你看这样行不行?明天是礼拜六,我要外出,公司的事情啦。下礼拜一早上8点半,我在这里等你。好不好啦?总之,佟总的事情,一切都好商量嘛。"孟济黎一口气说完,才给洪钧说话的机会。

洪钧爽快地说:"可以。"

"那我们就这样定啦!洪律师,你是第一次到圣国来吧?那你就先去玩一玩啦。就让李小姐为你安排,她可是这方面的行家哦。哈哈哈!"

"孟总,你又当着客人胡说!"李秘书嗔怪道。

"没有问题啦!"孟济黎看了看手表,"洪律师,我还得回去开会,就不奉陪了。我们下礼拜一上午再谈啦。"

孟济黎走后,李秘书问:"洪律师,你这两天想去什么地方看看呢?我们这里有山也有海,就是没有北京那么多的名胜古迹。唯一可以称得上古迹的就是北圣山上的圣国寺。不过,你们北京的寺庙很多啦,对我们这个小寺庙就不会感兴趣了,对吧?那么,你喜欢玩什么呢?跳舞,卡拉OK,我们都可以安排的啦。"李秘书说话时,头和上身都随着声音摆动,让人觉得她的体内充满了活力。

"谢谢,不用麻烦了。"

"一点也不麻烦,很简单的啦!"李秘书的表情很诚恳。

"我有个老同学在这里,我想去拜访一下。"洪钧找了个借口。

“是吗？他在哪里工作？用不用我替你联系一下啦？”李秘书很热情。

“谢谢，不用了。”

“洪律师住在什么地方？我有事情怎么和你联络呢？”

“我住在圣国宾馆的410房间。”

“你放心啦，没有重要的事情，我是不会去打扰你的啦！洪律师，那我送你出去吧。”

洪钧回到圣国宾馆时，天已经黑了。他给郑晓龙打了个电话，告知自己又来到圣国。他说，上次没能去圣国寺，希望这次能弥补。郑晓龙也很高兴，约好星期天一起去圣国寺。

放下电话，洪钧洗了澡，下楼去吃饭。刚出门，他又碰上一个穿白大褂的女子从门口走过，并且回头冲他嫣然一笑。由于走廊里的光线不太明亮，他没看清是否还是上次见到的女子。他愣愣地站了一会儿，目送女子拐进另外一条走廊。这些穿白大褂的女子究竟是干什么的？是医生吗？

洪钧到外面吃过晚饭，回到宾馆。他不急于回房间，就在一楼大厅走了一圈。他发现这家宾馆的服务设施很齐全。除了中西餐厅以外，还有一个康乐宫，包括歌舞厅、台球室、游泳池、桑拿浴室等。他想，疲劳的时候来此放松放松倒很不错。他走回大门口，悠然地观赏着门厅内那一盆盆高大的绿色植物。突然，他发现一盆植物的叶下有个东西在反光。他走到近前仔细看了看，发现是个摄像镜头。就在这时，他感觉有人在旁边注视他，便转头望去，果然在大门内侧的角落里站着一个身穿蓝色西服的男青年。当两人目光相遇时，那人不自然地把脸扭向一边。洪钧若无其事地向两旁看了看，走向电梯间。

奔波了一天，洪钧感到很疲倦，洗漱之后便上床睡觉了。房间里非常安静，走廊里也没有声音。然而，就在他昏昏欲睡时，外面传来很轻的敲门声。开始，他还以为是幻觉，再侧耳细听，又听到了轻轻的敲门声，好像还有人在推门。他起身穿上睡衣，蹑手蹑脚地走到门边。他把耳朵贴在门上听了听，外面鸦雀无声。他直起身子，从门上的猫眼向外观看，外面没有人。他犹豫片刻，刚要打开房门，却发现门底下有一张白纸条。他拾起纸条，打开一看，上面只写着八个字："是非之地，不宜久留"。他打开房门，走了出去，但两边的走廊都是空荡荡的，没有人影。他快步走到电梯间，只见那红色指示灯显示电梯已下到一楼。他慢慢走回房间，心想，这是谁送来的呢？

星期六早上，阴雨绵绵。早饭后，洪钧来到宾馆的大门口，只见街上行人稀少。他站在门外的平台边，看着偶尔驶过的车辆。昨晚的事情依然缠绕心中，使他心情沉重。他活动几下四肢，又做了几次深呼吸，然后走进宾馆。

回到房间后，洪钧拨通了罗太平家的电话，接电话的正是罗太平。洪钧说自己叫洪钧，为了佟文阁的事情到圣国来，金亦英让他先找罗总，所以他希望今天能见面谈谈。罗太平犹豫片刻才表示同意，但是关于见面地点又费了不少心思。洪钧说，他可以到罗总家去拜访。罗太平说，他家不太方便。洪钧便请罗总到圣国宾馆来见面，但罗太平亦觉不妥。最后，罗太平提出在达圣公园中心的亭子里见面。洪钧同意了，但心中也有些疑虑。

洪钧先来到见面地点。此时，他体会到罗太平的良苦用心。由于是周六上午，天上又下着雨，公园里冷冷清清。洪钧只在一处花廊下看见一位避雨的清洁工人。亭子位于公园中心，周围有绿树遮蔽，即使有人从街上走过，也很难看见亭子里的人。这确实是一个安全的谈话场所——如果谈话者想避人耳目的话。罗太平为何如此谨慎？

北面的小路上来了一个推着自行车的人。此人身穿塑料雨衣，帽子遮着脸。来到亭子旁边，他支好自行车，走进亭子，脱去了雨衣。来人年近五十，很瘦，脸上的皮肤缺少水分和光泽，显得有些粗糙，但胡须刮得很干净，目光也很有神。

洪钧迎上去问道："您是罗总吧？"

"我是罗太平。您就是洪律师？"罗太平也是北京口音。

洪钧故作好奇地问："罗总，您怎么知道我是律师呢？"

罗太平微微一笑，"我当然知道了。我还知道你这是第二次来圣国，而且昨天下午到过我们公司。你瞧，我们这里的信息传递是很灵通的。好，咱们言归正传。你想找我谈什么？"

洪钧很喜欢罗太平这种开门见山的风格。他说："我这次到圣国来，主要是代表金亦英老师和达圣公司谈谈佟文阁的治疗问题。金老师跟我说了，达圣公司答应负担老佟的全部医疗费用，还给老佟发工资。但是，老佟的病是个长期的事儿，能否康复都很难说，因此她希望能和达圣公司签署一份书面协议。孟董事长答应周一和我谈。我感觉双方都有诚意，应该能达成协议的。另外，我这次来，还要处理老佟那个案子的事情。虽然法院已经中止了审理，但是案子并没有了结，所以作为辩护律师，我必须做好审判的准备。我有个问题想问罗总，您和老佟是老朋友了，又跟他一起工作，一定很了解他。您认为他会强奸贺茗芬吗？"

"不可能！我告诉你，那肯定是陷害。你见过贺茗芬吗？"

洪钧点了点头。

"你猜她多大岁数？"

"有三十岁吗？"

"她呀，三十好几啦！不结婚，整天打扮得像个大姑娘似的。我看着就不顺眼。她在私下里说过一些话，很能说明她的品质。她说，男人是有了钱就学坏；而女人是学坏了才有钱。她还说，女人找男人办事就得靠身体接触。男人嘛，身上有的地方硬了，有的地方就软了。你听她说的都是什么话！人们常说'女人是祸水’。我看这话放在她身上最合适不过了。”

“听您这么说，贺茗芬不仅跟老佟有那种关系，跟别人也有，是吗?”

“别人嘛，咱不能随便说。不过，”说到此，罗太平向四周看了看，用神秘的口气对洪钧说，“我告诉你，她还害死过两个人哪!”

“真的吗?”洪钧吃惊地问。

“当然是真的啦!”

“她害死的是什么人?”

“达圣公司的两个创始人。一个叫黄伟雄，一个叫苏志良。”

“那她怎么还能逍遥法外呢?”

“当然不是她直接杀死的。”

“那她是怎么害死的呢?”

“那是好几年前的事了。我当时还没来，具体情况也不清楚。我是后来听别人说的。不过，有一点是肯定的：那两个人就是因为她死的!”罗太平提高了点声音，说，“洪律师，因为我和文阁是好朋友，所以才对你讲这些话，好让你心中有数。”

洪钧点了点头，又问：“她和老佟的关系怎么样?”

“怎么说呢?他们俩的关系……相当暧昧。我的意思你明白吧?她经常在晚上去找文阁。我就撞上过。文阁一人在外，自然会感到寂寞。关键是那个姓贺的不正经。说老实话，我也劝过文阁，把老婆孩子办过来得了。你看，我就把老婆和儿子都办来了，多好！可是文阁不听我的，结果弄出那些事儿来。不仅公司里有不少风言风语，连金老师都差点儿跟他打离婚!”

“金老师早就知道他俩的关系了?”

“没有不透风的墙嘛!”

“那他们后来为什么没有离婚呢?”

“说心里话，我非常同情金老师，也很敬佩她的为人。她可真是个难得的好女人，就是命运对她太不公正了。她总爱替别人着想，所以她原谅了文阁。”

“这些事儿，贺茗芬知道吗？”

“当然知道啦。我告诉你，那个贺茗芬可是个野心勃勃的女人！她现在是总经理助理，但是她心里一直瞄准了总经理的位子。这我最清楚。今年年初，老板说他不想再兼任总经理了，准备在有了合适的人选时就退下来，只当董事长。从那时候起，这个贺茗芬就开始活动啦。”

“孟老板对这事儿是什么态度？”

“我们老板可是个了不起的人。我认为，他最大的本事就是会用人。他非常器重文阁，文阁也很感激他，所以文阁对孟老板也是忠心耿耿。这么说吧，虽然文阁和我是老朋友，但是他有些话能对孟老板说，却不会对我说。”

“这个案子发生后，孟老板怎么说？”

“一开始，孟老板很愤怒。我记得很清楚，那是星期二早上，孟老板找我商量扩大生产的事情。有个问题要问文阁，他打了电话，文阁没在办公室。他就让李秘书去找。过了一会儿，李秘书回来说，佟总让公安局的人给抓走了。孟老板问，什么事。李秘书说，不清楚。孟老板就给公安局的吴局长打了电话。孟老板和吴局长的私交很好，他和市领导的关系都不错。吴局长不知道这件事，答应去给打听。过了一会儿，吴局长打回电话，说是我们公司的贺茗芬把文阁给告了——强奸，而且有证据。孟老板当时就怒了，立马给贺茗芬打电话，让她过来。放下电话，孟老板对我说，这个贺茗芬真是疯了，大骂了一顿。贺茗芬来了，孟老板拍了桌子，说她真是胡闹，不知深浅，不顾公司的声誉。那时候，声誉对我们达圣集团来说是非常重要的。贺茗芬见我在，就一言不发。你知道，贺茗芬跟孟老板的关系也非同一般。我不是说他俩有那种关系。贺茗芬也算是达圣公司的创始人之一嘛。我不便听他们吵架，就告辞出来了。在门外，虽然我听不清两人说话的内容，但可以听见声音。一开始，他们的声音都很大，似乎很激动，后来声音小了。那天中午，我又见到孟老板。他对我说，这案子是个人之间的事，只能按法律办，他也不好管。后来，他让我代表公司处理文阁的案子。我理解，他还是想尽力帮助文阁，但是不要违法，不要给公司惹麻烦。”

“老佟在公司里跟别人的关系怎么样？比方说，他跟谁吵过架吗？”

“那我倒没发现。文阁脾气好，不爱跟人吵架。”

“难道他从来没跟公司里的人吵过架吗？”

“这怎么说呢？文阁办事比较认真，有时为了工作也会和人争执，包括我们老板。但那不能算吵架吧。”

“罗总，你觉得老佟得这个病，是不是很奇怪？”

“文阁这次得病确实让人感到意外，因为他喜欢爬山，身体很好。我们有时开玩笑说，公司里谁得病，佟总也不会得病。不过，他最近太辛苦了。除了负责的试验项目和技术工作以外，他还直接参与了跟港商的合资谈判，而且和老板一起去香港进行了考察。其实他也可以不去。他是总工程师，又不是总经理，但他还是去了。从香港回来以后，我发现他很疲劳，心理压力也很大。后来又出了那个案子，对他打击很大。大概他承受不了，精神就崩溃了。不过，这医学上的问题，得听专家的。”

洪钧点了点头，又问：“罗总，你们公司现在有几位副总经理？”

“就我一个。老板认为没有必要弄那么多副总经理。私营企业里又不讲究什么级别，负责一个科的就是科长，负责一个部的就是部长，没必要非得挂个副总经理的头衔嘛。”罗太平说的好像是他自己的意见。

洪钧觉得没有问题了，就向罗太平表示感谢。

回到宾馆，洪钧吃过午饭，回房间休息。由于昨夜睡眠不好，他很快就睡着了，直到门铃声把他惊醒。洪钧坐起身来，答应了一声，穿上外衣，才去开门。只见门口站着一位身穿蓝色西服的男青年，手中拿着一本书。

那青年说："洪老师，您可能不认识我，但我认识您。"

洪钧想起来了，这就是昨天晚上在大厅门口暗中注视他的那个年轻人，但他不知以前在何处见过此人。

年轻人拿出一张名片，递了过来，"洪老师，我叫田良栋，以前在公安大学上专修班的时候，听过您的讲座啦。我们班上有很多人都非常崇拜您，年轻有为嘛！我也是其中的一个啦。后来，我还看过您写的文章和书。昨天晚上在大厅见到您，我就觉得很像，但当时没敢认嘛。那毕竟是七八年以前的事情了。后来我查了一下电脑里的住客登记，果然找到了您的名字。我很高兴能在这里见到您呀。这就是您写的《犯罪侦查方法的奥秘》。这本书，我已经保存很多年啦。我想请您给我签个名字，可以不可以呀？"

洪钧也很高兴，连忙请田良栋进屋，坐到沙发上。他接过那本书，很认真地在扉页签上名字，然后看着名片上面印着的"圣国宾馆安保部副部长"等字，问道："你为什么离开公安局呢？"

"这里待遇好啦！再说，我也不能算完全脱离公安局嘛。"

"为什么？"

"圣国宾馆实际上是公安局开的。这也不算什么秘密啦！"

洪钧看着田良栋的名片，一个念头闪过脑海。他说："那么，这宾馆也是公安局的秘密监控阵地喽？我说大厅那盆花的后面为什么藏有摄像镜头呢！"

"您的眼睛很厉害啦！不过，那不仅是为了监控犯罪，也是为了宾馆的保安嘛。万一宾馆里发生了什么事情，我们就可以通过录像来分析进出宾馆的人员啦。”

“每天都录，那不是要用很多录像带吗?”

“还可以啦。每天从早上6点到晚上12点的样子嘛，录像带一般只保存3天，再重复使用，一共有三四十盘就可以啦。”

“那就是说，我昨天晚上从外面回来的镜头还在录像带上?”

“是呀。是呀。”

“我能去看看吗?”

“没有问题的啦!”

洪钧和田良栋走出房间。在等电梯时，洪钧又问：“这走廊里有摄像镜头吗?”

“没有，成本太高了嘛!”

他们坐电梯下到一楼，穿过大厅，来到保安室。进屋后，田良栋问洪钧：“您昨天是几点回来的?”

“9点多吧。”

田良栋让值班人员找出10月6日晚上9点至12点的录像带，放在放像机内。很快，旁边的电视屏幕上就显示出宾馆大门口的情况。由于摄像机的藏放位置比较低，所以屏幕上人的形象有点变形，特别是当人走近摄像镜头的时候。没过多久，屏幕上就出现了洪钧的身影。洪钧看到自己从镜头前走过时不太雅观地用手提了提裤子，忍不住笑道：“这个动作可不好看!”

“如果您知道自己正对着摄像镜头，就不会这样做了嘛。”

“是啊！难怪那些影视明星都讨厌记者老跟着他们呢。人要是老在摄像机前生活，那可真是太累了！还有，你知道为什么很多西方国家的政治家都不喜欢新闻记者吗？就因为那些新闻记者经常把他们这种不太雅观的小动作拿出来向公众曝光！不过，话又说回来了，老有镜头对着，人们的这种小动作也就少多了。”

田良栋笑了笑，随口问道：“您这次到圣国来办什么事情啊?”

“帮一位朋友来签个协议。是这样，我有一个朋友的丈夫在这里工作，突然得了病，很严重。我的朋友让我来和那家公司交涉一下，主要是关于医疗费和生活费的问题。说到安保问题，现在圣国市的治安怎么样?”洪钧尽量寻找话题，以便拖延时间，而他的眼睛一直在注视着电视屏幕。

“很不好，犯罪问题非常严重的啦。”

“我感觉还不错呀。”

“你坐过公交车吗?”

“没有。”

“你去过商场吗?”

“也没有。”

“这就是问题嘛！你住在圣国宾馆，出门就坐的士，当然感觉不到啦。我告诉你，现在圣国的老百姓都缺乏安全感。我们就不说那些杀人、强奸的大案啦，最让老百姓不安的就是‘两抢’——街头的抢劫和抢夺嘛，还有盗窃、诈骗之类的侵财犯罪啦。我们有一段顺口溜：公交车上藏扒手，商场里面养小偷，街头巷尾有两抢，坑蒙拐骗爱杀熟。”

洪钧微笑着频频点头，但在心中计算着时间。他估计，那个给他送纸条的神秘人物应该出场了，如果他不是宾馆内部人员的话。电视屏幕上不时有人进出大门，但都是洪钧不认识的人。忽然，一张他认识的面孔出现在宾馆的大门口。那人向两旁看了看，快步走向电梯间。洪钧惊讶地自问：难道是她?

第9章　无功的催眠

宋佳对洪钧的感情非常复杂。她喜欢洪钧，但知道这种感情是不会有结果的，因为她不忍心去破坏洪钧与肖雪之间那近乎神圣的爱情。昨天上午在首都机场与洪钧分手之后，她的心里便产生了一种失落感。她已经习惯了和洪钧在一起的生活。虽然只是一起工作，但每天都能见到洪钧，每天都能和洪钧一起说笑，她就很满足。在潜意识中，洪钧已成为她生活的一部分。因此，每当洪钧去外地时，她就会有一种失魂落魄的感觉。

今天是休息日，宋佳懒洋洋地在自己的房间里看书。为了做好洪钧的助手，也为了以后参加司法考试她在自学法律。然而，枯燥的法学知识既不能使她紧张也不能使她兴奋。虽然她的目光一直停留在书上，但是书中的内容却很难进入她的大脑。突然，一个念头浮上脑海——她为什么不能在这个案子中做些事情呢？她想到了佟文阁的病。对呀，如果她利用自己掌握的心理学知识帮助佟文阁恢复记忆，那可是在洪钧面前立了一大功。她决心要给洪钧一个惊喜！

于是，她仔细分析了佟文阁的情况，又翻阅了一些书，设计了一套“催眠方案”。下午，她打电话找到金亦英，谈了自己的想法。金亦英开始有些不放心，但后来还是被宋佳说服了。两人约好明天下午宋佳去医院接金亦英和佟文阁。

10 月 8 日，秋高气爽。宋佳兴致勃勃地开车来到医院。金亦英已经和大夫讲好了，她们带着佟文阁来到友谊宾馆内的洪钧律师事务所。进屋后，宋佳穿上医生的白大褂，戴上白帽子。

金亦英对佟文阁说：“这是宋大夫，给你治病的。你得听她的话。”

“我听话。”佟文阁认真地说。

宋佳带着佟文阁走进自己的办公室，让佟文阁坐到一把转椅上。然后她拉上窗帘，打开光线柔和的落地灯，站到佟文阁对面，用轻柔的嗓音说道：“佟文阁，你闭上眼睛，什么都不要想，认真听我说的话。你明白吗？”

佟文阁刚闭上眼睛，但马上又睁开了，“我要上厕所。”

金亦英在旁边说：“现在不能去。”

“我有尿，我憋不住了！”佟文阁转向妻子。

金亦英不好意思地对宋佳说：“真没办法！让他去吧。”

宋佳说：“没关系。”

佟文阁回来之后，宋佳再次让他坐到椅子上，并把刚才的话重复了一遍。佟文阁闭上眼睛，一副听话的样子。宋佳说：“现在开始，重复我说的话，但声音要小。”

“现在开始，重复我说的话，但声音要小。”佟文阁马上重复起来，而且到最后才突然把声音放小。

“这句不算，从下句开始。”宋佳很耐心地说。

“这句不算，从下句开始。”佟文阁又重复道。

宋佳很想笑，但是忍住了。“现在开始。”

“现在开始。”佟文阁重复着。

“声音小一点。”

“声音小一点。”

“再小一点。”

“再小一点。”

“再慢一点。”

“再慢一点。”

“很好。”

“很好。”

“我叫佟文阁。”

“我叫……不，你不叫佟文阁，我叫佟文阁。”佟文阁突然睁开了眼睛。

“闭上眼睛。”宋佳继续用轻柔但带有命令性的声音说道，同时用手示意佟文阁闭上眼睛。

佟文阁犹豫了一下，慢慢闭上眼睛，重复道：“闭上眼睛。”

“我叫佟文阁。”

“我叫佟文阁。”

“亦英：我很想念你和琳琳。”宋佳拿出事先准备好的佟文阁写给金亦英的信，一句一句地念道。佟文阁也一句一句地跟着。

屋子里非常安静，只有两个人那虚无缥缈的声音在空气中飘荡着。金亦英睁大眼睛看着丈夫。终于，宋佳念到了那句谶语。为了让佟文阁能跟她念出这九个毫无关联的字，她三个字一组地念道：“驮谟蚁；”

“驮谟蚁；”

“陆堑暮；”

“陆堑暮；”

“诘闵稀。”

“诘闵稀。”

“后退半步，”

“后退半步，”

“海阔天空。”

“海阔天空。”

“什么意思?”

“什么意思?”

“什么意思? 请回答!”

“什么——”佟文阁慢慢睁开眼睛，默默地看着宋佳，似乎是在努力回忆。宋佳和金亦英都紧张地看着他，期待着。佟文阁皱着眉头，慢慢把目光移到妻子的身上。他的嘴唇颤抖了一下，轻声说：“你给我买冰棍吗?”

宋佳和金亦英愣了一下，不约而同地苦笑起来。

佟文阁看着妻子，着急地问：“怎么，我说错了?”

金亦英止住笑，不无怜爱地看着丈夫说：“没错。只是不该这会儿说。你应该回答宋大夫的问题。刚才那两句话是什么意思?”

“哪两句话?”

宋佳把那谶语和提示又说了一遍。佟文阁摇了摇头，眼睛里流露出茫然的目光。他又把脸转向妻子，“我要上厕所。我有尿。”金亦英带他去了卫生间。

从卫生间回来之后，佟文阁显得有些烦躁，不愿再坐到椅子上，总要求妻子去给他买冰棍。金亦英无可奈何地对宋佳说：“看来今天只能做到这儿了。”

宋佳点头表示同意。她说：“这种治疗不能着急，得慢慢来。我觉得，今天还是有成效的。明天再试试。而且我想看看他对计算机的反应。”

宋佳开车送金亦英和佟文阁回医院。路上，金亦英给丈夫买了一根雪糕。佟文阁坐在车里一口一口嘬着吃，津津有味。他不时地问妻子：“你想吃吗?”但是当妻子真要帮他吃时，他又不让了，脸上还露出奇怪的笑容。宋佳从反光镜里看到这一切，心里很不是滋味。

从医院出来，宋佳开车回家，和父母一起吃了晚饭，然后又来到律师事务所。她想给洪钧打个电话，谈谈她的“催眠方案”。但是拿起话筒之后她又改变了主意，她要等到最后让洪钧大吃一惊。于是她放下话筒，打开计算机，把佟文阁那封信输了进去，并为明天的“第二疗程”做好准备。当她打完那句谶语时，佟文阁的话又出现在她的脑海——你给我买冰棍吗？她问自己，佟文阁为什么总要让人买冰棍呢？他的话有什么特别的含义吗？难道……

忽然，电话铃响了。她猜一定是洪钧，便高兴地抓起话筒。

打电话的是金亦英，而且声音非常焦急：“宋小姐，这时候打扰你，真不好意思！可是我实在不知道怎么办了。我刚才往你家打过电话，你妈说你又回办公室了。”

“出了什么事情？”

“琳琳不见了！今天早上我们说好一起在家吃晚饭的。可她现在还没回来！”

宋佳知道金亦英的女儿叫佟琳。她问道：“她会不会到同学家去呢？”

“凡是她可能去的地方，我都打电话问了。没有。你知道，她无论出去干什么，从来都准时回家。如果临时有事儿，她也会在电话录音上给我留言的。可是……”

“你别着急。”

“我很担心！你知道，文阁的事儿对她打击很大。她一直很崇拜她爸爸。如果她再出点儿什么事儿，我可怎么活啊！”金亦英哽咽失声了。

宋佳完全理解金亦英此时的心情，“金老师，我马上就到你家去。”

宋佳来到金亦英的家时，金亦英正坐在客厅里悄然落泪。见到宋佳，金亦英站起身来，用手绢擦了擦红肿的眼睛。“这么晚了还麻烦你跑一趟，真不好意思。可我实在是不知道该怎么办了！琳琳到现在还不回来，我真要受不了了！”

宋佳扶金亦英坐到沙发上，安慰道：“别着急，金老师，总会有办法的。琳琳今天到哪儿去了，您知道吗？”

“早上她对我说，她要到天安门去写生。她昨天就去过了。我说你在家多看看书，复习功课，很快就要阶段考试了。可她就是不听。”

“琳琳喜欢画画？”

“从小就喜欢。”

“她怎么去的？”

“骑自行车。”

宋佳想了想，“我估计她就是画画入了迷，忘了回家。听说，天安门广场的夜景美极啦，还有彩色喷泉呢。不过，咱们还是做最坏的准备。我在公安局有朋友，我打电话让他们给查一查，看有没有出交通事故的。”说着，她便去打电话。金亦英愣愣地看着她。

宋佳打完电话，坐在金亦英对面的沙发上，寻找着话题，“金老师，你觉得今天下午的治疗怎么样？”

“好像有点效果。”

“我觉得也是。金老师，我打算明天再加强催眠的作用。在西方国家，许多医生在治疗疾病时都采用心理疗法，包括催眠疗法。他们说催眠疗法是欧洲人发明的，已有二百多年的历史。其实他们不知道，中国早就有气功疗法，那也是催眠。金老师，你知道催眠是怎么回事儿吗？有人以为催眠完全是骗人的把戏，其实不然。催眠有一定科学道理。用简单的话说，催眠就是通过语言和动作来诱导被催眠者进入一种半睡眠状态，以便调整其心理活动，使之达到平衡，从而收到治疗效果。催眠也可以用来帮助人们回忆。在催眠状态下，被催眠者的大脑皮层上只引起不完全的抑制，或者说还留有觉醒部位。在催眠者的暗示下，这个觉醒部位就会成为大脑皮层上的兴奋中心，从而使被催眠者回忆起在清醒状态下想不起来的一些东西。国外有的司法机关还专门聘请催眠师来帮助证人或受害人回忆案件情况呢！”

“宋小姐，你的知识还挺丰富的。”金亦英心不在焉。

“我对心理学很感兴趣。在警察学院上学的时候我就特别选修了这门课，毕业以后我又到师范大学去旁听过心理学的课。我自己还看过不少这方面的书。我觉得心理学的用途非常广泛。无论是在日常生活中还是在各行各业的工作中，掌握一定的心理学知识都是很有用处的。”

其实，宋佳的心里也很着急。她心中暗骂公安局的那位姐妹“太面”。终于，电话铃响了，宋佳一把抓起话筒。果然是公安局的朋友来的电话，说给查了，今天下午在天安门到天坛东里的沿途上没有发生骑车人被撞的事故。然而，这个消息对她们来说谈不上是好还是坏。

宋佳看着目光呆滞的金亦英，再也找不到合适的话题了。屋里陷入让人难以承受的沉静。

这时，门外传来很轻很慢的脚步声，接着是有人用钥匙开锁的声音。金亦英和宋佳不约而同地站起身来……

第 10 章　风流的画家

佟琳是个文静漂亮的女孩子。她性格内向，不爱在众人面前讲话，但她内心的感情非常丰富。像她那个年龄的女孩子，很多都醉心于流行歌曲和港台电视剧，但是她对这两样都不感兴趣。她的绝大多数课余时间都花在了绘画上，因为那是她天生的爱好。从她开始懂得梦想的时候起，她就向往着成为一名画家，而且是中国山水画的画家。

10 月 7 日上午，她骑着自行车，背着画架，到天安门广场写生。由于天气晴朗，广场上观花的人格外多。偌大的广场上，花如海，人如潮，熙熙攘攘，沸沸扬扬，竟然没有她安放画架的地方。她转了一圈，决定到天安门城楼上去。她从地下通道穿过长安街，走过金水桥，再穿过天安门城门，然后买了门票，沿着斜坡马道走上城楼。站在天安门城楼上，广场那一组组花坛尽收眼底，真是美极了。她欣赏一番之后，走到城楼西边的角落，支起画架，专心地画了起来。不时有游客走到她的身后，看一会儿，有的人还留下几句赞美之词。

时间过得很快，转眼就到了中午。佟琳已经画了四五张。她觉得有些疲劳，便停下笔，从背包里拿出面包和矿泉水，坐在旁边吃喝起来。她对自己上午画的几张都不太满意，午饭后便又聚精会神地画了起来。不知从何时起，一个男青年站到她的身后，很认真地看她绘画。她几次回身拿东西都看见这个人，但她并未介意。又过了一会儿，男青年在她身后说道："小姐，你画得很不错啦！"他说话带有南方口音。

佟琳回头看了一眼，没有说话。男青年又说："我可以给你照一张相吗？"

佟琳这才回过身来，认真地看了看那个男子。此人中等身材，卷发，留着艺术家们偏爱的那种大胡子，眼睛不太大，但很有神，也很好看。他穿一身牛仔服，胸前挂着一个很专业的照相机，显得非常潇洒。佟琳问道："您是搞摄影的？"

"不，我也喜欢画画，今天出来搜集素材啦。我觉得你在这里写生本身就是一幅极美的画面。你看，上面是蓝天白云，阳光灿烂；下面是人花交汇，五彩缤纷。这就是动中有静，静中有动。真是太美啦！"

佟琳觉得这个男青年说话很有感染力，但是她不愿意让陌生人给自己照相，因为她不知道对方究竟是什么人。男青年看出了佟琳的顾虑，便掏出一张名片，递给她，微笑着说："是不是我的样子像个坏人？但是我真的没有坏心。这只是我的职业爱好啦。当然，如果你不愿意，也没有关系。"

佟琳接过名片，只见上面印得很简单："个体画家：南国风"，还有在广州和北京的电话号码。她惊呆了，这就是那个颇有名气的青年画家吗？她几个月前还在美术馆看过他和另外两个青年画家的画展。她很崇拜那位才华横溢的青年人，因此仔细看了他的照片和简介，她甚至记住了他所属的星座和他最喜欢的颜色！她后悔自己刚才没有认出来，但又庆幸自己没有说出无礼的话。此时，她有些心慌意乱，忙说："啊，您就是南……南老师呀！那……没关系，您照吧。”

南国风让佟琳站到画架旁边继续画，他则从不同角度拍了几张照片，然后说：“谢谢你啦！那么等照片洗出来之后，我一定会送一套给你啦。”

“不用了。不，我想，也可以。我是说，如果不太麻烦的话。”佟琳有些语无伦次了。

南国风笑道：“一点都不麻烦啦。不过，我怎么把照片送给你呢？我明天就可以洗出来。或者，我给你寄到什么地方去？”

佟琳想了想说：“我明天下午还会到这里来写生，也许您可以……”她没好意思把话说完。

“那好，我明天一定给你送来啦。”南国风很痛快。

“让您再跑一趟，真是太不好意思了！”

“不用客气，本来就是我求你帮忙嘛！小姐，我很高兴认识你。你能告诉我你的名字吗？”

“我叫佟琳，‘佟’是单立人加一个冬天的冬，‘琳’是王字边加一个树林的林。”佟琳说得很认真，似乎生怕南国风记错自己的名字。

“佟琳，很美的名字嘛！明天见啦！”

南国风走了，佟琳却无心再画。她站在画架前，心中非常高兴。自从父亲得病以来，她的心情一直很苦闷，很压抑。虽然母亲不让她去医院，也不对她多讲父亲的病情，但是她知道，父亲的病很重，而且很难治好。她隐隐约约地觉得害怕，也觉得孤独。今天是她这些日子以来最高兴的一天。

这天夜里，她做了一个很长很美的梦。

10 月 8 日下午，佟琳又来到天安门城楼上。她支好画架，心不在焉地画着。她不住地问自己，他还会来吗？她的目光不由自主地一遍遍离开画纸，滑向东边的人群。终于，她看到了他的身影，她慌忙把目光移回画纸，她的心跳加快了。她已感觉到他站在自己身后，但她仍然看着画纸，拿着笔的手下意识地重复着同一个动作。她等待着。

他终于说话了，“绘画最忌讳的就是描来描去。佟小姐，你今天画得可没有昨天好啦!”

她回过头来，红着脸说：“噢，您真的来了！我还以为……”

“以为我是个骗子?”

“倒没那么严重。我以为您逗我玩儿呢。”

“我可不是那样的人。生活和艺术一样，都必须认真做才行啦。你说对吗？瞧，这是你的照片，还满意吧?”

佟琳接过照片，一张一张地仔细看着。她对自己昨天的形象和神态都挺满意，看上去不俗气，挺有气质。

南国风说：“你很漂亮!”

佟琳的脸红了，但她没有忘记说“谢谢”。

南国风从背包里拿出一个画轴，递给佟琳，“一幅画，送给你留个纪念啦。”

佟琳接过画，打开来，瞪大眼睛看着。这是一幅“巫山云雨图”，画得气势磅礴，而且不落俗套。佟琳在那次画展上曾看到这幅画，当时就很喜欢。她仔细看了画上的落款和几方印，简直不敢相信这幅画就属于她了。她抬起头来，看着南国风，问道：“这真是送给我的?”

南国风微笑着点了点头。

佟琳小心地把画卷起来，抱在胸前，似乎生怕被人抢走。不过，她很快就意识到自己的样子有些可笑，不好意思地说：“我以前在您的画展上看到过这幅画，价钱很贵呀!”

南国风笑道：“也可能标价太高，没卖出去。不过，如果当时卖出去了，今天就不能送给你啦！留着吧，等我死了以后，也许会很值钱的。”

“您别误会！我可不是看中了它的价钱！”

“那是什么呢？”

“是它的……我也说不好，反正我喜欢它！”

“我很高兴能听到有人说喜欢我的画，而且不是为了它的金钱价值。这真是太难得啦！常言道：人生难得一知音嘛！佟小姐，你学画多长时间啦？”

“10 年了。”

“想做画家？”

“想，但不大可能。”

“为什么？”

“并不是每个想当画家的人都有画家的天分。”

“天分固然很重要，但更重要的是勤奋，是不懈的追求。”

“我父母也不想让我去当画家。”

“为什么？”

“他们希望我只把绘画作为业余爱好。至于专业嘛，还应该选择一门科学，像生物啦，计算机啦。”

“父母的心情是可以理解的啦。他们总是要按照自己对生活的理解去安排子女的未来嘛。但是，每个人的路终归是要由自己来走的。就拿我来说吧，小时候，父母一直希望我能学医，可我最终还是选择了当画家这条路。现在，他们也承认我的选择是正确的啦。所以，关键还要看自己的决心。”南国风抬起头来看了看太阳，问道，“愿意一起去散散步吗？这么好的天气，咱们不要辜负老天爷的一片好心啦！”

佟琳收起画具，跟着南国风走下天安门城楼。他们来到午门前，向右拐，进了劳动人民文化宫，然后沿着河边慢慢向东走去。南国风很健谈，从广州谈到北京，从美术谈到生活。佟琳很少说话，但是她听得很认真。她觉得南国风确实见多识广。她听人家说过，当画家就得见识广，要行万里路呢。

他们来到租船处，南国风建议去划船，佟琳想不出反对的理由。他们租了一条大鹅形状的脚踏船。上船后，佟琳犹豫了一下，坐到南国风的旁边。船驶到河中心之后，南国风说要看看这船究竟能走多快，两人便用力蹬了起来。佟琳觉得很开心，她没有注意南国风的手是什么时候放在了她的手上。不过，当她发现时，她并没有把手抽回来，只是心脏使劲跳了几下而已。凭着少女的直觉，她猜出南国风对她有好感。她的脸颊有些发烧，幸亏蹬船出了很多汗水，掩饰住脸上的羞色。

太阳在不知不觉中落下西山。他们走出文化宫的前门，佟琳取出自行车，两人并肩向东走去。长安街上的灯亮了，行人也少了许多。他们走在树影中，挨得很近。南国风的手轻轻地搂在佟琳的腰上，动作是那么自然，又那么自信。佟琳在心里叹了口气。她并不想反对，只是觉得有些委屈。不过她很快也就想开了。她问自己：如果南国风事先征求她的意见，她又能如何回答呢？再说，这也许就是艺术家的风格吧！

他们走到麦当劳快餐厅的门口，南国风建议去吃点东西，佟琳点了点头。南国风买了汉堡包和饮料，两人端着来到楼上。店里就餐的人很多，他们好不容易才找到一个地方坐下。由于旁边坐着陌生人，他们无法交谈，只好默默地吃着，偶尔用目光交流内心的感受。佟琳觉得南国风的眼睛很会说话，脸上的表情也颇为幽默。她有几次都被南国风那具有哑剧表演风格的面部动作逗得忍俊不禁了。

吃完饭之后，两人走出快餐厅，沿着王府井大街向北走去。街道两旁的商店都关门了，行人也比白天少了许多。秋夜的清风吹拂着有些发热的脸颊，使他们感到十分惬意。他们轻声交谈，从绘画谈到学习，又从学习谈到生活。

时间无声地流逝了。佟琳鼓了几次勇气，终于停住脚步，说道：“我该回家了。”

南国风看了看佟琳，似乎很有些伤感。他抬起头来，透过大树的枝叶看着天上的星星，仿佛在自言自语地说：“是啊，没有悲伤，就没有欢乐；没有离别，就没有重逢！但是人生如浮萍戏水，相逢未必能相识啦！”

佟琳没有说话。两人又走了一会儿，南国风停住脚步，似乎有些局促地看着佟琳说：“佟琳，我也不知道为什么一下子就喜欢上了你。可这是真的！就好像我在作画的时候突然发现了灵感一样。突然！不可思议！但又是千真万确的！也许这就是缘分啦！佟琳，我们还会再见面吗？”

佟琳看着南国风。此时，她面前的这个年轻人已经不是那个高高在上、可望而不可即的青年画家了。她和他是平等的！于是，她又恢复了少女的自信与聪颖。她微微一笑，学着南国风的语气说：“既然是有缘分，那当然会再见面啦！”

“真的？那我可以去找你吗？”南国风很兴奋。

“不行，让别人看见就麻烦啦！”

“那我可以给你打电话吗？”

“那也太危险。你知道，我们高三是最紧张的一年了。如果老妈知道我不专心读书，那我可就死定啦！”

“我也知道你的学习很紧张，我不该打扰你啦。可是，我怕控制不住自己。”

“那你就等着我给你打电话吧。反正你最近也不会回广州，对吧？”

“你不会让我等到死吧？”

“要有自信嘛！拜拜！”佟琳骑上车走了。

佟琳走进家门时，看见母亲和一个青年女子站在客厅门口，愣了一下，然后很快地叫了一声“妈”和“阿姨”，转身就要往自己的房间走。

金亦英叫住了她，“琳琳，你去哪儿了？怎么这么晚才回来?”

“我在天安门画夜景了。特壮观，您也应该去看看。”佟琳在回家的路上已经编好了假话。

“那你怎么不给家里打个电话?”

“没找到公用电话。您知道，长安街上的电话亭都让人给弄坏了。这些人真是讨厌!”

“那你还不早点儿回来?”

“我画着画着就给忘了!”

“琳琳，你怎么能这样！你知道我在家里多着急吗？你爸病成这样，我这心已经快碎了！你要是再出点事儿，你让我……”

“妈!”佟琳打断了母亲的话，看了一眼宋佳。

宋佳知道自己不便旁听母女的谈话，便告辞了。

开车回家的路上，她想到了自己的少女时代。她上中学的时候，有一天下午放学后和几个同学去了陶然亭公园。她们约好了都不跟家里说，就想看看家长们有什么反应。结果把那几位父母都急坏了。当时，家庭电话还没有普及，家长们便骑着自行车到学校去找，到同学家去找，到附近的大街小巷去找。最后，当她们这些“宝贝女儿”终于回到父母身边时，那场面可真够感人的！第二天，她们凑在一起，谈论着各自的父母，都觉得非常开心。

想到此，宋佳摇了摇头，情不自禁地说了一句——可怜天下父母心!

第 11 章　玄奥的谶语

10 月 8 日，星期天。雨停了，阳光又带来了暑热。下午 15 时，洪钧在圣国宾馆门口见到开车前来的郑晓龙。

上车后，郑晓龙说："你上次好像对圣国寺不太感兴趣嘛。这次为什么又想去了呢?"

洪钧说："周末没事儿干，去爬爬山也不错啊。"

郑晓龙开车离开圣国宾馆，拐上圣北大道。"我听说，佟文阁病了，案子也中止审理了。这种事情真是不可预料的啦。"

"所以我这次来的任务很轻松，就代表金老师和达圣公司签一份协议，关于佟文阁的医疗费和生活费的。"

"达圣公司可不缺钱啦!"

"你的工作怎么样？还在反腐败吗?"

"当然要反啦！既然有人搞腐败，就要有人反腐败嘛。我们最近很忙啊，上了一个大案嘛。这一次，大老板下了决心，要动一动老虎的屁股啦。"

"那不是很危险吗?"

"反腐败，就是很危险嘛。但是，不反腐败，同样很危险啦!"

汽车沿宽阔的圣北大道向东行驶。不时有轿车从对面驶过。洪钧觉得车内的气氛有些沉闷，便另外找了一个话题，"昨天我在大街上看到一辆新型的奔驰牌轿车，非常漂亮。在北京都很难见到的。"

"是那种体积比较小的奔驰吧?"

"对，黑色的。没想到圣国市还有这么豪华的汽车!"

"当然有啦!你别看圣国市地方不大，好车很多啦。不过，你说的那种车，圣国市只有两辆哦。"

"什么人的?"

"都是你见过的人啦!一位是市长曹大人，一位是达圣公司的孟老板嘛。"

"我听说，政府官员配车都是有标准的，不能坐奔驰吧?"

"那得看什么人啦。那辆车是港商送给市政府的，别人都不敢坐嘛。我们曹大人说，闲置也是浪费，他就坐上了嘛。曹大人有一句名言——想当年，我们的父辈抛头颅，洒热血，打下了江山;现如今，我们不享受，让谁享受啊!曹大人可是敢说敢做的啦!"

汽车向东行驶了大约半个小时，然后向北拐，很快就来到了北圣山下的停车场。刚下车，郑晓龙腰间的寻呼机响了。他摘下来，看了看来电的留言，皱着眉头说:"是我们大老板。你等等，我得去给他回个电话。"说完，他向马路对面的公共电话亭跑去。

洪钧站在停车场边，抬头观望北圣山。

北圣山不高，但林木茂密，显得郁郁葱葱。山的南麓修有一条石阶小路，弯弯曲曲地通向山顶。半山坡处有一片墓地，其中那些新建的白色石碑、石亭和石像，在绿树丛中显得突兀怪异。墓地旁边是一片松树林，其颜色显然比周围都深许多。山顶的平地上有一处红墙黄瓦的建筑，那就是圣国寺。

洪钧看过旅游手册上关于圣国寺的介绍。圣国寺始建于明朝，后来两次被毁，一次是在清朝末年，一次是在“文化大革命”期间。1985年，它由当地政府拨款修建。如今，寺里住着多位高僧，香火十分旺盛。逢年过节，进香或游览者多如潮涌，以至于圣国市公安局都得专门派人来维持秩序。

郑晓龙快步走了回来，面带歉意地说：“我不能陪你上山了。上级通知，让我明天去香港。我得赶紧回去准备啦。”

“你去香港干什么？”

“学习啦！广东省检察院和香港廉政公署合办的讲习班嘛。这一期原来就有我的名字，后来因为要办这个大案，就把我改到下一期了嘛。刚才大老板说，上面决定，这期一定让我去，说是照顾长年战斗在反贪斗争第一线的同志啦。”

“难道这里面还有什么名堂吗？”

“我不知道，不过，有人知道的啦！”

“我后天也要去香港。”

“我好像听你说过啦。是去讲学吗？”

“是的，香港城市大学。”

“那好哇，我们到香港再联络吧。”郑晓龙掏出小本写了几个字，然后把那张纸撕下来递给洪钧。“如果你在香港找我，可以给这个人打电话啦。我有一种预感，咱们俩大概会成为一个战壕里的战友啦！”

“可是我现在还不知道这战壕对面是什么人呢！”

“战斗一打响，你自然就知道了嘛。”

“但愿我别稀里糊涂就阵亡了！”

“那就得看你的作战经验喽，当然还有运气啦！”

“好，香港再见。”洪钧接过纸条，用力和郑晓龙握了握手。

郑晓龙开车走了。洪钧沿着树林间的石阶小路向山上走去。

圣国寺不太大，只有南北两进院落。寺院的大门就开在最南面的韦驮殿，殿内有四大天王的塑像。穿过该殿便进入前院，正面是大雄宝殿。院子中间有个一人多高的铜香炉，袅袅香烟在上空萦绕。香炉前有个红木箱，上面有“功德箱”三个大字和“广种福田”四个小字。大雄宝殿正门两旁的大红柱子上写着一副对联，右边是：“如来座中华藏庄严世界海”，左边是：“菩提树下寂静光天解脱门”。殿内中央供奉着三世佛祖，佛像前有香案、香炉和香客跪拜用的团垫。这里也有一个“功德箱”，透过两边的玻璃可以看见里面有各种各样的钱币，箱子上面的小字是“广结善缘”。佛像两旁的圆柱上又有一副对联，右边写的是：“空色本同归空即色色即空有谁见及”，左边写的是：“佛心原不二佛是心心是佛唯圣能之”。佛像上方还有一个横匾，上书四个大字：“作如是观”。佛像两旁的空间摆放着讲经的座椅、条桌和木墩，前面还有一个悬鼓和一个挂钟。佛像后面供奉着千手千眼观音，并有一门通向后院。前院的东侧殿里供奉着药师佛，西侧殿里供奉着观音菩萨。后院则是僧人起居的场所。后院的角上有一小门，门外还有一条山路通往北面的山下。

洪钧在寺院里观看一圈，走进大雄宝殿。殿内光线昏暗，空气中飘浮着很浓的香味。一位中年僧人坐在门后的凳子上，正在不紧不慢地敲着手中的木鱼。他见洪钧进门，便起身作揖，并随洪钧走到香案旁边。洪钧掏出一张 50 元的人民币，放入香油箱。僧人连忙把一炷香递到洪钧手中。洪钧接过香，点燃后插在香炉上，然后向后退了几步，虔诚地冲着佛像合掌鞠躬，口中还念念有词。拜完之后，洪钧对僧人说，他有事想向法师请教。那位僧人听不懂普通话，而洪钧只能讲一点广东话，所以他连说带比画之后，仍未能使僧人了解他的意思。于是，那僧人让洪钧稍候，转身走了出去。几分钟后，他带着一位留着长须的老和尚走了进来。

老和尚讲一口颇为标准的普通话。他与洪钧施礼后问道："请问施主有何见教？"

洪钧说："我的朋友得到一句谶语，但是看不懂，让我解释。我也看不懂，所以来向大师请教。"说着，他从衣兜里掏出事先写好的纸条，递了过去。

老和尚接过纸条。由于殿内光线太暗，他便走出殿门，阅读纸条上的字："驮谟蚁陆堑暮诘闵稀。提示：后退半步，海阔天空。"他反复念了两遍，又沉吟半晌，才缓缓说道："此语甚为玄奥，贫僧也只能试解一二。这九个字似乎可以分为三组，即：驮谟蚁；陆堑暮；诘闵稀。'驮'者，负重也，'谟'字疑可通'莫'，'蚁'即蚂蚁，那么这三个字的含义便可以解释为'负重莫过于蚂蚁'。'陆'通'六'，'堑'指沟壑，'暮'则有垂暮与临终之意。依佛家思想，俗欲犹如渊壑，所以这'陆堑'似暗指六欲。而'陆堑暮'则可解释为'六欲即灭'。唯有最后三字难解。'诘'者，盘问指责也，而'闵稀'实难参悟。若说它假语'闽西'，似乎过于浅薄。不过，此地确实在闽西。当然，还要看施主此语得自何处。至于'后退半步，海阔天空'，此乃佛家倡导之思想。但是以'半步'代替人们常言之'一步'，说明写此谶的人对佛家思想已有极深的领悟。有进必有退，有得必有失。我佛主张，世界上一切事物都是依靠因缘而存在的。唯有因缘存在，才会有事物的存在。如果没有因缘，则不会有任何事物。因此佛说，'因缘合，则生命始；因缘散，则生命终'。阿弥陀佛！"

听了老和尚的话，洪钧似乎对这谶语有了一些理解，但是仍很模糊，一时难以把握。不过，他从心里佩服老僧人的学识。他以前就听说出家人中大有学识渊博之人，这次也算眼见为实了。他诚恳地说："谢谢大师的指教！"

老和尚打量一番洪钧，面带微笑说："听口音，这位施主是北京人吧？"

“对。大师的老家好像也在北方吧？”洪钧问了之后觉得有些唐突，便又补充道，“因为您的普通话说得非常好！”

老和尚笑道：“出家人已断俗缘，哪里还有什么老家？贫僧云游四海，但多在北方，到本刹不过10年而已！”

“这个地方的北方人好像并不少。”洪钧考虑着如何把话题引到佟文阁的身上。

“以前极少，这几年才多了一些。”

“我有一个朋友在圣国市工作。他就是北京人，而且他对佛教很感兴趣。在北京的时候他就经常到寺庙去拜佛。我听说，他也常到圣国寺来，不知大师认识不认识。他的名字叫佟文阁。”

“施主说的是达圣公司的佟总工程师吧？”

“对，对！大师也认识他？”

“认识。他喜欢爬山，几乎每个星期天的下午都要到本寺来，而且经常和贫僧探讨佛学中的问题。不过，他已有相当一段时间没来本寺啦。”

“他最近得病了。”

“呵，生老病死，在劫难逃。阿弥陀佛！”

“大师，佟文阁得的是一种很怪的病，记忆力几乎都丧失了。大夫说，治疗他的病，最好的办法就是用他过去生活中印象比较深刻的事物来刺激他的大脑。既然他经常到这里来，我想他对圣国寺的印象一定非常深刻。大师，您能不能给我讲讲他最后一次到这里来的情况。也许我回北京后可以把这些情况告诉大夫，让他们在治疗中使用。”

老和尚想了想，说道：“佟施主一般是在星期天下午来本寺，但那天不是星期天，而且比较晚，也是太阳快落山的时候。进殿之后，他和另外一位施主都进了香。以往他总是一个人来，但那天还带来一个人。”

“您认识那个人吗？”

“不认识，以前没有来过。”

“那个人长什么样?”

“是个中年男子，应该是本地人。我记不清他的相貌了，好像他长了不少白头发。进香后，贫僧见佟施主心事重重，本想开释几句，但那位施主似乎有急事，催他快走。贫僧不便挽留，就送到门口。不过，他们出了寺门之后并未立刻下山，而是站在外面谈了起来。”

“他们谈的是什么?”

“出家人不听无根之语，所以贫僧当即返回大殿了。”老和尚停了一下，又说，“佟施主得的是痴迷之症。我佛认为，痴迷乃心灵的疾病，其形成果，就是痛苦。按照佛家的‘十二缘起观’，无明、爱、取，皆为痴迷。所谓无明，即杂染心。所谓爱，即希望爱欲。所谓取，即固执与偏爱不舍。而其中又以无明为首。无明又曰蒙昧意志。因此，人若想免除生老病死之苦，必须将蒙昧意志渐渐修行而成般若明智。明智起，则无明灭。明智与无明，犹如光与暗之不可共存，有光则暗灭，就是这个道理。阿弥陀佛!”

“大师的话非常深奥，我还无法完全理解。不过，我觉得佛家思想是很有哲理的。像您讲的蒙昧与明智的关系，就很有道理。对了，您还记得佟文阁他们那次来的日期吗?”

老和尚闭目回忆片刻，说道：“应该是在7月初。”

“谢谢大师!”洪钧告辞老和尚，走出圣国寺的大门。

此时，夕阳已经落到天边，在一层薄薄的灰色雾帷后面，犹如一个橙红色的大气球，静静地浮在地平线上。在这“气球”的映照下，雾帷的边缘泛着红晕，就连脚下的山林和远处的楼群也都披上一层淡淡的霞晖。这景色既不壮观，也不奇特，但是很让人眷恋，似乎它有一种可以浸入心灵的魅力。洪钧情不自禁地驻足观望。只见那橙红色的球体缓缓下沉，底部渐渐消失在灰色的雾帷之中。于是，那个圆球变成了越来越小的半圆形，又变成了越来越小的三角形，直到最后变成灰云后面一个若有若无的红点。洪钧眨了眨眼睛，似乎仍不相信那巨大的“气球”就这样无声无息地消逝了。然而，那灰色的雾帷中已经看不到任何红色的痕迹。他深深地吸了一口气，迈步向山下走去。

小路旁边立着一些灯柱，但是还没有拉上电线，因此在太阳落山之后，这林间小路很快就被暮色笼罩了，而且越往下走越显得光线昏暗。洪钧在心中思考着老僧人的话语。他想，按照老僧人的解释，佟文阁好像要告诉妻子，他背上的负担太重了，已经感到心灰意冷，而这一切都应归罪于圣国市的什么人或什么事。这种解释似乎不无道理。可问题是佟文阁为什么要用这么隐晦的语言来告诉妻子这句话呢？他有这个必要吗？这句话里并没有怕别人知道的内容啊。难道他只是想用这种故弄玄虚的方法来和妻子开个玩笑吗？再有，他为什么又说‘后退半步，海阔天空’呢？这种豁达的态度显然与前面的感觉不太协调。另外那个男人是谁？白头发的中年男子，难道是孟济黎吗？他们到这里来干什么呢？

洪钧边走边想，忽听下面传来隐约的说话声。他转过石阶路的一个拐弯处，看见下面走来三个人。那三个人也看见了他，便停止说话。快走到对面时，洪钧认出那走在中间的人是达圣公司的副总经理罗太平，他旁边走着一个中年妇女和一个男青年。洪钧停止脚步，主动打招呼：“罗总，您好！这么晚了，你们还去爬山吗？”

罗太平听到洪钧的问话，不自然地笑了一下，“啊，是去爬山。”

洪钧看了看罗太平身旁的女子和青年，又问：“这是您的太太和孩子？”

“啊，不不！是朋友！洪律师，你下山？好好，再见！”罗太平很快地说了几句，便急忙往上走了。那两个人从洪钧身旁走过时，都投来审视的目光。

洪钧继续往山下走去。他的心里觉得有些奇怪，便不住地回头观望。他发现罗太平三人离开石阶路，走进旁边那片黑黢黢的松树林。洪钧不由自主地停住脚步。看着那些在林木掩映下的白色墓碑，他考虑是否应该过去看看。这时，一阵晚风吹过，他的后背生起一种凉飕飕的感觉。他快步向山下走去。

第 12 章 丢弃的佛信

10 月 9 日上午 8 点半，洪钧准时来到达圣公司董事长兼总经理孟济黎的办公室。秘书通报之后，孟济黎来到门口迎接："洪律师，我就喜欢和遵守时间的人打交道嘛。不过，要真是碰上不守时间的人，我也真没办法的啦！哈哈！请，洪律师。"

这间办公室既宽大又气派，摆放着清一色的紫红色硬木家具，墙上还挂着几幅名人字画。洪钧说："孟老板的办公室真够高级的！"

孟济黎笑道："这都是别人布置的啦。要是按照我的意思，一张办公桌，一把藤椅，就可以啦！坐在这个位子上，身不由己嘛！说心里话，有时候我觉得当这个大公司的董事长还不如当个渔民呢，或者自己开个小铺子。一个人干自己的事情，少长多少白头发！咳，没有办法的啦！"

"我也有同感。有时候，我也真想一个人跑到深山老林里去过闲云野鹤的生活。准保能长寿！"

"是吗？那我们也算志同道合的啦！哈哈！"

洪钧的目光落在墙边的一张硬木棋桌上，桌上摆着一盘象棋的残局。他走过去看了看，问道：“孟老板喜欢下象棋？”

“这是我保留下来的唯一爱好啦！我这个人哪，过去也很爱玩的啦。打篮球、打乒乓球、打扑克、打麻将，我都很喜欢的啦。现在不行啦，没有时间嘛！不过，象棋的爱好我是不会丢的。再忙也要下。洪律师喜欢下象棋吗？”

“喜欢，就是下得不好！”

“太谦虚了吧？洪律师这么聪明的人，下象棋一定是个高手。哪天有时间，我跟你学一盘啦。”

“我真的下不好。我有一个朋友下得不错。他说我的主要问题是看不出棋步，就知道走一步，看一步。”

“那就不行啦。下棋关键要看步，谁看出的步多，谁就能赢嘛。好像说，咱们两人下棋，你每走一步之前能看出三步棋，可我能看出四步棋，那我当然是胜券在握啦！因为无论你怎么走，我都有对付你的招法嘛。做生意也是同样的道理啦！”

“难怪孟老板的生意做得这么红火！不过，我比较喜欢研究象棋的残局，因为它跟我的工作性质差不多。我们律师接手的案件，一般都是残局。”

“我更喜欢从头开始下。开局的时候双方站在相同的起点上，怎么用兵，全凭你调遣啦。残局嘛，终归是别人给你留下来的，变化余地不太大。还是从头开始下能够表现出一个人的真正水平。公平竞争嘛。不过，咱们还是言归正传吧。”孟济黎请洪钧坐到沙发上，转用谈判的语气说，“洪律师，金老师的信，我已经看过了。你先说说金老师的意见吧。”

洪钧说：“金老师说，孟老板对她丈夫非常好，不仅医疗费全报销，还照发工资。不过，她认为佟文阁的病很难治好，所以让我来和您谈谈，希望能达成一个书面协议。我想，孟老板一定能理解她的心情吧？”

“她的心情倒是很好理解的啦。”孟济黎话中有音。

“那什么不好理解呢?”洪钧随口问道。

“我看你洪律师就不好理解了嘛!”孟济黎的眼睛不停地眨动。

“为什么?”洪钧饶有兴趣地看着孟济黎。

“是啦，像你这么有名气的大律师，又专办刑事案件，怎么会对这件小事感兴趣呢?”孟济黎的脸上挂着让人难以捉摸的笑容。

“孟老板一定知道我是佟文阁的辩护律师，顺便代理金老师来签个协议。孟老板认为这里有什么问题吗?”

“没有问题啦！我是和你开玩笑嘛。哈哈!”孟济黎很快收起笑容，认真地说，“关于佟总的事情，我早就说过，医疗费我们包到底，工资照发一年，至于奖金嘛，就不好再发啦。一年以后如果佟总的病还不好，那就只能按照公司的规定办了。”

“金老师希望能一次性拿到那笔钱。”

“怎么，想和我们断绝关系?”

“不是那个意思，金老师主要是不愿意一次次地老麻烦你们。当然啦，一次把钱拿到手，她心里也比较踏实。”

孟济黎沉吟片刻才说：“一次性支付不太好办呀。虽然我是董事长，但这种事情也不能我一人决定嘛。钱不是问题，主要得有个名目啦。这样吧，我听说佟总有一幅明朝的画，能值20万。我有一个香港朋友喜欢收藏古画，一直让我帮他买嘛。我出60万，把佟总那幅画买下来，多付的钱嘛，就算我们给佟总的啦。这样一来，我也就不用拿到董事会上去讨论了嘛。”

“您的这个主意很不错，但是我不知道金老师愿不愿意卖那幅画，所以我得和金老师商量商量。”

“没有问题啦！不过，这件事情要做，就快一点搞定嘛。夜长梦多的啦!”

“好吧。”洪钧觉得孟济黎办事很痛快，但不知他对自己的另一个要求反应如何，便用婉转的口气说，“金老师说她上次来的时候非常匆忙，没来得及收拾佟总的个人物品，让我帮她收拾一下，带回去。金老师在信中大概也提到了吧？”

“她有提到的啦。”

“不知道现在方便不方便？”

“没有问题啦！你稍等，我去看一看嘛。”孟济黎走出门，几分钟后就回来了，“一会儿就可以让李小姐带你去佟总的办公室。只要是佟总个人的东西，都可以啦！洪律师，你还有别的问题吗？”孟济黎看了看手表。

“没有问题啦！”洪钧学着孟济黎的语调说了一句，起身告辞。

洪钧从孟济黎的办公室出来时，李秘书已经在门口等候。她微笑着和洪钧打了个招呼，然后带路去佟文阁的办公室。他们坐电梯下楼，穿过长长的走廊，再坐电梯上楼，拐了好几个弯，又过了一道有密码锁的门，才来到一个很安静也很干净的地方。

这条楼道两旁是一个个实验室。在几扇打开的门里，洪钧看到一些身穿白大褂的工作人员。他们默默地做着各自的事情，连走路的脚步都很轻。楼道中间还有一道门，过去之后是两间很大的实验室和佟文阁的办公室，再往前就到了走廊的尽头，那里有一扇关着的门，上面有紧急出口的标志。

李秘书说：“为了保证佟总有一个安静的工作环境，这两间实验室是佟总专用的，别人一般都不到这里来。”

洪钧点了点头，没有说话。他在判断着这间办公室在大楼中的位置。

李秘书打开房门。这是一间不大的办公室，里面除了必要的办公设备之外，就是各种书——中文书和外文书。李秘书站在门口，对洪钧说：“洪律师，你需要多长时间呢？我没有别的意思，因为我还有些事情要处理，想知道什么时间来接你。”

“我也说不准，可能得用几十分钟，或者一个小时吧。”洪钧看着屋里的陈设。

“那我就过一个小时来接你。”李秘书转身要走，但是被洪钧叫住了。

“李小姐，哪些东西我可以动呢?”

“都可以的啦！不过你要拿走什么东西的话，请告诉我一声啦!”

“我可以看佟总的计算机吗？金老师让我看看有没有佟总的个人文件。”

“可以是可以，但是我不知道佟总的密码呀。不过，我可以给你找一位电脑专家来，他能帮你查。”

“不用了。金老师把密码告诉我了。”

“那就没有问题啦!”

李秘书走后，洪钧站在办公室中间，看了一圈。他没想到达圣公司会这么合作。这究竟是孟济黎的指示还是李秘书的自作主张？他无暇细想。他必须充分利用这一个小时的时间。他打开计算机，先查看了佟文阁使用的中英文软件的名称，然后打开一些文件，快速地查阅。他不时在小本上记下一些内容。查完之后，他看了看手表，还有半个小时。他关上计算机，打开写字台的抽屉，看到佟文阁的一些信件，便拿了出来。然后，他站起身来，向四周环视。他的目光停留在门后的废纸篓上。他快步走过去，俯身从纸篓里捡起一个信封。他从已经撕开的信封口抽出一张纸，只见上面打印着下列文字——

请珍惜这封信！

佛事降临，我是老佛爷。收到此信是一种吉祥。请在9日内复制9封寄给你的朋友。不要怕花钱，也不要留在手中，否则对你不利。此信起源于英国，已经绕地球走了12圈。有一天，圣国市的一位姑娘在北圣山麓遇见一位老翁。他给了她这封信，让她9日内发出。她照办了，结果9日后她考上了大学。她的一位朋友收到信后也照办了，结果9日内发了一笔大财。而她的另一位朋友没照办，结果9日后突然死亡。这些都是真事！不可不信！

你一定要在9日内复制9封信寄出，而且要把你最心爱之物送给你的一个朋友，一定不可以寄钱！

你一定要照办，否则你必将大祸临头！

九天佛祖

洪钧把信纸放回信封，又仔细看了信封上的字。信封上写着“达圣公司佟文阁收”，没有邮票也没有邮戳，但右下角写着日期——1995年7月6日！

洪钧正看着，门一响，李秘书走了进来。她问道：“洪律师，找到你要找的东西了吗？”

“我没有什么特别要找的东西。不过，我想把那些带给金老师。你看可以吗？”他指了指写字台上的信件。

“佟总的信？当然可以啦。”

“我还在纸篓里发现了一封莫名其妙的信。”

“什么信？我能看看吗？”

“当然可以啦。”洪钧学了李秘书的语调。

李秘书嫣然一笑，接过信，很快看了一遍，认真地说：“这种信很灵的呀！佟总怎么能把它随便扔掉呢？”

“我听说这都是无聊的人编出来的，根本不能信。”

“你可不能这么说呀！我听说这种信是很灵的啦。”

“这么说，我也应该把这封信带回去给金老师看看啦？”

“是呀！是呀！”

"我这一趟也算有收获了。你说对吗，李小姐?"

"是呀！是呀!"

"李小姐，我还有个问题。"

"你可以问啦。"李秘书靠在门边，用探询的目光在洪钧的脸上扫来扫去。

"佟总住在什么地方？我是说，他的房子在什么地方?"

"你去他的房子干什么呢?"

"金老师让我去拿点东西。可以吗?"

"当然可以啦。他住在公司南面那片小区，应该是5座12号，离这里不远。用不用我带你去呀?"

"谢谢，不用了。我还得先到别的地方去办点儿事情。"

洪钧跟着李秘书从另一条路走回办公楼大厅，正遇上从门外走进来的贺茗芬。李秘书连忙给二人做了介绍。

贺茗芬面带微笑说："洪律师，我们已经见过面啦!"

"是吗？我怎么不记得。"洪钧面带困惑。

"在达圣公司成立10周年的大会上，你不是坐在嘉宾席上嘛。我记得，你是和市检察院的郑检坐在一起的吧？我在台上就看见你啦!"

"噢，你就是大会的主持人吧？幸会!"

"看来，我这个人可不像洪律师那么引人注意哦!"

"哪里？是我眼拙。"洪钧突然想起一个问题，又补充说，"也许是我给记混了。上周五的晚上，贺小姐有没有去过圣国宾馆？我在大厅里看到一个人，跟您长得很像。"

"是吗？长得像的人有很多嘛。洪律师，我还有事情要办啦。你下次见面时可一定要记住我哦!"

洪钧目送贺茗芬离去后，带着心满意足的表情向李秘书道谢，走出达圣公司。虽然需要他破解的谜团越来越多，但他相信自己一定能找到答案。

第13章　暗藏的日记

在街上吃过午饭，洪钧找到佟文阁的住房。他用钥匙打开门，走了进去。门内是客厅，约有十七八平方米，放了一套沙发和一台29英寸的彩色电视机。客厅里边是个走廊，左边并排有两个门，是厨房和卫生间；尽头还有一个门，是卧室。此时，三个门都关着。洪钧发觉卫生间的门缝里飘出一丝蒸汽，感到奇怪。这里没人住呀！他犹豫片刻，走过去，推开卫生间的门。里面没有人，但是浴盆和塑料帘都是湿的，地面上还有一些水迹。他正在考虑应否离去，忽听身后门响，忙转过身，只见身穿睡衣的贺茗芬从卧室走出来，倚靠在门框上看着洪钧。她左手的食指和中指夹着一支细长的香烟，吸了一口，微微扬起脸，慢慢地吐到空气之中。

洪钧吃惊地问："贺小姐，你怎么在这里？这不是佟总的家吗？"说话时，他挥了挥手，似乎是在驱赶烟雾。

贺茗芬莞尔一笑，"洪律师，你不喜欢香烟的味道吗？"

"是的。"

"那就对不起啦！"贺茗芬熄灭了香烟，用右手向后梳拢披散的头发，一股很浓的香水味便飘了过来。“啊，你的问题——我为什么在这里？佟总外出的时候让我替他照看房子，所以我也有钥匙哦。不过，我今天可是特意来等你的啦。”

“等我？”洪钧瞟了一眼通向楼道的门。

“是呀！是呀！”贺茗芬一脸认真地点了点头。

“为什么？”洪钧向后退了两步。

“因为我要回答你的问题啦。”

“什么问题？”

“就是你今天上午问我的问题嘛。既然你对我这么感兴趣，我当然要满足你的愿望喽。不过，你得先回答我的一个问题哦。”贺茗芬用挑逗的目光看着洪钧，慢悠悠地说，“请问，当一男一女被单独关在一个房间里的时候，你说他们最想干的事情是什么呢？”

“当然是逃出去！”洪钧很认真地说，“贺小姐，是你先逃呢，还是我先逃？”

“洪律师，你说话很幽默嘛。告诉你，我最喜欢有幽默感的男人哦！不过，你放心好啦，我只是和你开个玩笑嘛。”

“那就请你去穿好衣服吧。”洪钧转身回到客厅。

“你这个人很奇怪哦。别的男人一见面就想让我脱衣服，而且最好都脱光啦。”

“这是人和动物的区别。”

“太精辟啦！狗狗们在大街上都可以交配的嘛。不过，有些男人看上去文质彬彬，可是一上床就变成动物啦。洪律师，我可没有说你哦。要我看，你主要还是不放心啦。我告诉你，这里很安全嘛。你和我做的事情，只有天知，地知，你知，我知的啦。而且，我也可以假装不知呀！”

“你对佟文阁也是这样说的吧？”

“是呀。看来你对那个案子很熟悉喽？哦，你是辩护律师，而且去法院看过案卷。那么，你一定对我的做爱方式很感兴趣啦。难道你就不想亲身体验一次吗?”

“你太高估自己了。”洪钧转身向房门走去。

“你不要走哦。我这就去穿上衣服好啦。”

洪钧站在门边，面无表情地等待着。

贺茗芬回到卧室，穿上牛仔裤和T恤衫，走到客厅，改用诚恳的语气说道：“洪律师，我只是想试试你，绝没有恶意哦。我能看出来，你和一般的男人不一样，你是个正人君子的啦。请你不要把我看成不知羞耻的女人哦。我就是思想比较开放嘛。我们这里的人，思想都比较开放的啦。洪律师，我们能不能坐下来谈呢?”贺茗芬坐在靠窗的单人沙发上。

“还是站着说吧。需要逃跑的时候，方便。”洪钧向前走了两步，站在靠门的单人沙发后面。

贺茗芬无可奈何地摇了摇头。“你问我礼拜五的晚上有没有去过圣国宾馆嘛。那我告诉你，我有去过啦。你对我的这个回答满意吗?”

“满意。”

“难道你不想知道我去那里干什么吗?”

“没有必要了。不过，我想知道你为什么那样做。”

“当然是为了保护你哦。不管你信不信啦，你是我所见过的最有魅力的男人，可惜是不会跟我上床的男人哦！你不要生气，我说的是真话嘛！洪律师，我对你可是真心诚意的啦。俗话说，跟什么人，做什么事。你是个绅士嘛，我当然就要做个淑女啦。我要保护你，所以才在你的房门下塞了那张纸条嘛。‘是非之地，不宜久留。’我的意思是很清楚的啦!”

“你的意思是想让我不再过问佟文阁的案子吗?”

“我的意思是想让你尽快离开圣国。我不想让你受到伤害啦!”

“什么伤害？谁的伤害？”

“什么伤害？我也说不清楚。我只能告诉你，这里很危险啦。要说是谁，我可以告诉你，一定要提防罗太平这个人啦！你别看他表面上是佟文阁的朋友，其实他心中把佟文阁当成了对手，因为他怕佟文阁抢走总经理的位子嘛。他认为，孟老板不兼总经理的话，那个位子就应该是他的啦。他是个百分之百的小人。他要是当了总经理，达圣公司就完蛋啦！”

“你认为谁是总经理的合适人选呢？”

“佟文阁是孟老板最信赖的人嘛，但是他不懂经营，不懂市场，更不懂人情世故，不适合当总经理的啦。不客气地说，为了达圣公司的发展，我才是最佳人选嘛。不过，现在都完啦。我和佟文阁是鹬蚌相争，罗太平就是渔翁得利了嘛！”

“我没想到达圣公司的事情这么复杂。不过，这些事情与我无关。代表金老师和孟老板签了协议，我就可以打道回府了。”

“但是还有那个案子呀。”

“佟文阁的案子，法院已经中止审判。根据他的身体情况，恐怕很难开庭了。”

“难道你不想了解那个案子的具体情况吗？”

“我是辩护律师，你是被害人，我们谈那个案子的事情，不合适。”

“你怕什么呀？是我主动找你谈的嘛！我告诉你，佟总的事情，我也很后悔啦。我没想到会是这样子的一个结果嘛。我告诉你，佟总也是个好人，但是不够正直。他欺骗了我。他本来答应要跟我结婚的，结果又反悔了。我不能白让人欺负嘛。一气之下，我就把他给告了。”

“你的意思是说，那本来不是强奸？”

“那种事情本来就是说不清楚的嘛。而且，我没有想到事情会变成现在这个样子嘛。其实，我对佟总还是有感情的。他是个挺好的人。我没有想到。他怎么一下子就……”贺茗芬哽咽得说不下去，随后便趴在茶几上痛哭起来。

洪钧看着贺茗芬，心想这是演戏还是真情？他感觉像是后者，便默默地等待着。

贺茗芬终于停止了哭泣。她掏出纸巾，轻轻地擦去脸上的泪水，仍然低着头，用平缓的语气说：“我知道，你认为我是个坏女人。我也不好否认的啦。但是，我本来不是这个样子。如果你了解我的经历，你就不会那样子说我了。我这个人，没有幸福的童年嘛。我妈妈挺漂亮的，但是有精神病。小时候，我就经常挨打啦。8 岁那年，我的爸爸走了，没有音讯的啦。我就学会了做活儿，比如生炉子啦，烧水啦，做饭啦，洗衣服啦，因为在我妈妈犯病的时候，这些事情就都要由我来做的嘛。有一次，我妈妈又犯病了，我放学回家就到厨房里生火做饭嘛。我个子小，够不着柜子上的菜板，就只好站在小板凳上切菜啦。煤烟呛得我流眼泪了嘛，结果我一不小心，菜刀切破了手指。我叫了一声，就从小板凳上摔下来，碰倒了柜子上的酱油瓶子。我妈妈跑过来，看见地上打碎的瓶子，不分青红皂白，就打了我两个巴掌嘛。我的心里非常委屈哦，但是没有哭啊。我就咬着嘴唇，收拾好东西，继续做饭啦。后来，我妈妈看见我手上的伤，就问我是怎么回事，我就讲了嘛。我妈妈把我抱在怀里，问我恨不恨她。我就说不恨啦。妈妈有病，我得照顾妈妈呀。我妈妈哭了，我也哭了，哭得非常伤心的啦。”

洪钧看着贺茗芬，心中不无感慨。

贺茗芬抬起头来，看了一眼洪钧，继续讲道：“后来，我妈妈经常带一些男人到家里来过夜。开始的时候，我只是讨厌那些男人。因为我们家只有一间小屋，一张床，有男人来过夜，我就要到厨房的地上去睡觉嘛。后来，我就恨那些男人啦。我觉得他们都很坏，都来欺负我妈妈。有时候，我真想把他们都杀掉！我对妈妈说过，但是妈妈说不行，因为妈妈需要他们。我不懂，只知道妈妈有病。再后来，我渐渐懂得了大人的事情嘛，那些男人也开始对我动手动脚了。14岁那年，我被一个男人强奸了。当时我妈妈就在旁边看着，而且在笑。那天晚上，我哭了很久，耳边一直响着妈妈的笑声。从那天起，我就开始学坏了，逃学啦，在外面过夜啦，有时几天几夜都不回家啦。我认识了一些朋友，就跟他们一起去做生意。蔬菜、水果、香烟、服装、电器，我都卖过的啦。其实，我很聪明的，也能吃苦，慢慢就学会了做生意的窍门啦。我赚的钱越来越多，但是回家的次数越来越少。就算回家，我也只是放下一些钱，很少跟我妈妈讲话啦。1986年，我妈妈死了。给她办后事的时候，我也想哭，但是没有眼泪。我的眼泪，都流光了嘛！”贺茗芬停止了讲述。

洪钧心想，贺茗芬的话应该是真实的，这也印证了他关于贺茗芬有受虐癖的猜想。他想听贺茗芬继续讲下去。房间里异常安静。过了一会儿，贺茗芬站起身来，叹了口气，“我该走了。谢谢你的耐心。这些话在我的心里憋了许多年，我没有对任何人讲过哦。你是第一个嘛。谢谢你啦！”

洪钧想说些什么，但是没有找到合适的话语。

贺茗芬走到门口，回过身来，诚恳地说：“洪律师，我还是要告诉你，尽快离开圣国吧。这件事情，比你想象得还要复杂哦！”

贺茗芬走了。

洪钧走到关闭的房门边，从猫眼里看着贺茗芬走下楼梯。然后，他快步走到厨房，隔窗向下观望。他看到贺茗芬走出楼门，慢慢地向小区的门口走去。他忽然觉得这个女人很可怜，也很值得同情。他摇了摇头，告诫自己，不要轻信别人，干自己的事情吧。

洪钧走了一圈，从几个房间的窗户向外观望，没有看到可疑的迹象。他走进佟文阁的卧室，开始查找。金亦英说过，佟文阁有每天晚上写日记的习惯。他的日记很简单，有时只写一句话甚至几个字。但是他不愿让别人看他的日记，金亦英也只是偶然见过。

洪钧希望能找到佟文阁的日记本，这也是他来此的目的之一。他站在床边，用搜索的目光向四周张望，并在心中问着自己，日记本还会在这个房间里吗？如果在的话，它会在什么地方呢？假设你是佟文阁，你会把它放在什么地方呢？你既要自己拿取方便，又要防止别人“使用”这房间时发现。你当然不会放在枕头底下，也不会放在床头柜的抽屉里。你应该把它放在床边一个别人想不到会有日记本的地方……洪钧的目光停留在床头柜上那个造型并不引人注意的塑料磁带盒架上。他知道佟文阁喜欢音乐，但是这磁带盒架为什么不放在录音机旁边呢？

洪钧走过去，把那个茶色塑料架转了一圈，然后取下一个个磁带盒，小心翼翼地查看。终于，他在一个磁带盒里发现了要找的东西。从外面看，这个磁带盒与其他的完全一样。盒里面也有一张磁带封面，上面印着邓丽君的头像和“邓丽君名曲精选第二辑”等字样。但是打开盒盖，那封面里包着的却是一个与磁带大小相似的黑皮记事本。

这是一个按日期印制的“工作效率本”。洪钧发现，佟文阁有每天记录活动的习惯。这大概是他每天睡觉前做的最后一件事情，所以才放在了床头柜上。他翻了翻，发现日记都非常简单，有时是一句话，有时是几个字。他很快翻到 7 月，因为那是他最关心的时段。他希望能从佟文阁的只言片语中找到一些线索或者启示。他看到的内容如下——

7 月 1 日：回京

7 月 2 日：找老猫

7月3日：家人

7月4日：告别

7月5日：预备会

7月6日：圣国寺

7月7日：到香港，谈判

7月8日：参观，鲤鱼门吃海鲜

7月9日：参观，兰桂坊，镛记烧鹅

7月10日：大屿山，大佛

7月11日：狮子山下小屋，真可怕!!!

7月12日：购物

7月13日：回圣国

7月14日：打电话

7月15日：决定了

佟文阁的“日记”到7月15日便结束了，7月16日以后是一片空白。洪钧把那几天的记录又看了一遍。最后，他的目光停留在11日的那句话上——“狮子山下小屋，真可怕!!!”洪钧想，什么事情值得佟文阁画上三个感叹号呢？佟文阁在那里看到的东西或者他在那里经历的事情是否与后来发生的事情有关？由于不了解具体情况，洪钧无法作出推断。不过，佟文阁从香港回来后不久就出事了，这三个感叹号可能很有意义。他又想到了那位港商沈福官。

洪钧回到圣国宾馆，先给金亦英打了电话，然后又给孟济黎打电话。他对孟济黎说：“我已经和金老师通过电话，她说那幅画是佟家的传家宝，她不能卖。”

孟济黎说：“这也是为了佟总的病嘛！”

洪钧说：“金老师说，如果是老佟病好了，自己要卖，她绝不阻拦。但是老佟病成这样，她要是把画给卖了，万一老佟好了，她怎么交代呀？她这一辈子都会觉得对不起老佟家的人。”

孟济黎沉吟道：“这就不太好办啦。我可是一心想帮助佟总和金老师的呀。这样吧，就算金老师先把那幅画典押给我。如果老佟的病好了，可以再赎回去嘛。”

“我可以把您的意见转告金老师，但我估计她不会同意的。”

“如果金老师不同意，那我就只好走董事会啦！如果多数董事都要求照章办事，那就不太好办啦。你再劝劝金老师嘛。”

“我明天要去香港。不过我会尽快与金老师联系，把您的话转告给她。”

“是呀，是呀！大家都是忙人嘛！哈哈！”

放下电话之后，洪钧感觉有些疲劳，想去放松一下，便下楼来到圣国康乐宫。他走进桑拿浴室，脱掉衣服，经过三冷三热，感到浑身上下轻松许多。他披着浴巾来到休息室，要了一壶茶，躺靠在沙发上，一边喝茶一边看电视。大约二十分钟之后，他穿上衣服，精神焕发地走出了桑拿浴室。

一出门，他看见一个身穿白大褂的小姐拐进了旁边那条光线昏暗的走廊。他想起几次在走廊里见到的白衣女子，心中升起一阵好奇，便跟了过去。原来那里是按摩室，只见门内的椅子上并排坐着几个同样身穿白大褂的年轻女子。洪钧刚迈进门，头上一位女子便站起身来，笑眯眯地说：“先生，你来按摩吗？里边请好啦！”

“啊？”洪钧没有往里走，有些茫然地站在门口看了看坐着的几位女子。

“哪位小姐都可以呀，先生可以挑啦！”第一位女子很大方地向身后一指，那几位小姐便都站起身来，用挑逗的目光看着洪钧，并且敞开白大褂，露出里边的三点式泳装。

洪钧缺乏心理准备，吓了一跳。他没想到在这家由公安局开的大宾馆里居然有人公开搞色情服务！就在他备感尴尬的时候，一个女子从外面快步走了进来，说了一通广东话。洪钧对粤语略懂一二，他听出那女子说“一号首长”要来，让大家做好准备。

那些小姐连忙去通知正在一个个单间里接受“按摩”的客人。最初接待洪钧的那位小姐赔着笑脸对洪钧说：“先生，对不起啦！我们要接贵客，只好请你先回避一下。不过，先生可以留下你的房间号，我们派小姐到你的房间去为你服务。保证让你满意啦！”

洪钧想起他在走廊里见到的白衣女子。当时他还以为是为客人看病的大夫呢，原来是干这种勾当的！他摆摆手，赶紧逃走了。

站在大厅里，洪钧心里又升起一个疑问：这位“一号首长”是什么人物？居然要让其他客人统统回避？他走出大门，在外面站了一会儿，没发现任何贵客临门的迹象。他想，既然是位需要别人回避的神秘人物，大概就不会走前门了。他看了看门口的地形，沿着一条小路绕到宾馆的后门。在那灯光昏暗的门旁边，他看见了一辆新型的奔驰牌轿车。

洪钧回到410房间，坐在写字台前面。洗过桑拿浴之后，他觉得浑身上下轻松了许多。他不想再为按摩女子和“一号首长”的事情浪费精力，便拿出“九天佛祖”的信，放在面前的桌子上。他把那封信又仔细看了一遍。他知道，现在社会上流传的这种无聊的信很多，他自己就曾经收到过一封，内容与眼前的这封大同小异。但是这封信中有两个地方比较特别。其一是提到了具体的地点——圣国市和北圣山。其二是让收信人把自己最心爱之物送给朋友。这两点让人觉得这封信好像是专门为佟文阁设计的。当然也不能完全排除这只是一种巧合的可能性。另外，这信纸上的日期也很巧——7月6日。根据佟文阁小本上的记载，他在7月6日那天去了圣国寺。难道他是在那里得到这封信的吗？

或者是有人特意安排他在那天到圣国寺去“取”这封信的吗？从7月6日到佟文阁出事那天又正好过去了九天。似乎佟文阁因为没有按照信中的指示去做而果真“大祸临头”了。这是巧合，还是警告？

洪钧拿起信封，仔细看着上面的字迹。信封中间的字和右下角的字都是用黑色圆珠笔写的。由于字迹数量很少，他无法确定这两处字迹的书写习惯特征是否完全一致。不过，中间字迹的颜色似乎比右下角字迹的颜色浅了一些。他想了想，把信纸按原样叠好，放进信封，再取出来，仔细观看信纸上与信封上字迹相应的位置。他发现信封右下角的字迹在信纸的相应位置上有轻微可见的压痕，而信封中间的字迹在信纸的相应位置上没有压痕。他反复看了几次，突然想起了什么，站起身来走到柜子旁边，从公文箱里找出他在佟文阁的办公室里发现的那些信件，拿到写字台旁比较起来。终于，他的嘴角浮上一丝满意的微笑。

第 14 章　古怪的墨点

10 月 9 日下午，宋佳又开车接上金亦英和佟文阁，来到自己的办公室。她拉上窗帘，让佟文阁坐到椅子上，然后拿起一支钢笔，微笑着对佟说："今天咱们做一个游戏。你把双手放在椅子的扶手上。对，放松，尽量放松。很好。看着我手中的笔。看着，很好。如果你觉得眼睛累了，就慢慢把眼睛闭上。很好，你今天的表现非常好。闭着眼睛，直到我让你睁开的时候。很好，不要重复我的话，就认真听，但是要服从我的命令，要想象我说的东西。好，抬起你的右手，一点儿就可以。很好。再抬抬你的左腿。对，非常好。现在，你走进了一个花园，很大很美的花园。你周围有很多的花儿，有红的、黄的、蓝的，还有紫的，好看极了。啊，还有蝴蝶，各种颜色的蝴蝶，红的、黄的、蓝的，还有紫的。有一对蝴蝶互相追逐着飞出了花园。它们飞过一片草地，来到一个工厂，一个很大的工厂。工厂门口有一个大牌子，上面写着'达圣公司'。还有一个大广告牌，上面写着：喝了达圣，人人成大圣；喝了达圣，事事都大胜。喝了达圣，人人成大圣，喝了达圣，事事都大胜。"宋佳重复着，她说得很轻，很慢，并仔细地观察着佟文阁的表情和反应。

佟文阁抬着头，身体微微前倾，很认真的样子。宋佳的嘴角浮上满意的微笑。她一边轻声说着，一边慢慢地把佟文阁的椅子推到计算机前，启动机器，把那封信调出来，然后用很大的字体把那谶语显示在屏幕上。

“你跟着蝴蝶来到工厂里，走进一栋乳黄色的大楼。”宋佳尽量回想着在那广告中看到的东西，“楼道里很干净。你继续往前走，来到一间很大的实验室。实验室里有很多仪器，还有穿着白大褂的人。你也穿上了白大褂，走进你自己的办公室，来到你自己的计算机前。你已经写好一封信，是给你爱人的信。你很想念你的爱人，而且有很重要的事情要告诉她。你给她写了一句很重要的话，可是你忘了是什么意思。你写的是：驮、谟、蚁、陆、堑、暮、诘、闵、稀。你睁开眼睛，看着屏幕上的字。你想啊，想啊。是什么意思呢？你终于想起来了！它的意思是……”宋佳和金亦英都不无紧张地盯着佟文阁的嘴，期待着。

屋子里鸦雀无声。佟文阁睁大眼睛看着计算机屏幕上的字。他的嘴唇张了张，又闭上了。过了一会儿，他抬起手来指着计算机，很认真地问：“这是什么呀？我可以玩玩吗？”

宋佳失望地叹了口气，明白这次“治疗”又失败了。她默默地走到窗前，拉开了窗帘。

金亦英对丈夫说了一句“这个不能玩儿”，也走到窗前。她觉得自己应该安慰一下宋佳。

此时，佟文阁愣愣地看着计算机，似乎在想什么，他的手试探着伸向了计算机的键盘。

然而，宋佳和金亦英都没有注意到他。宋佳看着窗外，有些懊恼地对金亦英说：“我刚才觉得咱们好像就要成功了，结果又是一场空欢喜。”

金亦英说：“别灰心。我觉得他今天还是挺有进步的，至少他在认真地回想。”

“金老师，我还有个想法。”

“什么想法?”

“佟总在那封信中提到了你们家的传家宝。您说那是一幅画，对吧?”

“对。”

“佟总在信中对那幅画再三叮咛，说明那幅画对他非常重要。我想，也许那幅画可以成为唤醒他记忆的东西。金老师，您能把那幅画带来试一试吗？我知道，那幅画非常贵重……”

“当然可以。只要能唤醒他的记忆，我没有什么舍不得的。再说，我本来就不喜欢那幅画。”

宋佳和金亦英走回佟文阁的身边。她们俩都惊呆了——佟文阁的手指熟练地敲击着键盘，只不过那屏幕上显示出来的都是一些莫名其妙的符号。

第二天下午，宋佳又把金亦英和佟文阁接到律师事务所，而且拿来了那幅古画。她拉上窗帘，把画挂在墙上，让佟文阁坐到椅子上，然后按上次的样子开始催眠。待佟文阁慢慢闭上眼睛之后，她拿出那封信，用轻柔的声音说道：“你坐在计算机前面，给你爱人写信。你的手指敲打着键盘，发出有节奏的声音。”宋佳说话的同时用手指轻轻地敲打着键盘，“你想到了家中的古画，就在信中告诉妻子：‘无论如何，你都要保管好咱家的那件东西，那是咱们的传家宝，不能给任何人拿走。’这确实是一幅很美的画。一位漂亮的年轻女子在一棵柳树下弹琴，一对蝴蝶伴随着优美的琴声飞舞。佟文阁，你睁开眼睛，站起来，慢慢地走过来。慢一点，很好。你看这幅画。这就是你们家的那幅古画。请你回答：你为什么在信中提到这幅画呢？有什么人想要你这幅画吗?他叫什么名字?”

佟文阁站在画前，皱着眉头，似乎在极力回想着。宋佳看了看佟文阁的眼睛，发现其目光注视着画的右下角。她也把目光移了过去，但那里是一片空白，只有一个小小的墨点。她轻声问道："佟文阁，你在想什么？"

"我想，我想吃冰棍儿！"

"佟文阁，咱们的游戏还没有做完，你得先回答我的问题。你刚才在想什么？"

"我真的想吃冰棍儿！"佟文阁把头转向金亦英，又说了一遍，"我真的想吃冰棍！"

宋佳叹了口气，无可奈何地摇了摇头。金亦英忙说："宋小姐，真是难为你了！我看这事儿只能慢慢来，不能着急。"

"是的。"宋佳点了点头，走到外面的冰箱处，取来一根雪糕，递给佟文阁。佟文阁高兴地吃了起来。

宋佳看着面容有些憔悴的金亦英，十分同情地说："金老师，您可一定得注意身体，要休息好。我相信佟总的病会慢慢好起来的。"

"唉！如果仅仅是文阁一个人的事儿，那也好多了！"

"怎么，佟琳又出事儿啦？"

"唉！我也不知道她最近是怎么了，经常把自己一个人锁在屋子里，连电视也不看了。开始我还以为她在看书，复习功课，可昨天下午我去学校给她开家长会才知道，她这次阶段测验的成绩在班里排倒数第四名！你知道，她的成绩在班里从来就没有下过前五名。我也知道，这都是她爸的事儿影响的，可是我该怎么办呢？我说她，她根本就不听，老说她自己知道该怎么做。有时候我也想，算了！不管了。反正她也大了。考不上大学还可以干别的嘛。可是我心里又不踏实。他爸病了，没法儿管她。我这当妈的再不管，万一孩子以后受了罪，我对得起谁呀?！你说说，我现在是管也不是，不管也不是。我真是一点儿办法都没有了！"

金亦英的眼圈又红了。

宋佳也无能为力，只好用一些连她自己都觉得空洞无力的话语劝慰金亦英。佟文阁则在一旁无忧无虑地嘬着雪糕。宋佳看着佟文阁的样子，忽然想起了一个问题：冰棍和这幅画有什么联系吗？冰棍和那个小墨点又有什么联系呢？她走到那幅画的前面，仔细地看着那个小墨点。忽然，她觉得那个墨点的样子有些怪。她也说不清究竟是什么地方怪，但就是觉得怪怪的。也许，是它的形状太圆了？还是它的色泽与整幅画不太和谐？宋佳愣愣地看着，竟然没有听见金亦英叫她的声音。

"宋小姐，你看什么呢?"金亦英走过去推了宋佳一把，"我都叫你好几声了!"

"啊，我在看这个小墨点儿。你不觉得它有些怪吗?"宋佳回过身来。

"画上留下一个墨点，有什么可奇怪的?"金亦英不以为然。

"是啊，有什么可奇怪的呢?"宋佳自言自语。

佟文阁终于吃完了雪糕。金亦英掏出手绢给他擦了嘴和手。宋佳让佟文阁坐回椅子上，又重复了一遍刚才的催眠，但仍然毫无效果。

"看来，今天只能到此结束了。"宋佳叹了口气。

"你别灰心，我看还是有成效的。"金亦英此时最不能放弃的就是希望。而只要有人和她一起努力，她就觉得这希望是实实在在的，她就可以向前走，不去考虑那残酷的现实。

"我没有灰心，金老师，你放心吧。咱们明天再接着做。"宋佳想了想又说，"金老师，我很理解你的心情，也很佩服你。真的！我觉得你很坚强。说老实话，如果换了我，恐怕早就垮了。"

"那也不一定。谁赶上了这种不幸的事情，也得硬着头皮挺下去。你不行也得行啊！唉，我现在就是后悔当初没听大家的话。我要是跟文阁一起去圣国，可能就不会有今天这种结果了!"

“这种事情是很难预料的。金老师，你不必苦恼自己。不过，你当时为什么没有去圣国呢？”

“一方面是为了琳琳的学习，另一方面也是为了我自己的工作。我喜欢教书，不愿意离开学校。”

“现在大学老师的待遇很低，工作条件也不好，所以很多人都走了。我就认识好几个大学老师，都不干了。下海的下海，出国的出国。留在学校里的人也都千方百计地搞第二职业。真的，像您这样甘心做教师的人确实不多了！”

“每个人想要的东西不一样，得到的东西也不一样。”

“那您想要的是什么呢？”

“是一种宁静和谐的生活。既没有轰轰烈烈，也没有惊心动魄。哪怕……它带着一点难耐的寂寞。”

“那您得到了吗？”

“我？”金亦英摇了摇头，嘴边浮上一丝伤感的笑容。

“金老师，我有一个问题，不知道可不可以问。”

“问吧。虽然咱们认识的时间不长，而且你比我小很多，但是我觉得你这个人很善良也很热情。说心里话，我很希望咱们能成为朋友。”

“那我可太高兴了。”宋佳回头看了一眼佟文阁，只见其老老实实地坐在椅子上，看着墙上的画，很像个专心听讲的学生。“金老师，通过这几天的接触，我觉得你是个性格坚强的人，而且是个典型的贤妻良母。可是，我还有一种感觉，就是你和佟总的关系好像有点儿……”

“有点儿什么呢？”

“我也说不出来，只是觉得有些怪。虽然我还没结婚，但我也是女人。我想，你们长期两地分居，又发生了这么多事情，可你还对他这么好。你觉得自己的婚姻幸福吗？”

“这怎么说呢？幸福就是一种感觉。我一直觉得挺幸福的，但是后来我发现那是个错觉，但是已经晚了。”

“为什么？”

“以前我认为，夫妻天天在一起，难免会有磕磕碰碰的事情，而且谁都会有心情不好的时候。所以，夫妻适当地分开一段时间是有好处的。以后你结婚就知道了。两个人天天守在一起，不可能老是那么浪漫。男人很奇怪的！你老是守在他身边，他对你的那种劲头就小了。你明白我的意思吗？但是在分开一段时间之后，他对你的那种劲头就大了，见了你就想亲热。为了这个，我宁愿和丈夫分居两地。虽然分开的时候挺难熬，但是见面的时候很快活。俗话说：久别胜新婚。这话很有道理。不过，后来我发现自己在这个问题上犯了一个很大的错误！”

“什么错误？”

“我……我发现他有了外遇。”

“你早就知道了？”

金亦英点了点头。

“那你后来怎么办了？”

“我原谅他了。”

“就那么简单？”

“刚开始我也很气愤，还想要跟他离婚。但是他向我忏悔，我也冷静下来。我发现自己是离不开他的，因为我爱他。尽管他做了对不起我的事情，我的心里仍然爱着他。我想，这世界上没有十全十美的人。这么漂亮的画上不是也有个黑点嘛！人怎么能没有缺点呢？再说了，这件事情上也有我的责任。如果我当初跟他一起去了圣国，他大概就不会出这种事情了。现在后悔也晚了！”

“金老师，我真的很佩服你。遇到了这么多不幸，你还能这么理智地面对人生。真是不容易！”

佟文阁一直在旁边听着妻子和宋佳的谈话，他脸上的表情很专注，似乎他已经听懂了两个女人的对话，又似乎什么也没有听懂。忽然，他从坐着的椅子上站了起来，指着计算机说：“我要玩儿那个东西。”

金亦英忙走过去说：“那个不能玩儿。”

“为什么不能玩儿？”佟文阁的脸上带着天真的困惑。

“现在不能玩儿，咱们该走了！”金亦英转身对宋佳说，“宋小姐，我们也该回去了。要不然大夫又该不高兴了。”

“好吧，我送你们回去。”宋佳说着，把墙上那幅画摘下来，交给金亦英。金亦英说，先放在这里吧，反正下次还要用。宋佳说也可以，就收到保险柜里。然后，他们一同走了出去。

第 15 章　糊涂的爱情

佟琳确实发生了很大的变化，而且这变化在内心深处，外人无法看到。诚然，细心的“外人”可以感觉到。她变得更加注意服饰和举止，更加沉默寡言，更喜欢一人单独行动，甚至在课间也不和同学们一起玩耍或说笑。她在看书或思考时，脸颊上经常会莫名其妙地飘起两朵红云，并且带着神秘的微笑！

佟琳当然知道自己内心的变化。虽然她有时也会感到困惑甚至害怕，但她却无法驾驭自己的思绪和感觉。每当她一人坐在屋里看书或写作业的时候，她的眼前就会浮现出南国风的身影，她就会情不自禁地回想和他在一起的情景，而且会不由自主地添加一些令她陶醉的细节。她也想把注意力集中到学习上，但做不到。她无法抗拒那种由羞怯、兴奋、快乐、幸福和向往组合而成的奇妙感觉。于是，她一次又一次地体验着。甚至在上课的时候，她也会产生那种遐想。

她渴望再次与南国风相会，但是又不想主动去找他。这不仅因为她有着少女的羞怯，而且因为她还拿不准他是否真的爱上了自己。她担心这一切都是自己的误解。也许南国风对她的表白不过是艺术家的一时冲动。如果真是那样的话，她宁愿让其朦胧存在，也不愿让其雾散云清。于是，她就心神不宁地等待着，期望着。然而，这又是一种心灵上的折磨！有一次，她情不自禁地拨通了那个电话号码，但是当她果真听到他的声音时，却又默默地放下了话筒。

星期五下午放学后，佟琳一人骑车回家。她不喜欢与别人同行，因此总是以各种方式避开与她同路的同学。她慢慢地骑着，似乎是想尽量推迟到家的时间。忽然，一个声音飞进她的耳鼓——“佟琳！”虽然大街上声音嘈杂，但是那叫声一下子撞进了她的心扉。她回头一看，果然是他！

南国风也骑着一辆自行车。他紧蹬两下，超过几辆自行车，追上佟琳，笑道：“佟琳，我已经跟了你半天啦，可你一直都没有发现我。你在想什么呢？骑车时心不在焉，大街上又这么乱，我真的很为你担心的啦！”

佟琳的心里很高兴，但是本能地保持着矜持，微微一笑，问道：“你怎么到这儿来了？”

“缘分啦！”南国风转过头来，很神秘地说。

佟琳瞟了南国风一眼，没有再说话。两人并肩骑车，跟随下班的人流。他们很快来到天坛公园东门。

南国风说：“我们到天坛去走一走，好吗？”

佟琳知道母亲今天晚上在学校有课，便点了点头。他们来到天坛门口，存好自行车。南国风买了门票，拿过佟琳肩上的书包。然后，两人并肩走进公园。

公园里游客不多，只有一些上了年纪的人在悠闲地散步或者聊天。他们绕过七星石，沿着长廊慢慢向西走去。佟琳的左手被南国风的右手抓住了，而且抓得很紧。她看了他一眼，没有说话。他侧过头来，轻声问道：“你这些天好吗？”

她“嗯”了一声，反问道：“你呢？”

“还好。那天晚上回家后，你妈说你了吗？”

“说了。”

“都怨我啦！”

“不怨你，是我自己愿意的。”

“那我们今天早一点回家，省得再被你妈发现。”

“……”

“要不然，你给家里打个电话，就说学校有事情，或者说同学找你有事情。可以吗？”

“你怎么教我跟家里编瞎话呀！”

“我……我……”

“我什么呀？怎么说不出来啦？”

“我可没有恶意。我不过是想跟你多在一起待一会儿啦！真的！”

“你别紧张嘛。我告诉你，今天没有关系。”

“为什么？”

“我妈在学校有课，回来晚。”

“那你爸呢？”

“他病了，住院呢。”

“什么病？很严重吗？”

“我也不知道是什么病。我妈怕影响我的学习，不让我去医院看他。”

“我认识一些大夫。如果需要的话，我可以去找他们。”

“不用了。”

他们从祈年殿的北面绕过去，走进树林。他的手又搂住了她的腰。她低着头，看着前面的小路。随着双腿的迈动，她的身体不时地靠到他的身上。她问：“你今天到这边干什么来了？”

“待着没事干，我就租了一辆自行车，出来转转。”

“那怎么就碰上我了？”

“缘分嘛！”

“那么巧？我不信！”

“我也不信！”

“你说什么哪？”她嗔怪道。

“我也不知道该说什么。”他停住脚步，看着她的眼睛，过了一会儿才诚恳地说，“我这些天很不好，什么事情都干不下去，连作画都没有心思了！”

“那你老想什么呢？”她明知故问。

“我一直在想你！真的！我不想出门，因为我要等你的电话。每次电话铃一响，我就希望是你打来的，可是每一次都让我失望了。我实在等不下去了，因为再等下去我一定会发疯的！所以我就来找你了。你不会生我的气吧？”

她没有回答他的问题，低着头，反问道：“那你怎么知道上这儿来找我呢？”

“你上次说过你非常喜欢天坛，有时放学后还到天坛去写生。我想你的学校一定在天坛附近，所以就骑车在这一带找你。我已经连续找了你三天啦！这也是苍天不负有心人啦！”

她的心里感到一阵幸福的潮动，而且在这感觉中还包含一丝歉疚。她说：“我本来是想给你打电话的。可是我怕你太忙，影响你画画儿。”

“你不给我打电话才影响我作画啦！我从来没有过这种感觉。这些年，作画就是我的生命。我可以不吃饭，不睡觉，但一天不画也不行！可是这几天，我一直心神不定，什么都干不下去。我……我爱你！亲爱的琳，我爱你都爱得要发疯啦！”他一下子把她抱到胸前，疯狂地亲吻着她的嘴唇、脸颊、眼睛。她对这突如其来的举动毫无准备，本能地推着他的胸膛，但她很快就被那热烈的亲吻征服了，她的身体软软地依偎在他的怀中。

佟琳回到家中时，母亲还没有回来。她愉快地轻声唱着“这就是爱，说也说不清楚；这就是爱，糊里又糊涂”，走进自己的房间，放下书包。然后，她来到厨房，把母亲给她准备好的晚饭倒在一个塑料袋里，扔进楼梯拐角处的垃圾桶。她又在屋里转了一圈，自信没有什么能引起母亲怀疑的东西，才回屋坐在写字台前，拿出了书本。她想做功课，然而，她看不见书上的字，她的眼前仍然闪动着他那对执著的眼睛，她的耳边仍然回响着他那令人心动的语言，她的脸上依然能感觉到他那炽热的双唇和柔软的胡须。

第二天上午，佟琳背上画架走出家门。她骑车来到天坛东门，见到早已在那里等候的南国风。两人交换了深情的目光和简短的问候之后，骑上自行车，向南到玉蜓桥，再向西，沿着护城河，一直骑到大观园。他们在那里玩了整整一天。没有画一张写生，只有说不完的情话和数不清的亲吻。

天黑后，南国风把佟琳送回家。两人在楼角的灯影里又亲热了半天，最后才恋恋不舍地分手了。佟琳锁好自行车，快步走上楼，但是在自家的门口却踟蹰不前了。在这整整一天的时间里，她想的都是她和他，直到此时面对静寂的家门，她才想到母亲。她真希望母亲还在医院里陪伴着父亲，但母亲早上说过要回来和她一起吃晚饭。她挺了挺胸，深深地吸了一大口气，打开了房门。

屋里静悄悄的，只有门厅墙上的电子钟发出“嗒嗒”的声响。佟琳蹑手蹑脚地走过门厅，但是在客厅门口看到坐在沙发上的母亲。

金亦英没有动，声音平和地说：“琳琳，你过来。”

佟琳叫了一声“妈”，走过去，站在母亲旁边。

金亦英看着女儿，问道：“你今天去哪儿了？”

“我去大观园写生了。”佟琳的声音很小，她低着头，双手玩弄着画架的帆布袋。

“让我看看你今天画的画儿。”

“没有……画得不好，让我都给撕了。”

“什么？你……琳琳，你今天到底干什么去了？”

“……”

“琳琳，我在问你话！”金亦英的声音提高了许多。

“没干什么，就是去大观园画画儿了。”

“你跟谁一起去的？”

“就我一人。”

“琳琳，你可不能骗我！你现在是高三，最关键的时刻！人家都在拼命地往上赶，你可倒好，从前五名一下子掉到了倒数第四名！你还一点儿都不在乎。你这是怎么啦？你爸爸病成这个样子，你知道我心里多着急嘛！我生怕耽误你的学习，不让你去医院，也不让你做家务事。可你倒好，一个人跑出去瞎逛！你对得起我，对得起你爸爸吗？琳琳，你已经18岁了，也该学会替别人着想啦！我像你这么大的时候，已经开始给家里买菜做饭了。可是你呢？你在外面的时候想到过你妈吗？我急急忙忙地从医院赶回来，做好饭，等着你，可你就是不回来。现在外面这么乱，你知道我心里多着急吗？你爸的事儿已经快把我急疯了。你要再这样折磨我，那我就真的不想活了！呜呜——”金亦英失声痛哭起来。

“妈！”佟琳叫了一声，但是再往下就不知该说什么了。

佟琳爱上了南国风。这是一种既纯洁又热烈的爱，一种愿意为其赴汤蹈火的爱。她整日思念着他，一天不见面就会觉得心神不定。于是，她利用一切可能的机会与他相会，而且要为此编造各种谎言来对付疑心日重的母亲。好在母亲的主要精力都消耗在父亲身上，没有太多时间来过问她的事情。母亲晚上去学校讲课时，她便把南国风带到家里。开始她也有些担心，怕他提出那种令她还难以接受的要求。然而，他一直很有理智，除了拥抱亲吻之外，并没有非分之举。实际上，他们的大多数时间都是在缠绵的交谈中度过的，而且谈得最多的就是绘画和旅行。她很愿意听他讲话——坐在他的身边，看着他那明亮的眼睛，听着他那娓娓动人的声音，真是幸福的享受！他们已立下白头偕老的海誓山盟，而且计划要一同画遍中国的名山大川。

这天晚上，金亦英在学校有课，佟琳又把南国风约到家中。他们吃过晚饭，坐在客厅里聊天。南国风谈到了中国的传统绘画艺术，特别提到了一些带有民间传说的作品。听到这里，佟琳想起了她家的那幅古画，便站起身来，用神秘的语气对南国风说："你等一下，我给你看一样好东西。"

"什么好东西？"南国风饶有兴趣地问。

"你一会儿就知道了。"佟琳来到母亲房中，在组合柜里找了半天也没找到那幅古画。她回到客厅，撅着嘴对南国风说："没找着，不知让我老妈放到哪儿了！"

"什么好东西？值得这么认真！"南国风不以为然。

"一幅古画，很神的！你看了肯定会喜欢。"佟琳的神态仍然有些沮丧。

"古画？什么古画？"南国风来了兴趣。

"一幅明代的'仕女抚琴图'，是我家祖传的。据说那仕女在一定的角度下观看，就可以变成一具骷髅。不过我看过几次，都没看出来。"

"你说的就是那幅怪画吧？又叫'尸女图'，是明朝的一位无名氏画的。"

"你听说过这幅画？"佟琳很兴奋。

"当然，我在美术学院听老师讲过。据说那位画师的用墨很有独到之处，我非常想亲眼见识见识啦。"

“可是，不知道让我老妈给放到哪儿了。原来一直就放在那个柜子里。真是的!”

“看来我这个人没有眼福啦!”南国风笑道，“不过，没有关系。等你妈回来之后，你问一问就可以啦。反正我以后还会有机会看的嘛。”

正在这时，外面传来开门的声音。佟琳的脸一下子变白了，“坏了，我妈回来了!”

南国风小声说了一句“别慌”，起身坐到佟琳对面的沙发上。

门开了，金亦英神情疲倦地走了进来。佟琳迎出客厅，接过母亲手里的皮包，有些不自然地说：“妈，您今天怎么回来这么早？吃饭了吗?”

“今天的课临时取消了。”金亦英觉得女儿的神态有些奇怪，但她懒得去想。

“妈，家里有客人。”当佟琳说这话时，金亦英已经走到客厅门口，看见了沙发上坐着的陌生青年。

南国风站起身来，很有礼貌地说：“伯母，您好!”

佟琳在一旁说：“妈，他就是那个很有名气的青年画家南国风。我曾经跟您说过，我看过他的画展。”

金亦英不记得女儿什么时候说起过这个名字，但她毫无思想准备，便应酬道：“噢，您好！请坐吧。”

南国风仍然站着，“伯母上了一天的班，需要休息，我也该走了。”说到此，他转身对佟琳说，“佟小姐，我认为你很有绘画天才。不过，你现在还应该以学习为主。我祝你明年考上重点大学。不过，如果你以后有关于绘画方面的问题，随时都可以给我写信啦。”然后，他又转身对金亦英说：“伯母，如果你们以后有机会到广州来玩，欢迎你们到我家来做客。”说完之后，他就告辞了。

金亦英母女把南国风送到门口，看着他下了楼，才走回屋里。

进屋后，佟琳故作轻松地说："妈，您还没吃饭吧？我给您热点儿去吧？"

"不用，我已经在学校吃过了。"金亦英坐到客厅的沙发上，看着女儿。她觉得有必要跟女儿好好谈谈，但一时又不知从何处谈起。母女二人有些尴尬地对面坐着。

过了一会儿，佟琳轻声问道："妈，您还有事儿吗？我该去做功课了。"说着，她站起身来向自己的房间走去。

"琳琳，你回来。"

佟琳转过身来，站在客厅门口，看着母亲。

金亦英犹豫了一下，问道："琳琳，你怎么认识他的？"

"噢，南国风呀？特巧！那天我在天安门写生，他正好去拍照，收集绘画素材。他见我写生的位置挺有意境，就给我照了几张相，还说洗出照片后给我送一套来。我当时也没指望他真能送来。人家是大画家，哪有那么多时间！不过我还是把咱家的电话号码给了他。真没想到，他今天晚上给我打了电话，说要把照片送来。对了，妈，他还送给我一张画呢！"佟琳快步走回自己的房间，取来那张"巫山云雨图"和那几张照片，递给了母亲。

金亦英看着画和照片，心里却在思考着。她觉得女儿的神态有些反常。她放下照片，看着女儿，"琳琳，妈问你，你今天真的是第二次见到他？"

"当然是真的。"佟琳弯下腰去收拾茶几上的照片。

"琳琳，妈在问你话！"

佟琳直起腰来，看着母亲。

"只见过一次面，你就会让他到家里来？"

"那怎么啦？"

"我不信。"金亦英皱着眉头，想了想又说，"今天我不在家，他就来给你送照片。怎么那么巧？"

“那就赶巧了嘛!”

“还有，刚才我突然回来，瞧你那个紧张劲儿！琳琳，妈也是从你这个年龄过来的人。从你和他说话时的神态，我看得出来，你们绝不是仅仅见过两次面！你们已经……”金亦英把到了嘴边的话又咽了回去。她缓和了口气说：“妈问你，10 月 8 号你回来那么晚，是不是和他在一起?”

“……”佟琳低着头。

“上星期六你是不是和他一起去的大观园?”

“……”

“你这段时间的学习成绩一下子掉了下来，是不是因为经常和他见面?”

“……”佟琳紧咬着嘴唇。

“你说话呀！琳琳！你不说话就证明我说的都是真的。对吧?你才 18 岁！而且明年就该考大学了！我知道你听不进去我说的话。好，就算你不考虑我，你也应该考虑考虑你爸呀！你爸他一直盼着你能考上重点大学。如今他病成这个样子，你说你对得起他嘛！琳琳！你怎么能这样不争气呀！你……”金亦英泣不成声了。

佟琳默默地站着，泪水缓缓地流出眼眶。

第16章　油滑的港商

10月10日，洪钧经深圳来到香港。在美国律师事务所工作的时候，他曾经被派驻香港半年。所以再次来到香港时，他并不感到陌生。

香港城市大学在九龙塘，法学院安排他住在南山村的学校公寓。从公寓的院门出来，向东走几分钟就到了学校的后门。不过，他喜欢走另一条路，爬上一座小山，穿过茂密的树林，从游泳池旁走进校园。虽然这条路有些绕远，但是可以让他在闹市中领略寂静的山林。

11日晚上的讲座结束后，洪钧便准备另外一项行动。第二天上午，他拿出沈福官的名片，拨通了上面的电话号码。听到洪钧的声音，沈福官开始很热情，但是听说洪钧想了解有关佟文阁和达圣公司的情况，他一下子变得冷淡起来。他说办公室里还有客人，让洪钧过半个小时再打电话。然而，当洪钧在半小时后再次拨通电话时，沈福官的女秘书却说他外出办事了。

下午，洪钧又给沈福官打电话。接电话的女秘书一听说是洪钧，便说沈经理不在，让他过些时候再打。洪钧又试了两次，结果都一样。那位女秘书说话很客气也很耐心，但是她那些婉转回答的实质内容都一样——老板不在，不知去何处了，也不知何时回来。洪钧觉得这位小姐仿佛要和他进行一场耐心与毅力的比赛。

身在香港，洪钧颇感无能为力。他想自行找上门去，但又觉得不妥。因为一旦把事情搞僵，就没有了回旋的余地。这时，他想起了郑晓龙交给他的字条。于是，他拨通了那个电话号码，找到了香港廉政公署的连敬培先生。连敬培又把郑晓龙在香港的电话号码给了他。他很快与郑晓龙通了电话，两人约好晚上见面。

13 日下午 5 点多钟，洪钧来到位于港岛红棉道 8 号东昌大厦 12 层的廉政公署训练学校，见到了在此参加指挥培训班学习的郑晓龙。两人分手虽仅数日，但在香港见面，都觉得分外亲热。他们下楼后，边走边谈。郑晓龙是第一次到香港，因此很有新鲜感，不停地谈着自己的感受。洪钧问他去什么地方观光了，他说就去了中环的商店。洪钧便提议带他去太平山顶。

他们沿着红棉道向山上走，来到开往太平山顶的有轨缆车车站。缆车由两节车厢组成，车内的座位都朝着山上的方向。上车后，洪钧让郑晓龙坐在右边靠车窗的位置，以便观看外面的景色。车开动了，倾斜着向山顶爬去。有时，缆车倾斜的角度已经超过了 45 度。他们觉得缆车向前行进的力量都作用在他们的后背上，双手不由自主地抓紧了前面的扶手。

洪钧望着窗外。只见那一栋栋高楼似乎都是倾斜着矗立在山坡上。他知道这是错觉，但他感到非常奇怪，因为无论他怎么用理智告诉自己那些楼房实际上是直的，他的感觉都执著地说那些楼房是斜的。他怀疑这仅仅是自己的错觉，便问郑晓龙："你看那些大楼是直的还是斜的?"

郑晓龙笑道："当然是直的啦。不过，看上去好像是斜的！而且看得越久，这种错觉就越强烈。很有意思嘛！"

洪钧沉思半晌，慢慢地说：“世界上的东西其实都是这样。如果人们习惯于把斜的东西看成正的，那么正的东西反而就变成斜的了。这就是‘假做真时真亦假，无为有时有还无’！无论是我国古代的道家学说还是印度的佛教思想，无论是马克思的辩证法还是爱因斯坦的相对论，其实都包含了这个道理。”

“是啊，社会风气就是一个很好的例子！大家都觉得办事儿得托人走后门，得请客送礼，这就成了天经地义的事情。如果你办事不请客，不送礼，那反倒成了不正常的。于是，请客送礼就成了正大光明的事情。其实要我说，甭管你办什么事情，从送小孩儿上学到去医院看病，从申请营业执照到审批建设项目，大事小事都一样，凡是请客送礼的就都是行贿！”郑晓龙的声音不高，但语气中包含了很多感慨。

“现在是不送礼不办事儿。医生给小学老师送礼，小学老师给房管员送礼，房管员给警察送礼，警察又给医生送礼。大家都骂送礼，大家又都去送礼。用一句时髦的话说，这叫‘怪圈儿’！真不知道咱们中国人什么时候才能走出这个‘怪圈儿’。”洪钧无可奈何地摇了摇头。

缆车缓缓地驶入山顶车站。洪钧和郑晓龙随着游客下车，走出车站大楼，然后沿小路向北走，来到山崖边上的一处亭台。

此时，太阳已经落山，蓝色的暮霭笼罩在港岛的上空。他们站在亭子边向北望去，只见刚才在山下时看到的那一栋栋高不可攀的摩天大厦此时都谦卑地低伏在他们的脚下。他们离开亭台之后，沿着建在山崖边的柏油路向东走去，并不时停住脚步欣赏一番路旁树叶缝隙中透露出来的山下楼区的景色。

夜色愈来愈浓，下面的灯光也越来越多。终于，港岛的北侧和对面的九龙变成一片灯火的海洋。面对这璀璨的夜景，他们进一步感受到香港的繁荣，不由得又发出一番由衷的感叹。洪钧看了看手表说，该去吃饭了。于是，他们往回走去。

在山顶车站的南面有一个山顶餐厅。它建在山崖上一片平地的边缘，而且其建筑颇有淳朴的山野风格，所以很受游人青睐。洪钧带着郑晓龙走进餐厅，选了一个室外临崖的小桌。这里没有嘈杂的汽车声和响亮的乐曲声，只有侍者的脚步声和食客的低语声。这里的灯光并不明亮，这里的桌椅也不豪华，但这一切都给人一种怡然自得的情趣，一种古朴纯真的意境。他们喝着啤酒，看着下面那朦朦胧胧的山谷，领略着不时袭来的阵阵清风，感到非常惬意。他们静静地享受着，甚至忘记了他们还有更为重要的事情。

洪钧终于想起了自己找郑晓龙的目的。他的目光从山下移到郑的脸上，“晓龙，我是来找沈福官的，想了解佟文阁和孟济黎上次来香港的情况。我几次打电话找他，但是都吃了闭门羹。”

“那大概是因为你提到了达圣公司嘛。”

“我不可能不说我找他的目的啊。”

“但那正是他最不愿意和别人谈起的话题啦。”

“看来，我的调查在无意之间和你的工作‘撞车’了！我知道你的工作是保密的，但是，在你掌握的信息中，有没有可以和我共享的呢?”

郑晓龙没有回答洪钧的问题，婉转地说：“其实你也保留了一些没有跟我共享的信息，对吧？我是说，你洪大律师绝不会为了那么一点小事儿就到圣国去，现在又来到了香港。我想，咱们有必要开诚布公地谈一谈了。”

洪钧笑了笑，“你猜得很对。佟文阁在出事前给他妻子发了一封信，是电子邮件。其中有很多费解的地方，而且可能隐含着与达圣公司有关的秘密。佟文阁的妻子希望我能帮她找到答案。”洪钧从兜里拿出纸和笔，在上面写下了那句谶语和提示，递给郑晓龙，说，“这是佟文阁让他妻子牢记的一句话，你看看。”

郑晓龙把那句话反复看了几遍，然后把纸条还给洪钧，“看不明白的啦！”

“如果让你猜，你觉得这句话可能是什么意思？”

“后一句还好说，前一句的意思实在猜不出来啦。我怀疑佟文阁的神经是不是早就出了问题。有人说，一个精神病人说出来的话，一万个正常人也猜不出来！”

“不无道理。”洪钧若有所思。

“你别听我瞎说，我这可是在给自己找台阶呢。这几年在官场上混事儿，倒是学会了在关键时刻给自己找个下台的台阶。”

“那也不是总能找得到的！”

“所以才需要勤学苦练嘛！”

洪钧喝了一大口啤酒，“我已经开诚布公了，该你开诚布公了吧？”

郑晓龙想了想，低声说：“我们有纪律，不能都告诉你啦。我只能说，我们正在调查一起贪污受贿案，涉及圣国市一些部门的领导，也涉及达圣公司。案情相当复杂的啦！办案的难度也相当大啦！”

“有人干扰？”

“何止是干扰？简直就是公开的阻挠嘛！”郑晓龙也喝了一大口啤酒，“我们立案后不久，上边就有人让停办，专案组也被迫解散啦。不过，我这个人有点儿倔脾气。我认准的事情，不干完心里就不踏实嘛。所以，没有专案组，我照样办案。不能公开搞，我就悄悄搞。好在大老板对我们的工作还很支持嘛。”

“进展如何？”

“已经有点模样了，但是难度仍然很大啦。这不，我就是让人家给送到香港来学习啦！不过，我是不会轻易撒手的啦，而且我在香港也并非无事可做嘛。说老实话，我也正想找那个姓沈的了解些情况呢。”

“看来，咱们是为了一个共同的‘革命目标’，一起走到香港来了。”

“所以我说咱俩是‘一个战壕里的战友’嘛！”

“那我问你个事儿。”

“什么事儿？”

“圣国宾馆搞色情服务，你知道吗？”

“有所耳闻。”

“为什么不管？”

“我？”

“我是问为什么没有人管。”

“色情问题归公安局管，圣国宾馆也是公安局办的。他们说那是‘对敌斗争’的需要，要利用那个据点来搜集走私和贩毒活动的情报。我一个小小的副检察长，心有余而力不足啊！”

“你相信他们的话吗？”

“鬼才相信！要我说，什么搜集犯罪活动情报，都是假的，只有捞钱才是真的！”

“对了，你们这里有没有个‘一号首长’？”

“你问这个干吗？”

“那天我无意中走进了圣国宾馆的按摩室……”

“你也去体验生活啦？”郑晓龙笑着打断了洪钧的话。

“我哪知道是异性按摩，而且是那个样子！结果弄得我很狼狈。正在我不好下台的时候，一位按摩小姐进来说，‘一号首长’要来，别人都得回避。我才脱了身。我想看看这位‘一号首长’是什么人物，就走到宾馆后门。我没看见人，但是看见了一辆新型奔驰牌轿车。我估计那肯定是‘一号首长’的专车。我记得你那天说过，圣国市只有两个人坐这种车。那么这位‘一号首长’究竟是其中的哪一位呢？”

“当然是没有和你谈过话的那位啦。”

“市长曹为民?”

两人都沉默了。过了一会儿，他们举起酒杯，相互看了一眼，同时一饮而尽。

第 17 章　廉署的咖啡

14 日是星期六，香港人半日工作。上午 10 点，洪钧又来到廉政公署训练学校，见到郑晓龙。然后，两人下楼，走出东昌大厦，来到旁边的停车场大厦，上到 8 层。香港廉政公署行动处就在这里。通报之后，二人坐在会客厅的沙发上等了一会儿，连敬培先生就出来了。他们握了握手，稍事寒暄，连敬培去接待处拿来两个“访客胸卡”，让洪钧和郑晓龙戴上。然后，连先生带着他们来到一间不大的办公室。

连敬培说：“我已经约好了沈福官，晚上 8 点在富丽华酒店的旋转餐厅见面。那里很好啊，吃自助餐，很安静，还可以观赏香港的夜景，和你们昨天去过的山顶又不一样啦！”

郑晓龙问：“他会来吗？”

“应该没有问题的啦。我对他说，廉署要请你喝咖啡啦。你们知道这句话的含义吗？”连敬培见洪钧和郑晓龙都摇了摇头，继续说，“在香港，这句话的意思就是‘廉政公署找你，你要有大麻烦啦’！我问沈福官，你是愿意到我的办公室来喝呢，还是愿意到外面找个地方喝呢？他当然愿意到外面，因为那意味着这是一次非正式的谈话。我就选定了富丽华，并告诉他还有两位大陆来的朋友。他问我是谁，我说一位是圣国市的郑晓龙副检察长，一位是北京的洪钧大律师，洪大状——这是我们香港人对大律师的称呼啦。他好像有点顾虑，但还是说一定会来的。现在还有时间，你们愿意参观一下我们的行动处吗？”

洪钧和郑晓龙都表示很有兴趣。

连敬培带着洪钧和郑晓龙参观了廉政公署行动处的办公区，以及带有双机录像设备的审讯室，有单向玻璃隔墙的辨认室和戒备森严的拘留室。连敬培一边走还一边向他们介绍廉政公署的历史——

“在 60 年代和 70 年代初，香港的经济发展很快，但与此同时，行贿受贿和敲诈勒索也成了社会生活中一种司空见惯的现象。特别是在警察部队里面，收受贿赂和分发贿款已经变为一种‘制度’啦。当时，无论要办什么事情，人们都得去‘走后门’，请客送礼嘛，而且那礼品越送越大。警察就更不得了啦！他们在各自的管区内称王称霸，甚至公开向商户收取‘保护费’。有的警察还和黑社会狼狈为奸，那可真是警匪一家啦。老百姓自然是怨声载道的啦！1973 年，一个名叫葛柏的总警司涉嫌受贿的事情被报纸披露出来，市民要求严惩，但是他居然在接受调查的时候逃到英国去了。于是，市民们上街游行啦，群情激愤嘛，要求政府采取必要的行动。就是在这种情况下，港府决定成立一个独立的机构来遏止腐败的蔓延。1974 年 2 月，廉政公署正式成立啦。它独立于警察部队之外，直接向港督负责。一年以后，葛柏被引渡回香港接受审判，后来被判处 4 年监禁。20 多年以来，廉署在香港打击贪污腐败的斗争中发挥了非常重要的作用，而且得到了市民的支持和尊敬。比方说啦，在廉署刚成立的时候，举报者一般都不会透露自己的姓名。但是现在呢，有 70% 的举报者都自愿透露姓名，因为他们很相信廉署嘛。顺便说一句，香港说的贪污和大陆说的贪污不太一样，我们说的贪污实际上跟你们说的受贿差不多啦。这也是‘一国两制’嘛。”

中午，郑晓龙和洪钧告别了连敬培，走出停车场大厦。吃过午饭，他们走进了被高楼大厦环抱的香港公园。他们观看了温室里的各种植物和放养在高大的金属网内的各类鸟禽，登上了公园中心的高塔，并拍了一些照片。然后，他们走出公园，到金钟廊逛商店。郑晓龙买了一些化妆品，准备回去后赠送亲友。洪钧想到宋佳到律所工作已经一年，应该送她一件礼物，就在金店选购了一条精美的项链。

黄昏时分，他们走出商店，沿金钟道向西，再向北拐上美利道。此时华灯璀璨，车水马龙。他们在喧嚣的汽车声中走了十几分钟，来到干诺道上的富丽华大酒店，坐电梯直上30层，来到典雅安静的旋转餐厅。连敬培已经在此等候，并预订了靠窗的桌位。

巨大的旋转餐厅缓缓地移动着。柔和的灯光洒在为数不多的食客身上。钢琴师弹奏的小奏鸣曲在恬静的氛围中轻轻回荡。此时，他们的桌位正对北方。凭窗眺去，黑色的海湾上游弋着几艘轮船，对面尖沙咀的五彩灯光则在水面上映出一片粼粼的幻影。

他们坐下之后不久，沈福官便急匆匆地走了进来。他先用粤语和连敬培打过招呼，然后用普通话与洪钧和郑晓龙问好。他向众人抱歉自己的迟到，并讲述了路上塞车的经过。他说话时两手不停地比画着，仿佛他面对的都是聋哑人。

身穿红色制服的侍者送来了饮料，然后，他们相继去较近的食物台取来各自喜爱的食品，边吃边聊。

连敬培说：“我看咱们该谈正题啦。既然你们三位都认识，也都知道今天在这里见面的目的，那我就不用多说了嘛。我就向沈先生说明一点，我们今天在这里的谈话完全是私人性质的啦，它并不表示廉署要对沈先生开展调查，而且谈话的内容不会在日后用作不利于你的证据。因此，沈先生在回答洪大状和郑检察长的问题时不必有太多的顾虑啦。”

沈福官连连点头称是，然后把目光投向洪钧，表明他已做好了回答问题的准备。

洪钧看了郑晓龙一眼才说：“沈先生，我们在电话里已经打过交道了。我想您可能误解了我的意思。其实，我就是想了解一下佟文阁得病前的情况。他得的病确实比较罕见，所以大夫在进行治疗的时候需要了解他发病前的有关情况。我这次来找您，就是想了解一下他上次到香港访问时的情况。”

沈福官轻轻松了口气，“没有问题啦！只要是我知道的，你都可以问啦。”

“他们那次来香港一共是几个人？”

“三个人，有孟总、佟总，还有贺茗芬小姐嘛。”

洪钧不知道那次香港之行还有贺茗芬，但是他的脸上没有表现出任何惊讶，“佟文阁在香港时的身体情况怎么样？”

“很不错的嘛。像游泳啊、爬山啊、吃饭啊、喝酒啊、都没有问题的啦。”

“他的心情怎么样呢？”

“也很不错的啦。我们还一起去唱过卡拉 OK 嘛。当然啦，一个人离家在外，有时就会没有精神的啦。”

“他在香港的时候有没有发病的征兆？”

“好像没有的啊。”

“他有没有非常激动的时候，比如说和什么人吵架？”

“吵架？噢，有的啦。有一天我陪他们去大屿山，看大佛啦。洪大状有没有去看过？还没有？那应该去看看啦。那可是东南亚地区最大的铜佛像啦。建在山顶上，很高啊，所以叫‘天坛大佛’嘛。旁边的宝莲寺也很值得一看啦。”

“他和谁吵架了？”洪钧把话题拉了回来。

“啊，好像是和孟老板嘛。不过，我也搞不准。我只是觉得他们的样子有点像吵架。那天中午，我们是在大佛底座里的斋堂吃的斋饭嘛，然后我到停车场去方便了一下。我让他们在大佛正面的出口等我，但是等我回来的时候，他们没在那里。我找了一圈才在大佛背面的平台上找到他们。当时，他们说话的样子好像是在吵架嘛。特别是佟总啦，说话很快，很激动的样子啦。但是我没听清楚他们说的是什么呀。我问他们在谈什么事情，这么认真。佟总没有说话，好像还在生气。孟老板说他们在争论一个关于佛教的问题。”

“当时贺茗芬在场吗?”

“好像在旁边吧？我记不清了。我当时没有注意嘛。”

“您一点都没听到他们说的是什么吗?”

“他们好像提到了‘达圣公司’，好像还提到了……‘圣国寺’嘛。”

洪钧点了点头，又问：“他们去过狮子山吗?”

“有啊。佟总喜欢爬山的嘛。”

“也是您陪他们去的吗?”

“是呀，就是去看大佛的第二天嘛。”

“我听说他们去了山下的一个小屋，是吗?”

“小屋？噢，有啊，有啊。那是从山上下来以后的事情。我们是从狮子山公园那条路上的山。到山顶之后，我们没有从原路下来，而是往东走，从山后到黄大仙庙那边绕下来的。说老实话，我对狮子山一带不太熟悉。但是孟老板对那里很熟，一直是他带路的啦。快到山下的时候，他们看见树林边上有一间小屋，是当地人废弃不住的小石屋嘛。孟老板很有兴致，非要过去看看。我当时已经很累了，就没有过去。没想到那间小屋里还住着一个人呢。他们聊了一会儿才回来嘛。”

“您看见那人长什么样子了吗?”

“没有看清楚，因为我没有过去嘛。不过，那人穿的衣服很破旧，可能是广东来的非法移民啦。对了，他是个瘸子呀。”

“他们从小屋回来之后，说了什么吗？”

“没有，他们一直都没有说话。可能他们也很累了嘛。”

“沈先生，我还有最后一个小问题。”

“问啦。”

“您收藏艺术品吗？比如说，古画？”

“那是很有价值的东西，我当然喜欢啦。但是说到收藏，恐怕我还没有那个水平嘛。那要很多钱的啦！”

“沈先生还愁没有钱吗？我听说您正在投资兴建圣国广场。没有雄厚的资金是绝对干不了这种项目的。对吧？”

“那是不一样的啦！我祖籍就是圣国。为家乡做些贡献，我是在所不惜的呀！”

洪钧没有再说话，故意把问话的机会让给了郑晓龙。后者会意地接过话头，“沈先生，你确实为我们圣国市做了不少贡献啦。不仅是投资，还帮助我们在香港做了许多推介和联络的事情嘛。去年圣国市代表团到香港来考察，也是沈先生一手安排的吧？”

“哪一次啦？”沈福官眯起了眼睛。

“就是曹市长和吴局长他们来的那一次啦。我听说，都是你给安排的嘛。”

“是呀，是呀。我要在圣国市投资，他们都是领导嘛，我当然应该效劳啦。”

“他们住在什么地方？”

“半岛酒店嘛。曹市长带队，当然要住得好一些啦！如果住得马马虎虎，那不是给祖国丢脸嘛！”

连敬培在一旁插话道：“那可是香港最高档的酒店啦！而且是最有……啊，香港的……传统啦。”他费了很大力气才找到合适的词。

郑晓龙说："那一定非常贵啦！沈先生，那次考察的费用是你负担的吗？"

"不不，都是达圣公司负担的嘛。我只负责联络和安排，跑跑腿啦。"

"我听说，那笔费用是从沈先生与达圣公司的合资款里支出的。是吗？"

"那我就不清楚啦？"

"难道那合资款项的开支不用经过沈先生的同意吗？"

"原则上当然要双方同意啦。但是具体开支情况，我也不可能都过问嘛。"沈福官看了一眼连敬培，又补充道，"我们投资者当然不喜欢乱花钱嘛。可是到内地投资，一般都要拿出3%到5%作为'攻关费'，这也是人所共知的啦！"

"我听说他们在香港还去考察了色情业？"

"他们有兴趣的事情，我都要尽力安排的啦！我要尽地主之谊嘛。就好像旺角的'色情架步'、大富豪的'公关小姐'，他们都有兴趣的啦！哈哈哈！不过，我已经说过了，费用都是他们自己负担的，我只是负责联络联络嘛。其实，我也不能算联络，我只是带着他们去走一走，看一看。你们可不要把我当成'马夫'啊！哈哈哈！"

郑晓龙没有笑，默默地看着沈福官，似乎是在捉摸沈福官那些话的含义，又似乎是在推敲问话的用语。过了一会儿，他才继续问："另外，据我所知，沈先生今年还替他们在香港存过款，有这回事情吧？"

沈福官看了连敬培一眼，但连敬培故意把目光转向了钢琴师。沈福官犹豫片刻，终于点了点头，但马上又补充说："不过，那笔款子只是从我这里转一下账，钱还是达圣公司出的啦。"

"存了多少？"

"我也记不清了……好像是……"

“多少啦？”

“大概有 500 万吧。”

四个人都沉默了。洪钧把目光投向窗外。然而，身边的窗户已经转向富丽华大厦的内部，所以他看到的只是一片黑暗之中那模模糊糊的建筑框架。

第 18 章　破陋的石屋

狮子山位于九龙与新界的分界处。实际上，它是将九龙和新界分隔开来的那条蜿蜒起伏的山脉中的一座山峰。由于山顶上那一组巨大的灰褐色岩石看上去很像一只昂首雄狮，所以被称为狮子山。这条山脉东起马鞍山，西至尖山，绵延数十里。西部的高峰主要有笔架山和狮子山。笔架山那郁郁葱葱的峰顶上建有白色的球形气象设备和导航设备，与狮子山顶的巨石遥遥相望。这条山脉的东部则耸立着九龙群山之首的飞鹅山。它的形状很像一只东临牛尾海，西南俯瞰启德机场，意欲腾飞的大天鹅。在它的东坡上有一片风水宝地，名为“百花林”，多有墓穴。孙中山的母亲即葬于此。从狮子山到飞鹅山一带山势险要，地形复杂。据说在抗日战争时期，这里曾经是东江纵队的根据地，也是令日本侵略者不敢轻易涉足的区域。

星期日下午，天上飘着不太厚的灰云。洪钧和郑晓龙来到狮子山郊野公园。对于生活在钢筋水泥与都市噪声之中的人来说，能到这树木茂密的自然环境中度过几个小时的休闲时光，确实非常惬意。他们沿着山林间的小路向山上走去。一路上，他们遇到不少身穿短衣裤的爬山者，其中既有中国人，也有外国人。那天虽然没有烈日当头，但是天气闷热。当他们气喘吁吁地登上狮子山顶时，身上的衣服都已被汗水湿透了。

他们坐在山顶的巨石上，呼吸着阵阵山风送来的凉爽空气。郑晓龙问洪钧："你觉得这山像不像北京香山的'鬼见愁'啊？"

"有点儿像。不过，最后这一段路可比'鬼见愁'难爬。"

"还记得那年咱们全班同学一起去爬'鬼见愁'吗？"

"当然记得。我还拿了个第一名哪！"

"当时大家都没想到你这位白面书生竟然拿了第一。不过我心里明白，那是爱情的力量。对吧？"

洪钧老实地点了点头。他想起了肖雪，情不自禁地叹了口气。

一架飞机带着巨大的轰鸣从他们脚下飞过，徐徐降落到东南方向的启德机场。他们的目光也被飞机带了过去。启德机场那条笔直的跑道伸进了维多利亚港湾，在蓝色水面的包围中显得呆板单调，而且那片空旷的平地与旁边的楼群也不协调。他们看了一会儿在机场上缓缓移动的如同玩具般的飞机，并看到一架飞机带着呼啸声飞上云天，然后才起身下山。

他们沿着山脊上的麦理浩小路向东走，下了一个小坡，穿过一片茂密的竹林，又登上一个小山包，然后拐上北坡那条建在荒草灌木丛中的小道。此时，天上的云层变厚了，光线也变暗了。他们不由自主地加快了脚步。

这是一条弯弯曲曲的台阶土路。为了防止土阶坍塌，每一级台阶都由铁钎和木板拦护着。然而，无情的雨水依然带走了不少泥土，使得木板和铁钎高出台阶的土面，形成对登山者的颇有危险的羁绊。洪钧和郑晓龙走路时都低头看着脚下，而且两人都没有了谈话的兴致。

下了一段陡坡之后，他们从一个高压电线的铁架下穿过，来到一个小路口，然后向右拐，沿着一道山谷向南走去。此时，凉风夹来了阵阵细雨，但是路旁并没有可以避雨的场所，他们只好做雨中行。过了山谷，又是一段陡坡。被雨水打湿的红土路变得很滑，他们更加小心。这里树木稀少，杂草丛生，给人荒山野岭的感觉。

雨越下越密，越下越急。他们身上的汗水渐渐被雨水取代。此时，登山的情趣已然消逝，剩余的则是对目的地的向往。终于，他们在小路左边的山坡上看到几间零零星星地建在林间空地上的小石屋。这些灰黑色的小屋都已颓败。有的已经坍塌，有的只剩下框架，最好的也已缺门少窗。他们见一间小屋的窗户上钉着塑料布，便跑了过去。

来到门口，洪钧在昏暗的光线中看见一个衣衫褴褛、面颊黑瘦的中年男子坐在窗前的竹椅上。他很有礼貌地说："唔该（粤语，在此处意为'请问'或'对不起'），我们可以进来避避雨吗?"

男子用呆板的目光看了看洪钧和郑晓龙，点了点头。过了一会儿，他用沙哑的嗓音问道："广东来的吗?"

"是呀！我们是来旅游的，今天来爬山啦，没有想到赶上了下雨嘛。"洪钧尽量学说广东话。

"我也是广东来的。"男子面无表情地看着窗外。

"真的！这可太巧啦！你老家是什么地方?"洪钧非常高兴的样子。

"广东圣国人啦。"男子声音高了一些，似乎他的情绪也受到洪钧的感染。

"啊，圣国市，我去过。很漂亮的城市嘛！你最近有没有回去过呀?"

男子慢慢地站起身来，一瘸一拐地走到门口，默默不语地看着外面。

洪钧等了一会儿，见男子没有回答的意思，便继续说："圣国市在全国都很有名气呀！你一定知道的，因为那里有一个达圣公司嘛！他们生产的达圣健脑液是全国的名牌产品。可以说是家喻户晓，人人皆知！对啦，达圣公司的董事长叫孟……"洪钧抓了抓脑袋。

"孟济黎。"男子慢慢地转过身来。

"你认识他？"洪钧一脸的惊讶。

"我们是老朋友啦！不是跟你们吹牛皮，那达圣公司还应该有我一份哪！"男子有些激动。

"你是达圣公司的股东？你不是在开玩笑吧？"洪钧故意用猜疑的目光上下打量对方。

"我干吗要跟你们开这种玩笑呢？我说给你们听啦，达圣公司刚创办的时候就有我啦！"男子很认真地说。

"真的？那你怎么……"洪钧没有把话说完。

"你是问我怎么落到了这步田地吧？嗨，一失足成千古恨啦！"男子的声音中包含着无限的感慨。

一直站在旁边没有插话的郑晓龙此时说道："达圣公司的创业史嘛，我也听说过啦。他们是三个结拜兄弟，还号称是'桃园三结义'嘛。你刚才说的孟济黎是大佬；二佬和三佬好像是一个姓黄、一个姓苏呀。"

"是呀，是呀。"男子忙说。

"但是我听说那二佬和三佬都已经死啦！"郑晓龙看着那个男子的眼睛，轻轻地摇了摇头。

"这……"男子支吾了。

"就是嘛，你怎么会是达圣公司的创始人呢？吹牛吧？"洪钧故意激将道。

"你有没有搞错啊！我吹牛？我……"男子的脸涨红了，嗓音也更加沙哑了，仿佛就要咆哮起来，但是他的嘴张了几张，终于又闭上了，而且他的情绪渐渐平静下来。他慢慢地说："反正我是达圣公司的创始人，信不信就是你们的事情啦。我还可以告诉你们，我知道达圣公司的很多事情，比方说那三兄弟的外号吧。大佬叫黎哥；二佬叫阿雄；三佬嘛，叫良仔啦。还有，你们知道达圣公司是怎么起家的吗？靠的是走私香烟啦！如果你们不相信我的话，可以亲自去问黎哥嘛。"

"我们没有不相信你的话，只是觉得很奇怪。既然你对达圣公司有这么大的功劳，为什么不回圣国去呢？你为什么不去找孟济黎呢？"洪钧态度诚恳。

"我有找过的啦。"男子说完之后，似乎突然想起了什么，用疑惑的目光看了看洪钧，慢慢地走回那把破竹椅，坐下了。

"那么你最近见过孟济黎吗？"郑晓龙又追问道。

"我怎么能够见到他呢？"男子愣愣地望着窗户上的塑料布，"他那么忙，我又不能回广东去找他。"

"我听说，他经常到香港来呀。"郑晓龙又说。

"你们怎么知道他的情况？你们是干什么的？"男子用怀疑的眼光打量着郑晓龙和洪钧。

"孟济黎是名人，经常见报，有时候还上电视哪。我记得上个月就在报纸上看到一条消息，说孟济黎访问香港，准备搞一个很大的合资项目。香港这边的报纸没有报道？"洪钧说。

"我不看报纸。"男子嘟囔了一句，看着门外，过了一会儿，扭头对洪钧和郑晓龙说："雨已经停了，天也快黑了。我说，你们也该走了吧？天一黑，你们可就下不了山啦！对你们来说，在这山里过夜，可不是一件快活的事情啊！"

洪钧和郑晓龙互相看了一眼，都觉得应该告辞了。于是，他们向男子表示感谢，走出光线昏暗的小石屋。当他们踏上那条下山的小土路时，洪钧回头看了一眼，只见那个男子仍然站在小屋的门口，望着他们。

洪钧和郑晓龙踏着湿滑的路面向山下走去。雨虽然已经停了，但是树叶上仍不时滴下一些很大的水珠，落在他们发热的皮肤上，给他们带来一阵冰凉的刺激。他们默默地走了一阵子，脚下的土路终于变成了柏油路，他们的步履也轻松了一些。

洪钧问郑晓龙："你知道黄伟雄和苏志良是怎么死的吗？"

"知道一些。那是三四年前的事情了。当时达圣公司还没有现在这么大名气，规模也小得多。不过，那个案子在圣国市还是轰动一时的。好像是为了争风吃醋，老三把老二给杀死了。后来老三在乘船外逃时又落海淹死了。由于那个案子没有移送检察院，所以具体情况我也不太清楚啦。"

"这就是说，老三的尸体并没有找到，对吗？"

"我记得好像是没找到。"

"你认识苏志良这个人吗？"

"不认识。"郑晓龙看了洪钧一眼，反问道，"你怀疑刚才那个人就是苏志良？"

"对。"

"其实，我也有这种怀疑。但问题是怎么证实呢？"郑晓龙好像是在问洪钧，也好像是在问自己。

洪钧没有回答郑晓龙的问题，而是自言自语地说道："孟济黎和贺茗芬都认识苏志良。而且，他们在这里遇上苏志良恐怕不是偶然的巧合。那么这是谁安排的呢？安排的目的是什么呢？晓龙，你说那起案子发生在三四年前？那就是说，佟文阁当时已经来到了达圣公司，因此他也应该认识苏志良这个人，那么……"

两个人默默地走着，似乎都在思考自己的问题。没过多久，他们便来到山下黄大仙祠的旁边。洪钧停住脚步，望着那一片红墙黄瓦。最后，他的目光停留在山墙的几个大字上——

南无阿弥陀佛。

第 19 章　警察的陷阱

10 月 16 日下午，洪钧从香港回到圣国市，又住进圣国宾馆，而且前台服务员又给他安排在 410 房间。

安放好行李之后，他到街上吃了晚饭，然后走回圣国宾馆。他乘电梯上到四楼，走出电梯间，刚拐进走廊，远远地看见一个人影好像从他的房间里溜了出来，很快地向另一个方向走去。走廊里光线比较暗，他没有看清那人是男是女。他快步走到房门口，打开门，仔细听了听，室内非常安静，只有冰箱发出轻微的‘嗡嗡’声。他走进去，看了一圈，没有发现可疑之处。他想，也许自己刚才看错了，那人并不是从他的房间里走出去的。

连日的奔波使他很有些疲劳，所以他洗了个热水澡便脱衣睡觉了。然而，就在他即将进入梦乡时，门外传来脚步声。脚步声停在门口，接着又传来钥匙开锁的声音。洪钧开始以为是幻觉，但很快就意识到门口确实有人。他翻身坐了起来，只见房门已被打开，房间的灯也亮了。在服务员身后站着一高一矮两个身穿警服的人。

服务员退出去后，高个警察走过来说：“我们是公安局的，例行检查啦。”

洪钧很快穿上衣服，皱着眉头说：“我想，我有权利先看看你们的工作证吧？”

“真麻烦啦！我们还能是假的吗？”不过，警察还是掏出工作证，让洪钧看了看。然后，他说：“你的证件啦。”

洪钧取出自己的身份证和律师证，递了过去。当这个警察翻看洪钧的证件时，矮个警察走到写字台前查看桌子上的东西。

高个警察用其职业特有的语调问道：“你叫洪钧吗？”

洪钧点了点头。

“是律师？”

“对。”

“从哪里来的？”

“北京。”

“嗯？不对吧？”

“噢，我今天是从深圳飞过来的。”

“对我们警察可一定要讲实话啦！你最近去过香港吗？”

“去过。”

“干什么去啦？”

“讲课。”

“是吗？没有别的目的？”

“我想我没有义务回答你的这个问题。”

“你们当律师的就是事情多嘛！那我问你好啦，你到圣国市干什么来啦？”

“受当事人委托来办事。”

“什么事情？”

“对不起，我有义务为当事人保密。”

“不要这么神气嘛！这可不是在北京啦！”

这时，矮个警察在一旁不耐烦地说：“不要跟他说那么多没用的话啦！洪先生，我们要看一看你旅行包里的东西，可以吗?”

“是搜查吗?”

“想要搜查证？其实那也是非常简单的事情啦！不过，我看就没有这个必要了吧。我们只是例行检查，你自己打开包，让我们看看，就可以啦。”

洪钧觉得确实没有必要和他们太较真。于是，他从壁柜里取出旅行包，放在床上，打开拉锁，然后站到一边。

矮个警察走过去，仔细翻看里面的衣物。突然，他指着一个小塑料袋问洪钧：“这是什么?”

洪钧侧身看了看，那个塑料袋里装着像淀粉一样的东西。他不记得自己有这个塑料袋，便摇了摇头。

“你不知道?”矮个警察拿起来，放在鼻子前面闻了闻，冷笑道，“这是‘白粉’啦。我说洪先生，你怎么就像个三流的毒品贩子？你不知道？难道你就找不出更好的借口吗?”

“这不是我的东西。”洪钧皱着眉头。

“不是你的，怎么会在你的包里？那一定是别人让你带的啦。那么，是谁让你带的啦?”

洪钧用目光盯住那个警察的眼睛，足足有一分钟，然后缓缓地说：“看来，这一切都已经安排好了。我想，你们的任务就是把我带回去交差，而我最明智的做法就是痛痛快快地跟你们走。对吧?”

“你果然是很聪明的啦!”

洪钧没有再说话，把自己的东西有条不紊地收到公文箱和旅行包里。他小心地不去触摸那个白色的塑料袋。然后，他很认真地系好领带，穿上西服，跟着那两名警察从后门走出圣国宾馆，坐进了等候的警车。

洪钧被带到了圣国市公安局的收容审查所。在办完了检查、登记手续并拍照、捺印指纹之后，他被关进了一间不太大的收容室。这间房内有两个上下铺的铁床，已经住了三个人。警察让洪钧爬到那个空着的上铺，然后关上铁门走了。

洪钧坐在床头，看着周围的环境。室内光线很暗，只有那个铁门上的小窗泻进一束昏黄的灯光。另外三个人都一动不动地躺着，但洪钧觉得他们并没有睡着。洪钧也一动不动地躺着，当然，他就更睡不着了。

第二天上午9点，洪钧被叫出收容室，带到一间审查室。讯问他的还是昨天晚上的两名警察。在例行公事的审问之后，警察宣布他被“收容审查”了。

洪钧很气愤，但尽量心平气和地说：“你们这样做是没有道理的。按照国务院的有关规定，收容审查仅适用于有轻微犯罪行为又不讲真实姓名、住址、来历不明的人，或者有轻微犯罪行为又有流窜作案、多次作案、结伙作案嫌疑因而需要收容审查罪行的人。请问：我属于上述的哪一种人?”

“你倒是蛮内行的啦!”高个警察说，“就凭你说的这些话，你就像个惯犯嘛!”

“怎么不能对你收容审查呢?”矮个警察说，“你说你叫洪钧，谁能证明你没有说假话啦?”

“我的身份证和律师证可以证明嘛。”

“身份证和律师证都是可以伪造的啦!”

“那你们可以和北京市公安局联系，让他们核查嘛!”

“就你这一点屁事儿，也用得着去惊动北京市公安局?笑话!”矮个警察冷笑道。

“如果圣国市有人能证明你的身份，我们倒是可以考虑的啦。”高个警察说。

洪钧首先想到了郑晓龙，但是郑还在香港，远水解不了近渴。他又想到了孟济黎、罗太平和贺茗芬，但是他认为此时不宜向他们伸出求援之手。最后他想到了田良栋。他觉得田在公安局干过，大概能起点作用，便说出了田的名字。

两个警察相互看了一眼，高个子说："如果田良栋愿意来保你出去，那就没有问题啦。我们会尽快把你的事情告诉他的。不过，你不要有侥幸心理！我告诉你，那包'白粉'的来源，你是无论如何也要交代清楚的啦。"

"那根本就不是我的，是别人趁我不在时放进去的。"洪钧的语气很冷静也很自信。

"这么说是别人陷害你啦？别做好梦！你以为我们就是那么好欺骗的吗？"高个警察说。

"算了，我们会有足够的时间来让你回答这个问题的啦。"矮个警察说。

洪钧又被押回了收容室。

第三天下午，那两名警察又把洪钧带到审查室。他们告诉洪钧，他们已经通知了田良栋，但是田说他根本不认识什么洪律师。警察问洪钧还有什么可说的。洪钧没有说话，其实这也在他的预料之中。警察又追问洪钧那包毒品的来源，以及他与谁联系，准备把毒品交给什么人等。洪钧拒绝回答这些问题，而警察似乎也无心认真查问。第二次讯问就这样结束了。

晚饭后，洪钧不想这么早就躺到床上去，便在门边那一小块空地上来回走着。

这时，同屋的一位膀大腰圆的山东汉子坐在床边，对他说："嘿，俺说伙计，你是北京人吧？"

洪钧看了那人一眼，点了点头，继续走着。

山东大汉又问道："你是咋进来的？俺是说，你犯的是'黑事'，'黄事'，还是'白事'？"

洪钧又看了那人一眼，说："我什么事也没犯。"

"那你咋进来了？要俺看哪，你这伙计肯定是走'白货'的。

俺说得对不?”

“我是律师。”

“啥?律师?哈哈哈哈!”大汉扭头对另外两个人说,“这伙计说他是律师。哈哈哈哈!他要是律师,那俺就是法官!你明白不?这北京人就是敢吹牛!那年俺去大连跑买卖,碰见一个北京‘倒爷’,一张嘴就问俺要不要坦克。俺说,要坦克干啥?那在俺这里都是‘小儿科’!你明白不?俺手里有一颗原子弹,现货!你要是能够帮俺出手,俺给你10个‘点儿’的好处。你明白不?他当时就傻了!律师?哈哈哈哈!”

另外两个人也一起笑了起来。洪钧觉得人格受到了侮辱,很想怒斥一番,但是忍住了。他想到了一句老话:虎落平阳受犬欺。他继续来回走着。

“嘿,伙计,俺跟你说话哪,你别老跟驴拉磨似的转起来没完。你明白不?俺说你哪,律师!对啦,俺看叫你‘驴屎’还差不多!哈哈哈哈!”

洪钧停住了脚步,瞪着那个山东人。

山东大汉站起身来,冷笑道:“咋地?你还想跟俺比试比试?”

洪钧紧咬着牙齿,双手也不由自主地握成了拳头。山东人走过来,挥拳便打,洪钧本能地举拳相迎。但是没打几下,洪钧的小腹就挨了重重的一拳。他只觉得肠胃痉挛,呼吸困难,不由得双手捂着肚子蹲了下去,结果头上又挨了一拳,歪倒在地上。

山东人骂道:“奶奶的!跟俺比试!俺们山东专出好汉。你明白不?奶奶的!”他抬脚又向洪钧身上踢去。正在这时,铁门上的小窗被人打开了,一个警察向里面看了看,喝道:“干什么哪?”

山东人转过身去,笑嘻嘻地说:“没干啥。这个伙计晚饭吃多了,肚子疼。”

警察在小窗外探着头，看着倒在地上的洪钧，问道："怎么样？用不用叫医生呀？"

洪钧终于喘过来一口气。他吃力地站起身来，用手擦了擦嘴边的血，看了警察一眼，没有说话。

警察对山东人说："你们还愣什么哪？还不扶他上床？"

另外两个人忙走过来，要扶洪钧，但是被洪钧推开了。洪钧咬着牙，慢慢地走到床边，爬了上去。

第四天无人过问。

第五天上午，洪钧认为自己不能在这里傻等，便要求见警察。过了一个多小时，那两名警察把他带到审查室，高兴地让他交代毒品的问题。他仍坚持说毒品与他无关，并要求见市检察院的郑晓龙副检察长。他说郑晓龙是他的老同学，可以证明他的身份。他还要求警察立刻通知他在北京的亲友，包括他的父亲和宋佳。警察很认真地记下了他说的人名和地址，然后又把他送回收容室。

午饭后，洪钧坐在监室里属于他的那个角落，闭着眼睛。他后悔自己太大意了，居然一点都没有考虑到这种危险。不过这也算给他上了一课！他以前从未想到中国还有这么黑暗的地方。他尽量调整自己的情绪。他对自己说，车到山前必有路，船到桥头自然直。

忽然，走廊里传来一阵说话声，其中有一个熟悉的声音——他简直不敢相信自己的耳朵了……

第 20 章　和尚的噩梦

对佟文阁的几次治疗都不见成效，宋佳的心里不禁有些急躁。她本想向洪钧显示本领，现在看来是白费力气，弄不好还会在洪钧的口中留下笑柄。然而，她并不甘心。直觉告诉她，佟文阁的记忆是可以恢复的，只不过她目前还没找到“开锁的钥匙”。思来想去，她觉得还是早一点向洪钧请教为好。虽然她嘴上经常和洪钧抬杠，但心里对洪钧佩服得五体投地。有一次，她开玩笑地说，她真想看看洪钧的大脑是用什么特殊材料做成的。

10 月 16 日，宋佳决定给洪钧打个电话，因为她知道洪钧当天从香港回到圣国市，而且还会住在圣国宾馆。下班之前，她拨通了圣国宾馆的电话。前台小姐查了一下说，洪先生已经回来了，住的还是 410 号房间。她往 410 房间打了几次电话，但是都没有人接。她估计洪钧出去吃饭了，便悻悻地开车回家了。

晚上，宋佳又往 410 房间打了电话，但是接电话的是个陌生男人，说那里住的人不叫洪钧。宋佳又给前台打电话。小姐说没有错，让她再打 410 房间。然而当她再打时，410 房间里又没人了。她心里觉得有些奇怪，便再次请前台小姐给查一下。小姐查完之后告诉她，刚才弄错了，洪钧没有住进410房间，而且根本就没有住进圣国宾馆。小姐抱歉说，刚才她把客人姓名的拼音给看错了，把“黄君”看成了“洪钧”。听着小姐那一连串“对不起”，宋佳无可奈何地放下了话筒。真的是那位小姐看错了吗？她不相信，觉得此事十分蹊跷。她又给410房间拨了几次电话，但听到的都是有气无力的“嘟——嘟——”的声音。一种不祥之兆从她的心底油然升起。

第二天上午，宋佳再次给圣国宾馆打电话，得到的回答仍然是“查无此人”。她又给达圣公司的办公室打电话，但对方回答说洪律师早就回北京了。她又怀着一线希望打电话问金亦英，但后者也没有洪钧的消息。放下电话之后，她愣愣地望着墙上的钟，心想，如果今天还没有洪钧的消息，她该怎么办？她是否应该到圣国市去找洪钧？

这一天，宋佳坐立不安，心神不定，什么事情都干不下去。她分析了几种可能性：第一，洪钧可能去秘密调查了；第二，洪钧可能去参加一项临时的活动；第三，洪钧可能遇到了什么麻烦。在这三种可能性中，最让宋佳不安的就是第三种。她想，洪钧能遇到什么麻烦呢？她又想起了410房间里接电话的那个陌生男子的声音以及前台服务员那前后矛盾的回答。她觉得非常奇怪。她不愿意去想那些让她不寒而栗的可能性，然而，那些想法却执着地萦绕在她的脑海中。她在办公室里一直等到晚上10点多钟，仍然没有洪钧的音信。她一跺脚，决定自己去圣国市找洪钧。

10月18日清晨，宋佳赶到首都机场，坐上了飞往圣国市的航班。此时，她的心情已不像昨晚那么焦虑不安了。她更多地想到的是：万一洪钧没出事，她该怎么办？如果洪钧责问她，她该如何回答？她的心中比较坦然。她是为了洪钧，她不怕洪钧错怪她。而且这是她有生以来第一次坐飞机。她想，即使到圣国之后发现洪钧平安无事，她也不虚此行，顶多算个自费旅游呗！想到此，她的心情平静了许多。她要好好体验一下坐飞机的感觉。

飞机起飞了。宋佳坐在机舱右边靠过道的座位上。她右边靠舷窗坐着一位五十多岁的男子，秃顶，小眼睛，厚嘴唇，脸上带着和善的笑容。男子见宋佳不住地侧过头来向窗外张望，便问道："小姐，你是第一次坐飞机吧？要不要我跟你换个座位呀？这边看窗外很方便的啦。"

宋佳看了一眼那位男子，高兴地说："那就谢谢您了！"

"不用客气啦。我第一次坐飞机的时候也很想坐在窗子边上，可是我的座位是在中间嘛。我当时就很希望能有人跟我换个座位，让我坐到窗子边上去看看啦。可惜没有人理解我当时的心情啊。后来我经常坐飞机，也就无所谓啦。"

两人换了座位之后，宋佳把脸贴在玻璃窗上，透过薄云，看着下面的大地。她觉得人类确实很伟大，居然把这么大的飞机弄到这么高的天上。她又把目光投向无垠的蓝天，让自己的思维也变成一片无拘无束的畅想。

当空中小姐送来饮料时，秃顶男子主动帮宋佳放下小桌板，然后笑眯眯地问："小姐，你是到圣国出差吗？"

"不，旅游。"宋佳随口答道。

"旅游？圣国可没有多少观光的地方啊。"

"噢，我顺便也想找找发展的机会。我听说圣国是个很有前途的新兴城市嘛！"

"小姐很有眼光啦！我可不是自吹自擂，我们圣国确实很有发展潜力。听说中央政府已经同意把圣国市作为经济特区啦。过不了几年，圣国就会成为第二个深圳，而且会比深圳更漂亮啦！小姐，你想在哪个方面发展呢？"

"我正在考虑，我还不知道圣国市究竟能给我提供什么样的发展机会呢。"

“小姐是学什么专业的?”

“就算中文吧。”

“那你愿意到电视台来工作吗?我认为,根据你的气质和形象,还有你这标准的普通话,你很适合担任电视节目的主持人嘛。很巧啦,我是圣国市电视台的。我们台成立时间不长,正在招聘节目主持人,报名的人很多啦。有些女孩子长得也很漂亮,但是她们都缺少你的气质呀。这是我的名片,欢迎你来试一试啦。我告诉你,机不可失啊!”

宋佳接过那个人的名片,只见上面印着:圣国市电视台副台长徐凤翔。她心想,我这里随便一说,这个人还就认真起来了,而且说得有声有色,真是热心得有点过火!不过,她也不能失礼,便收起名片,“徐台长,我以前从来没有想过当电视节目主持人的事儿。不过,我一定会认真考虑您的建议。”

“你相信我的眼光,就不会有错啦!我干了这么多年的编导,看人很准的啦。小姐,你叫什么名字?”

“宋佳。”

“宋小姐,根据我的经验,你要是当了电视节目主持人,很快就能红起来,而且绝不仅仅是在圣国市啦。我可以专门为你设计一套节目,让你去参加省里的比赛。说不定你还可以去参加中央电视台的主持人大赛呢!这都是有可能的啦!”

“徐台长,您说得我都有点儿动心了!”宋佳的这句话可以说是半真半假。

“没有问题啦!生活中很多事情都要靠机遇嘛。现在机遇来了,就看你能不能把握的啦!”

“徐台长,不瞒您说,我这个人碰上的机遇确实不少,可就是把握不住!真的,后悔一辈子的事儿都有!”

“那你这次就一定要抓住不放啦!宋小姐,你到圣国有地方住吗?”

“有，我已经预订了圣国宾馆的房间。”宋佳不无戒备地看了徐凤翔一眼。

“宋小姐，我没有别的意思嘛。因为圣国不是旅游城市，宾馆不多，我怕你初来乍到不好找。既然你预订了圣国宾馆的房间，那就没有问题啦！圣国宾馆是我们圣国市最好的旅馆嘛。好，我就欣赏你这样的年轻人，会生活啦！”

宋佳没有说话，心想，住圣国宾馆就是会生活，那要是住北京饭店贵宾楼呢？什么逻辑！

飞机降落之后，宋佳背着包走出机场。出了大门，她刚要找出租车，只见一辆捷达牌轿车停在身边。徐凤翔从司机旁边的座位探出头来，对宋佳说：“宋小姐，你不是要去圣国宾馆吗？坐我的车去吧。”

宋佳犹豫了一下，开门钻了进去。

宋佳走进圣国宾馆的大厅之后，转圈看了看，然后来到前台，办理住宿登记手续。当服务员为她选择房号时，她随便问道：“你们这里有410号房间吗？我家的房号就是410，所以我出外旅行也总爱住410号房间。这能给我一种住在家里的感觉。”

“有410号房间，但是不知道有没有人住。让我给您查一查啦。”服务员熟练地按动计算机的键盘，然后说，“正好是空的。那我就给您安排在410号房间，好吗？”

“谢谢！”宋佳接过房间钥匙，拿着东西向电梯走去。进入房间之后，她放下背包，在屋里巡视一番。这是标准的双人客房。两张单人床，一张写字台，一套沙发，还有电视、冰箱和床头柜。卫生间在门口，旁边是很大的壁柜。她确信这是洪钧曾经住过的房间。她说不出为什么，但她有这种感觉。突然，一个念头滑过她的脑海，于是她开始到处翻找。床上床下，柜里柜外，台灯座底下，抽水马桶后面，她希望能发现洪钧留下的东西。然而，转了一圈，她什么也没有找到。

窗外的天是阴沉沉的，看来就要下大雨了。俗话说，天气好心情就好。在这种阴云密布的天气里，人是很难心情愉快的。宋佳颓然坐到床边，愣愣地看着这空空的光线昏暗的房间。一种阴森恐怖的感觉缓慢但执着地袭上心头。她仿佛闻到一种奇怪的味道，仿佛感到一种潜在的危险。她的身体不由自主地颤抖了一下。她有点害怕，很想逃出这凶多吉少的房间。然而她拼命克制自己的恐惧感，因为她深知自己一旦逃出去，就再也不敢迈进这个房门了。她安慰自己，别胡思乱想，别害怕，这都是幻觉的作用。她站起身来，打开房间内所有的灯，然后学着洪钧的样子，右手握拳按顺时针方向用力绕了两圈。她感觉好了一些，便开始把带来的衣物放进柜子里。

宋佳思考应如何去寻找洪钧。她想，不能仅凭自己的感觉和猜测，必须首先确定洪钧确实又回到了圣国。怎么去核实呢？她想到了航空公司。于是她给飞机场打了个电话，查到 10 月 16 日下午从深圳飞到圣国的航班。然后她给航空公司打电话，得知确有一位叫洪钧的男士坐了那趟航班。这样，她就知道洪钧确实回到了圣国市。那么洪钧此时会在什么地方呢？思来想去，她认为洪钧可能去的地方除了圣国宾馆就是达圣公司。换言之，她手头有两条可供查找洪钧的线索：一条是圣国宾馆，另一条是达圣公司。

晚上，宋佳又给金亦英打了个电话，确认北京仍然没有洪钧的消息。她决定明天上午先在圣国宾馆查一查，如果没有结果再去达圣公司。这一夜，宋佳躺在洪钧曾经睡过的床上，辗转反侧，胡思乱想，直到窗帘上透出淡淡的晨曦，她才昏昏沉沉地进入梦乡——

……案子办完了，宋佳和洪钧一起外出旅游。那是一个阳光明媚的早晨，他们来到一座不太高但是林木茂密的山上。他们手拉着手，沿着弯弯曲曲的小石板路往山上走去。周围没有游人，只有小鸟那婉转的鸣叫声陪伴着他们的脚步声。宋佳的心情非常好，但是她不想说话，因为她害怕语言会打破这美好的心境。

他们来到山顶。宋佳没有想到在这座不起眼的小山上还有这么雄伟的庙宇。她有些喜出望外。但是洪钧不喜欢这个地方，不愿意进去。她硬拉着洪钧走进了寺门。很大的院子里没有人，静悄悄的。他们走进正面的大殿，里面也没有人。宋佳心中有些纳闷，和尚都到哪里去了？

他们穿过大殿，来到后院，发现后院的一个角落处站着两个和尚。他们便走了过去。只见那里有一间侧房，门上有一块黑匾，上面写着“开花见佛”四个字。他们走到门口，一个和尚向他们要钱：每人 100 元。洪钧说不值，但是宋佳想看，便交了钱。进屋后，只见在屋子中间有一个挺大的圆盘，圆盘上有一朵荷花，大概是金属做的，红花绿叶，颜色很鲜艳。但是那花瓣都合拢着。一位和尚说，他们可以在花前许愿，如果佛祖听见了，花瓣就会自动打开，他们就能看见里面的佛。不过，那就要每人再交100 元钱。宋佳认真地把双手合在面前，闭上眼睛，许了一个只有她自己知道的心愿。许完愿后，她睁开双眼，只听“吱吱呀呀”一阵响，那荷花转了起来，而且花瓣慢慢打开，露出中间一个不太大的金色佛像。宋佳又掏出 200 块钱。

出门后，洪钧有些闷闷不乐。宋佳问他怎么了，他说那些和尚在骗钱，他们不该上当。宋佳说谁都知道那是假的，只不过是求个心情舒畅，何必认真呢！然而，洪钧上来那股固执劲儿，非要去揭穿和尚们的鬼把戏。他绕到房子的后面，找到一个小门，走了进去。宋佳叫他回来，他不听，宋佳只好跟了进去。

那门里面有一个很窄的楼梯，通向下面。他们走了下去。这里没有灯，很黑。他们来到底下，见前面有一盏油灯亮着，便走了过去。他们看见一个和尚正在像推磨一样推着一个圆盘。

洪钧对那个和尚说："什么'开花见佛'，就是你在这里搞的鬼把戏！"

和尚冷笑："这关你什么事？"

洪钧说："你们不能为了赚钱就骗人！"

和尚说："骗了，你怎么着？"

洪钧说："你们不能这样无法无天！"

和尚笑道："和尚都是秃子，哪有发？躲在这地下室里，哪有天？"

洪钧还要说话，只听一阵楼梯响，又有两个和尚跑了下来，而且手中都拿着棍棒。宋佳见状忙说，算了，咱们走吧。洪钧说，和尚不能不讲理！然而，洪钧的话音还没落，一个和尚抡起棍子就朝洪钧打去。洪钧没有准备，被棍子打在头上，鲜红的血水顺着脸流了下来，遮住他那双愤怒的眼睛。另一个和尚也用棍子去打洪钧。宋佳急了，拼命想冲过去，用自己的身体挡住洪钧，但是那个推磨的和尚一把抱住她，并用手捂住她的嘴，使她迈不动腿，也喊不出声。眼看着两根棍子交替落在洪钧身上，自己又不能去阻挡，她真要急疯了……

宋佳终于醒了。她发现自己的身体让被子缠住了，而且出了一身汗。她掀开被子，长长地出了一口气。然而，那可怕的梦境仍在眼前晃动。

窗外，雨下得很大。

第 21 章　冒牌的记者

早饭后，宋佳来到前台，说有人让她来找一位名叫洪钧的先生，不知他住在哪个房间。服务员查了一下，说房客里没有叫洪钧的人。宋佳问，他会不会已经退房了。小姐又查了一下，说确有一位叫洪钧的人曾经住过，但那是 9 天前的事情了。

宋佳悻悻地回到房间，见一位身穿浅蓝色套服的中年妇女正在打扫卫生间，她灵机一动，便走过去问："大姐，这间房以前住的是什么人？"

中年妇女看了宋佳一眼，继续低头干活，过了一会儿才说："那么多人，谁记得住啦！"

"我是问在我之前住的人。"

"那也记不住啦。我负责打扫的房间很多嘛！"

"我是说，在我之前住的一定是个男人，而且，这个人太坏！他居然在枕头底下藏了一个避孕套！"宋佳的脸一下子红了，"我正想去找你们老板呢！"

听了宋佳的话，女清洁工有些惊慌，直起身来说："不，不可能吧？客人走后我都换过床单啦！"

“他给夹在两个枕头的中间啦!”

“怎么会呢?那是个文质彬彬的年轻人,个子高高的,长得也很帅啦。用我们广东话说,他可是个‘靓仔’哦!而且他说话总是很有礼貌的样子嘛,不像个‘咸湿’的人啦。他怎么会干出这个样子的事情呢?”

“知人知面不知心啦!”宋佳也不由自主地拉起了广东腔。她随后又绷着脸问:“他是哪天走的?”

“上个礼拜他就住在这里。后来走了几天,是礼拜一回来的,还住在这个房间。但是只住了一个晚上就又走了。”

“这么说,他是前天早上走的?”

“我没有看见他是什么时候走的,只是大前天下午看见他回来了。他还和我打过招呼嘛,很客气的样子啦。前天上午我来收拾房间的时候才知道他已经走了。”

“你知道他去什么地方了吗?”

“难道你还要去找他算账吗?”

“你把他说得那么好,我很想看看他究竟是个什么样子!”

“真的很不错啊!可惜我不知道他去哪里啦。小姐,你把那个避孕套放在哪里啦?”

“我怎么能留那种东西呢?当时就扔在马桶里冲走了。”

“小姐,既然已经扔了,你就不要去找我们老板了吧。我看那个小伙子也没有什么坏心嘛。再说啦,他也不知道后边会是什么人来住啊。”

“那就算了吧。”宋佳故意叹了口气。她想,看来自己在圣国宾馆是查不出洪钧的下落了,只能按第二条线索去找洪钧,便问:“您知道达圣公司在什么地方吗?”

“当然知道啦。圣国人哪有不知道达圣公司的呢?我告诉你啦。你出了宾馆的大门,往左拐,沿着圣北大道一直向西走就可以啦。那是乳黄色的大楼,很好找的嘛。”

“远吗?”

“不太远啦。走过去也就半个多小时嘛。”

“谢谢您。”宋佳背上小皮包，走出房间。

雨已经停了，但是空气仍很潮湿。宋佳在圣国宾馆门口站了一会儿，决定步行。然而，她走了没多远就发觉后面好像有人在跟踪。她在警察学院上学时曾经受过“挂外线”的训练，于是她运用突然改变行走速度和方向的办法，证明了确实有一个男人在跟踪她。她的心头又蒙上一层阴影，看来这里的问题远比她原来想象得更为严重和复杂。她想了想，突然穿过马路，坐上一辆出租汽车。

宋佳坐着出租车来到达圣公司。下车后，她向两边看了看，没有发现跟踪的人，便穿过马路，向达圣公司的大门走去。但是快到门口时，她的脚步又犹豫了。她问自己，洪钧会希望她出现在达圣公司吗？很显然，洪钧的失踪有两种可能性：一种是他主动消失，去进行某种特殊的调查；另一种是他遇到了某种麻烦，或者陷入某种困境，无法与自己联系。无论是哪一种情况，他的失踪大概都和达圣公司有关，因此自己最好先不要冒失地闯进达圣公司。万一自己的行动干扰了洪钧的调查，或者暴露了洪钧的计划，那可就糟了。但是不去达圣公司，又到什么地方去打听洪钧的下落呢？宋佳从达圣公司门前走过去，沿着围墙外的小路慢慢地走着。她一直认为自己办事挺果断的，但此时却犹豫不定了。

忽然，宋佳听到后边有人小声叫她：“宋佳！”她回头一看，见一个身穿蓝色西装的男青年走在身后。

“宋小姐，请跟我来。”男青年说完之后，便若无其事地穿过马路，向旁边的公园走去。宋佳犹豫片刻，还是跟了过去。

男青年走进公园之后，在一个没人的地方停住脚步，等着宋佳。宋佳走过去，打量着对方，问道："你是什么人？你怎么知道我的名字呢？"

"我叫田良栋，是圣国宾馆的安保部副部长。我当然可以查出每一位客人的名字。"

"你找我有什么事？"

"你是来找洪律师的吧？"

"你怎么知道的？"

"今天早上你到前台说要找洪钧，我当时就站在旁边。后来我跟着你上了四楼，在门外又听见了你和服务员的对话，所以我断定你是专程来找洪律师的。"

宋佳想起自己对服务员编的那个假话，脸颊上不禁有些发烧。她假装低头揉了揉眼睛，然后抬起头来问："那你怎么知道我会到这里来呢？"

"我不想在宾馆里和你接触，所以就跟着你出来了。没想到让你发现后把我给甩了。不过，我听见你向服务员打听达圣公司，估计你肯定要到这里来。"

"那么，你要告诉我什么？"

"洪律师不在达圣公司。"

"他在哪儿？"

"在收审所。"

"在哪儿？"宋佳瞪大眼睛看着田良栋，不相信自己的耳朵。

"他被公安局收容审查了。"

宋佳皱着眉头，过了好一会儿才继续问："为什么？"

"说他有走私毒品的嫌疑，但是具体情况我也不清楚。"

"你为什么要把这事儿告诉我呢？"

"我以前在公安大学学习的时候曾经听过洪律师的课。他等于是我的老师，也是我非常敬佩的一个人。"

"这么说，您可以帮我把他救出来。"

“这个……”

“如果需要钱的话，您尽管开口。”宋佳想起她以前和洪钧谈论过的“打捞队”。

“我不是那个意思。我也不是不愿意帮忙。我恐怕没有那么大的本事嘛。我听说，这个案子是很有来头的啦！”

“那我应该怎么办呢？”

田良栋想了想才说：“洪律师有一个老同学是我们市的副检察长，叫郑晓龙，也许你可以去找找他。”

宋佳点点头，没有说话。

“宋小姐，我能做的也就是这些了。另外，圣国宾馆对你来说也不太安全，希望你多加小心！”说完之后，田良栋快步走了。

宋佳没想到佟文阁的事情竟然演化出这么复杂的结果。此时此刻，她一人站在这个陌生的城市里，不由得感到孤单和恐惧。然而，她不能退缩，因为这里有她情愿用生命来保护的人！她一定要想办法救出洪钧。想到此，她昂起头，大义凛然地朝着来的方向走去。

宋佳离开达圣公园之后，没有回圣国宾馆，而是找到了圣国市检察院。她相信在这个不大的城市里，身为副检察长的郑晓龙一定可以把洪钧“捞”出来，因为洪钧并不是罪犯。当然，这也要取决于姓郑的愿不愿意帮这个忙了。她满怀希望地来到检察院，但是得到一个令她沮丧的消息——郑检去香港学习了，下礼拜才能回来。

宋佳愁眉苦脸地回到圣国宾馆。怎么办呢？她深知公安局是个欺生的地方。如果是在北京，她总能找到搭救洪钧的“路子”。可是在这人地生疏的圣国市，她能去找谁呢？她自己去看守所把洪钧保出来？不行，田良栋已经说了，洪钧的案子是很有来头的。她自己也有这种感觉。如果她贸然前去的话，弄不好连她也得被“收容”进去。她倒不是怕自己被抓起来。如果需要的话，她心甘情愿去陪洪钧坐牢。但是现在不行。要想救出洪钧，她就必须保持自由。她在房间里不停地来回走着，问着自己，怎么办？难道能去劫狱吗？突然，一个念头浮上脑海。她一拍手，跑了出去。

宋佳来到圣国市电视台，找到副台长徐凤翔。徐凤翔见到宋佳非常高兴，连忙让座并拿来饮料，然后坐在宋佳对面，笑眯眯地问："怎么样？拿定主意啦？"

宋佳嫣然一笑，"我想试试。"

徐凤翔喜出望外，一拍手掌说："好！你听我的话，绝不会有错的啦！我跟你说吧，那天在飞机上看见你，我就认定你是当主持人的天才。你一定可以成为非常出色的主持人。这一次，我也一定要当上伯乐啦！"

"不过，我不想光当主持人，我还想当个记者。"

"当主持人多好啊！又轻松又风光，出名以后还能赚大钱。当记者干什么呀？又苦又累，还不容易出名嘛。就算你出了名，也不好听啦。我有一个朋友，是原来在广播学院的同学，现在号称是'京城名记'，可别人一听还以为她是妓女呢！对不起啦，宋小姐，我的话说得不好听啦！"

宋佳宽容地笑了笑，"没关系。不过，我确实对当主持人的兴趣不是太大。不就是小品演员加时装模特嘛，没什么真才实学。我还是愿意当记者。你看那些女记者，一个个思维敏捷，目光犀利，伶牙俐齿，妙笔生花。我觉得她们个个儿都是人精！而且记者的生活既丰富多彩又浪漫传奇，真是太有魅力，太让人向往了！徐导，这么跟您说吧，如果您让我当记者兼主持人，我就干。如果您让我光当主持人，那我就对不起，跟您'拜拜'啦。"

"宋小姐，你这张嘴可真是了不起，天生就是当主持人的材料嘛。其实呀，你还不了解主持人的工作和生活。她们的生活也是很丰富很浪漫的啦！一旦你干上之后，我保证你会喜欢的！你要是不信，我们可以先打个赌。我肯定你过不了3个月就不愿意干记者而只想当主持人了。”

“好，这个赌我准赢！徐台长，您打算输点儿什么？”

“看来你是很认真的啦！这样吧，我们也不要赌得太大，就赌一顿饭，但是得够点档次的。怎么样？”

“一言为定！徐导，您就准备埋单吧！”

“没有问题啦！”徐凤翔拍了拍自己那光亮的头顶，换了很正经的口气说：“要说呢，主持人兼采编，在我们电视这一行里也有。不过，当记者光靠长得漂亮和能说会道就不行啦，还得有采编和写作的本领呦。”

“徐台长，我是学中文的，对自己挺有信心。您看这样行不行，给我一个礼拜的时间，让我自己去采访，就在圣国市，然后写一篇新闻报道。到时候，如果您看着行，我就跟您签合同。如果您觉得不行，那我就走人。”宋佳也很认真。

“你是第一次到圣国，人生地不熟的，能行嘛？”

“我正想让您看看我当记者的能力呢！不瞒您说，采访的题目我都想好了。而且为了保险，我初步定了两个：一个是达圣公司的成功秘诀；另一个是公安局收容审查制度的利与弊。达圣公司是圣国市的骄傲，采访的关键是如何写出新意。收容审查制度嘛，现在全国人大正在讨论修改刑事诉讼法。有人认为它容易导致滥用职权，弊端太多，坚决要求取消；有人认为它是打击流窜犯罪的法宝，坚决要求保留。因此，收容审查也是人们关心的热点问题之一，而采访的关键则是如何取得公安部门的配合。不瞒您说，我曾经在北京市公安局工作过一段时间，对这一套还是比较熟悉的。徐导，您看我是有备而来的吧？”

“行，我就喜欢像你这样既朝气蓬勃又脚踏实地的年轻人。要我看，第一个题目很难写出新意，就定第二个题目吧。宋小姐，咱们一言为定！”

“徐台长，我去采访，得开一封介绍信吧？”宋佳连忙问道。

“没有问题啦，而且我还可以给你办一个临时记者证，很方便嘛。”徐凤翔想了想，又补充道，“不过，最好再派一个摄影记者跟你一起去。采访是以你为主，他只帮你拍拍照片。说真的，我认为你的想法很有创意啦。我已经有一种预感，你一定能搞出一篇好的报道。到时候我再派个摄像师去补拍些镜头，说不定能让你一炮打红哪！”

“谢谢您对我的信任！”宋佳诚恳地说。

“不用谢啦。我这个人呀，就是爱才如命！我说的可不是钱财的‘财’啊。”徐凤翔满意地笑了。

派给宋佳的摄影记者是个爱说爱笑的小伙了，名叫齐云峰，人们都叫他“阿峰”。能和宋佳这样的“靓姐”一同外出采访，阿峰十分高兴。虽然他年龄比宋佳小，但他处处都表现出对宋佳的关照，而且主动向宋佳介绍圣国市的情况。

星期五上午，宋佳和阿峰来到圣国市公安局的宣传科，谈了他们的采访目的和设想。宋佳谈了收容审查措施在打击流窜犯罪中的积极作用，肯定了圣国市公安局建立专门的收容审查所的做法。她说，虽然公安部在 1984 年就要求全国地市级公安机关建立收审所，但是很多地方还是把收容审查的人放到看守所去关押，存在很多问题。宣传科的人对采访非常欢迎，热情地帮他们联系采访对象。宋佳提出去参观收审所，宣传科的人便痛快地答应了。

经过宣传科的联系，宋佳和阿峰于当天下午来到圣国市公安局的收容审查所，见到了杨副所长。杨副所长先介绍了收容审查工作的基本情况。宋佳认真地记录着，还不时地让杨所长重复一些内容。杨所长自然非常高兴。讲完之后，他便带着宋佳和阿峰去参观收容室。

宋佳表面上谈笑风生，心里其实很紧张。进入一条狭长的走廊之后，她用好奇的目光认真地看着两边房间那小窗口中露出的一张张脸。忽然，一双熟悉的眼睛从她眼前闪过，她不由自主地停住了脚步。

洪钧的目光依然是炯炯有神，但是下巴上已经长出了浓密的黑胡子，脸颊也显得消瘦了一些。宋佳没有想到洪钧变成这副模样，不由得鼻子一酸，泪水险些流出眼眶。她连忙掏出手绢，假装眼睛里进了灰尘。洪钧的脸消失在铁门的后面。宋佳定了定神，微笑着问杨副所长："杨所长，我们可以看看里面吗？"她用手指了一下那扇门。

"没有问题啦!"面对这么漂亮的女记者的微笑，杨副所长连忙让旁边跟着的警察打开那个房间的门。

宋佳迈步走进去，大模大样地环视一周，对杨副所长说："这里的条件很不错，比我原来想象的要好得多啦！杨所长，我可以在这里照张相吗？"

"没有问题啦。"杨副所长痛快地点了点头，又补充说，"宋小姐，我们这可是为你开了先例啦!"

"多谢杨所长哦!"宋佳转身又对阿峰说，"来，我照一张试试，其实我也是摄影爱好者呢!"说着，她从阿峰手中拿过照相机，向后退了几步，很快地按下了快门。

离开牢房之前，宋佳意味深长地看了洪钧一眼。

第 22 章　高手的博弈

宋佳走后，洪钧的心里掀起了情感的波澜。对于宋佳的热情、机敏和才干，他早有认知。这次不幸收审之后，他也曾想到宋佳。他猜宋佳与他失去联系后一定会坐立不安，四处查问。然而，他没想到一个年轻姑娘竟然只身一人闯到千里之外的圣国市，而且这么快就找到了关押在收审所里的他。今天上午他才把宋佳的名字告诉警察，因此宋佳不可能是接到警方通知后赶来的。从刚才的情景来看，宋佳似乎化装成了记者。洪钧想不出宋佳是怎么查到他的下落，也想不出宋佳怎么变成了记者，但是他知道宋佳这样做的动力。他被深深地感动了。

洪钧坐回床边，闭上了眼睛。此时，他的心情已经相当坦然，因为他终于恢复了与外界的联系。虽然他知道对手不会轻易放过他，但是宋佳的出现使他看到了希望。他相信自己一定能够正大光明地走出这座收审所的大门。

为了充分利用这段等待的时间，洪钧开始重新考虑佟文阁的案情。大概由于囚禁的环境容易集中精力，所以他很快就发现自己以前的行动不无草率与盲目之处。于是，他从头回忆接案以来接触的人和事，分析从不同渠道获得的信息，并尽力将这些信息材料分门别类地存入大脑。

为了使自己的思维活动更加条理化，他在心中排列出三个案情分析表：

（一）事件时间表

7月初，佟文阁回京探亲，情绪低沉，看古画；

7月6日，佟文阁与孟济黎上圣国寺，有人给他九天佛祖的信；

7月7日，佟文阁与孟济黎、贺茗芬去香港；

7月10日，佟文阁与孟、贺去看大佛，发生争吵；

7月11日，佟文阁与孟、贺去狮子山下的小屋；

7月13日，佟文阁与孟、贺回到圣国；

7月14日，佟文阁给金亦英打电话，报平安；

7月15日，佟文阁发出神秘的电子邮件；

7月16日，发生强奸案；

7月17日，贺茗芬报案；

7月18日，佟文阁被传唤；

9月13日，佟文阁被起诉；

9月20日，佟文阁病重，被送到医院抢救；

9月21日，金亦英赶到圣国市；

9月30日，佟文阁被送回北京。

（二）已知证据表

1. 金亦英的陈述：佟文阁的过去，强奸案的情况，佟文阁得病的经过，收到的怪信，古画的来历。

2. 罗太平的陈述：达圣公司的情况，佟文阁去香港前后的情况，佟文阁与孟济黎的关系，佟文阁与贺茗芬的关系，贺茗芬的为人，佟文阁得病的经过。

3. 贺茗芬的陈述：她与佟文阁的关系，她的个人经历，罗太平的为人，总经理职位之争，到圣国宾馆送纸条的目的。

4. 沈福官的陈述：佟文阁与孟济黎、贺茗芬到香港的访问经过和吵架的情况，他与达圣公司的关系，达圣公司为曹市长和吴局长访问香港提供经费和存款。

5. 老和尚的陈述：谶语的解释，佟文阁喜欢爬山和佛学。

6. 佟文阁的电子邮件：他与公司的人吵了架，可能回京，保管好古画，谶语，提示，老猫。

7. 佟文阁的日记：回京，圣国寺，去香港，看大佛，狮子山下的小屋真可怕，打电话，决定了。

8. 九天佛祖的信：九日内的报应，圣国市北圣山，送物于友，信封上的日期。

（三）待查问题表

1. 谶语的真正含义？

2. 佟文阁究竟要告诉妻子什么？

3. 佟文阁怎么得的感冒和为何失去记忆？

4. 罗太平与佟文阁的关系？

5. 贺茗芬与佟文阁的关系？

6. 孟济黎与佟文阁的关系？

7. 佟文阁与孟、贺在大佛下谈了什么？

8. 他们为什么要去狮子山下的小屋？

9. 佟文阁在那间小屋里看到了什么？

10. 佟文阁害怕的是什么？

11. 谁把九天佛祖的信给了佟文阁？

12. 谁在九天佛祖的信封上添写了日期？为什么？

13. 贺茗芬是否诬陷佟文阁？为什么？

14. 谁要陷害洪钧？为什么？

15. 佟文阁案与圣国市腐败案有无关系？

洪钧在大脑中把这三个表整理了一遍。他认为，在第一个表中，事件的时间顺序比较明确，问题是这些事件之间存在何种联系；在第二个表中，有些证据材料比较可靠，有些不太可靠，有些还需要佐证；在第三个表中，某些问题已经有了推测性答案，有些问题的推测性答案还不止一个，关键是如何查证。

于是，洪钧开始在大脑里绘制另外两个表：一个是假设答案表，一个是潜在证据表。前者要列出关于待查问题的各种可能性答案；后者再列出查明这些可能性答案所需要的证据材料，也就是可能存在的证据材料。由于他的手边没有纸和笔，所以他不得不在脑子里复制前面那几张图表，而这很快就使他感到疲劳。此时此刻，他体会到人类发明书写工具之伟大。

收审所中的生活实在难挨。从某种意义上讲，羁押生活对精神的折磨要甚于对肉体的折磨。多年以来，洪钧一直认为生命中最宝贵的东西是时间，人们最缺少的东西也是时间。然而，他现在的感觉却截然不同，似乎他最富裕的东西就是时间，他最不想要的东西也是时间。他对此感到愤怒，但却无可奈何。就这样，他在收审所中又煎熬了一天。

10 月 22 日下午，洪钧躺在铁床上昏昏欲睡。忽然，门外的走廊里传来急促的脚步声。接着，房门被打开了。一名警察大声叫道："起来！起来！局长看你们来了！"

洪钧睁眼一看，公安局长吴风浪在几个警察的簇拥下走进他们的房间。洪钧不想找麻烦，便和另外三个人一样，很快起身下床，并排站在墙边。

吴风浪站在门边，两手十指交叉地放在身前，仿佛在抱着他那颇有气派的"啤酒肚"。他慢慢地看了一圈，目光停留在洪钧的脸上。他没有说话，但是他那交叉着的中指在有节奏地敲打着手背。过了一会儿，他才用令人难以捉摸的声调问道："你就是洪钧？"

洪钧点了点头，不动声色地看着吴风浪。

吴风浪转身走了出去，跟随的警察让洪钧一起出来。洪钧跟着他们来到一间办公室。进屋后，吴风浪让跟随的警察都留在门外。他关好门，坐到办公桌前，让洪钧坐到对面的椅子上。洪钧看着吴风浪那对不停眨动的小眼睛，不知道这将是一次什么性质的谈话。此时，他没有选择的权利，只好耐心等待。

吴风浪似乎并不急于开口。他从烟盒里抽出一根香烟，横着放在鼻子下吸了吸，又滚动一圈，然后才放在嘴里，点着之后慢慢地吸了一口。他的目光一直在上下打量洪钧。终于，他吐出口中的白烟，不紧不慢地说："看来，你还真是那个大名鼎鼎的洪律师啊。"

洪钧看着吴风浪，没有说话。

吴风浪又吸了一口烟，继续说："我看过你的报道。《中国青年报》《法制日报》《检察日报》，我都看过的啦。坦率地说，我比较欣赏你在黑龙江那起强奸杀人案中做的调查。甭管怎么说，在那起案件中，你跟我们公安还是有合作的嘛。也许那是因为有你女朋友的关系吧？她叫什么？噢，叫肖雪。你们的关系有没有搞定啊？哈哈！我很希望你们能够继续合作下去。我不太喜欢北京那起股市诈骗案。那个案子里，你跟我们公安就完全没有合作啦。也许是你没有遇上好的侦查员吧？如果你在那起案子里遇上我的话，情况就不一样喽。至少像那个撬盗保险柜的现场和那个伪装的杀人现场，我是肯定能看出问题的啦！那几个派出所的民警实在是不负责任嘛！还有法医和技术员嘛。我讲得有道理吧？当然啦，你在法庭上的辩护还是蛮精彩的嘛。不过，你在那起案件中还是靠了一些运气，对吧？我知道，侦查破案离不开运气，但是又不能完全靠运气。你同意我的观点吧？我干了几十年的刑侦工作，我亲手破的案子也得上千件啦！侦查破案嘛，不敢说我有多高的水平，经验总还是有一些的啦。"吴风浪眯着眼睛，透过面前的烟雾，看着洪钧，似乎是在回忆他办过的一些重大案件。过了好几分钟，他才讲下去——

“虽然你现在是律师，我是公安局长，但我觉得咱们还是同行嘛，至少是半个同行的啦。我知道，你对侦查方法还是很有研究的。你以前也写过这方面的文章，对吧？我记得，你还专门写过侦查思维的问题。不瞒你说，我对这个问题也很感兴趣的啦。我们可以讨论讨论嘛。”

吴风浪手中的香烟已经快烧到手指了，他把烟头在烟灰缸里用力捻灭了，然后抬起手来，吹去手指上的烟灰。接着，他又点着一支香烟，不慌不忙地说：“你说侦查思维具有逆向性和对抗性。我同意。不过，侦查过程中有没有顺向思维和非对抗思维呢？我认为还是有的啦。比方说，我现在调查你的毒品走私活动。那么，我一方面要推断你过去的活动嘛。你是从什么地方得到那包‘白粉’的？它是销售的样品还是自己吸用的？另一方面，我还要分析你下一步可能采取的行动嘛。你可能把这包‘白粉’交给什么人？你可能用什么方法来掩盖你的罪行啦？你不要害怕的啦，我这里只是打个比方嘛。我是说，在这两个思维活动中，前者是逆向思维，后者就是顺向思维啦。你同意我的观点吗？另外，咱们俩的思维活动当然具有对抗性啦。比方说，我想怎样才能让你交代罪行，而你在想怎样才能蒙混过关。啊，你不要着急啦，我只是在打比方嘛！”

洪钧一直保持沉默，此时忍不住说道：“我们讲侦查思维的对抗性，关键并不是要强调双方思维内容的对立，而是要强调双方思维过程的对抗。这就是说，一方思维活动的正确与否取决于他对另一方思维活动的判断。这就跟下棋是一个道理。棋盘上的胜负不仅取决于你自己怎么走，而且取决于对方怎么走。只有准确地判断出对方怎么走，你才能获胜。侦查活动也是这样，所以侦查思维的对抗性又叫侦查思维的博弈性。”

“啊，你说得很有道理啦！就好像说，我要想在咱们俩的对抗性思维中获胜，就必须先判断出你脑子里面的想法啦。对不对呀?”

“对我来说，道理也是同样的。”

“另外，我们还都得想方设法不让对方猜到我们的心思，或者想方设法让对方作出错误的判断嘛。这是很有道理的啦！不过，我刚才要说的不是这个，我是说在侦查活动中有没有非对抗思维。比方说，你和我的思维有没有合作的一面呢？或者说有没有达成某种共识的可能性呢?”吴风浪用力吸了一口香烟，看着洪钧，似乎在等待对方的回答。

洪钧也看着吴风浪，并竭力猜测其脑子里思考的东西。然而，他觉得此人城府很深，很难让人猜透心思。因此他没有回答，默默地等待下文。

吴风浪见洪钧没有说话的意思，微微一笑，用大会总结发言的语调说道：“总之，我很欣赏你的才干。如果你能到公安机关来工作的话，一定可以成为优秀的侦查员啦。不过呢，当侦查员是很辛苦的，待遇也很低嘛，肯定不如你们当律师的啦。怎么样？你愿意来当侦查员吗?”

洪钧听着吴风浪那些云山雾罩的话，一时不知如何回答。

吴风浪笑道：“算啦，我也不难为你啦，跟你说正经事吧。”他又点着一支香烟，边抽边说：“你的案子嘛，我已经了解啦。证据确实不太充分，而且你的身份也查清楚了，所以就没有必要再对你收容审查了嘛。”

洪钧看着吴风浪的眼睛，“可是我自己还不明白我的案子到底是怎么回事儿呢。吴局长能给我一个说法吗?”

“洪律师，刚才我已经说过啦，你在调查案子的时候应该加强和我们公安的合作嘛。不合作就会有麻烦啦。而且，你的行动与众不同，自然会有人产生怀疑嘛。你是个聪明人，又何必明知故问呢？如果你愿意，把它当成一次误会，就好啦。”

“误会？我在这里不明不白地关了一个礼拜，一个‘误会’就算完啦？那也太简单了吧！”洪钧想起这几天他所受到的各种“待遇”，不禁有些激动。

“那你还想怎么样呢？”吴风浪抽了一口烟，缓缓地说，“洪律师，我可是尽了最大的努力！按照办案人员的意见，一定要你具结悔过才能放人啦。甭管怎么说，那包‘白粉’是在你的手提包里发现的。你说有人陷害，你有证据吗？我刚才说过了，我很欣赏你的才干，也很喜欢你的性格。我真希望自己手下能有像你这样的侦查人员啦。跟你说句心里话，我觉得你很像我二十多年前的样子嘛。所以我想，这件事情就这样了结算啦。你也就不要再追究了。我还得提醒你一句，马上离开圣国市，最好以后也不再来。这里的毒品犯罪是很厉害的啦！人嘛，应该好好珍惜自己的时间。无论是年轻人还是老年人，谁也说不准自己究竟还有多少时间啊！”吴风浪说最后一句话时，意味深长地摇了摇头。

洪钧想了想，觉得自己确实不应该在这里浪费时间了，“这么说来，我还得感谢吴局长啦？”

“那就不必了吧。不过，我确实很愿意和洪律师交个朋友。也许我以后还会到北京去找你办事呢。”

“我现在可以走了吗？”洪钧站起身来。

“可以的啦。我让他们把你的东西送过来。”吴风浪打了一个电话。

一名警察拿着洪钧的公文箱和旅行包走进来，放在桌子上。洪钧打开来，仔细地查看了一遍。然后，他跟着那个警察走了出去。在走廊里，他又看见了抓他、审他的那两名警察。那两人若无其事地冲他笑了笑。

洪钧拿着公文箱和旅行包走出公安局的大门，正在考虑应该到什么地方去的时候，一辆出租汽车停在了身边。车门一开，宋佳从里面钻了出来。

洪钧惊喜地叫道："宋佳！你……"

"先上车吧！有话以后再说。"宋佳打断了洪钧的话，一把接过洪钧手中的公文箱，钻进汽车。

洪钧从另一边坐进汽车。

宋佳对司机说："去机场。"

汽车飞快地开走了。

第 23 章　邪恶的金钱

吴风浪站在玻璃窗前，看着洪钧走出大门。他的心中生出一丝难以名状的苦涩。他刚才对洪钧说的那些话并不都是虚伪的，他确实在洪钧身上看到自己年轻时的形象，尽管并非尽同。

吴风浪是渔民的儿子。父母希望他能过上风平浪静的日子，就给他起了这个名字。他 19 岁就到公安局工作。在将近四十年的警察生涯中，他从户籍警干到侦查员，从侦查员干到刑警队长，又从刑警队长干到县公安副局长、局长，直到市公安局局长。他工作勤勤恳恳，任劳任怨，而且努力钻研刑事技术，早在 60 年代就曾荣获“优秀侦查员”的称号。“文化大革命”期间，他曾一度受到批判，被打成走“白专道路”、坚持“技术挂帅”的“资本主义苗子”，就连他的名字也成了搞“阶级斗争熄灭论”的证据。不过，那时他并没有丧失革命的理想和信念。他立志要当一名“红色侦查员”，一辈子做好事，不做坏事，做一个有益于人民的人。他当时万万也没有想到自己后来竟然“舒舒服服”地成了“资产阶级糖衣炮弹”的俘虏！

吴风浪年轻时笃信共产主义，立志为实现共产主义而奋斗终生。后来，他对这个信仰产生了怀疑：共产主义是可以实现的吗？他知道，现在很多人加入共产党的目的并不是为了实现共产主义，而是为了自己有更好的前程。其实，这也无可厚非啦。俗话说，人往高处走嘛。执政党能给其党员带来的最大福利就是“往高处走”的空间和机遇。

归根结底，这还是“社会存在决定社会意识”。这句话是吴风浪在“工农兵学哲学”时就读过的，但是没有读懂，后来却被他用来解释自己的转变了。这转变是渐进的，是“量变到质变”的过程。他现在还时常引用毛主席他老人家的话，因为他当年能背诵《毛主席语录》，而且至今仍崇拜毛主席，尽管他对“老人家”的认识也经历了“从量变到质变”的过程。

吴风浪的“量变”是从心理不平衡开始的。改革开放以后，社会发生了很大变化，既有物质的，也有精神的；既有看得见的，也有看不见的。他当时是县公安局的副局长，而这在同龄人中也算是佼佼者了。他认为，自己是个聪明能干又吃苦耐劳的人，理应是成功者。然而，“成功”这两个字在不同时代有不同的含义，人们的成就感也会随着社会价值观念的转变而发生变化。他曾经听一位教授讲过“官本位”和“金本位”的社会成就观：

在封建社会中，政府官员享有极高的社会地位和特权，因此那时的社会成就观是以官为本位的。譬如，在封建社会的中国，读书人十年寒窗苦，就是为了学而优则仕；平民家中若有一人入朝为官，那不仅可以光宗耀祖，甚至可以鸡犬升天。在中世纪的欧洲，贵族们即使家境贫寒，也在社会中享有高尚的地位和身份，而那些商人即使腰缠万贯也很难进入达官贵人的上流社会。于是，无论在那时的中国还是欧洲，用金钱去买官职或爵位的现象也就屡见不鲜了。

在资本主义社会中，由于金钱不仅具有推动经济发展的力量，而且具有影响政治文化的力量，所以社会成就观逐渐从“官本位”转化为“金本位”。无论从事什么职业，只要你能够创造或聚集大量财富，你就可以在社会中吸引无数羡慕甚至崇拜的目光，就会获得无比绚丽的成功者光环。与“官本位”的社会成就观相比，“金本位”的社会成就观是进步的，因为它有助于社会中成就感的分散与均衡。但是，“金本位”的社会成就观容易导致拜金主义的流行并进而污染社会的道德环境，因此良性发展的资本主义社会需要“多元化”的社会成就观作为补充，让农民、工人、服务人员等社会下层群体也能够获得与其能力和努力大体相适应的成就感。

虽然中国早已告别了封建社会，虽然中国人曾经试图跨越历史发展阶段地从半封建半殖民地社会直接进入社会主义社会，但是中国人的社会成就观依然徘徊在封建社会与资本主义社会之间。一方面，“官本位”的社会成就观仍然在影响着人们的行为方式。于是，三教九流五行八作的人都要以政府官职的级别来体现个人的成就，甚至连本应远离世俗的佛家圣地都有了“处级和尚”的名片。另一方面，偏重经济的社会发展又使中国呈现出“资本主义初级阶段”的社会现象和思维习惯。于是，我们就看到了人性朝向“金钱奴隶”的堕落；看到了为金钱而不择手段地践踏道德乃至残害同类的状况；看到了“为富不仁”和“笑贫不笑娼”的社会成就心理。这表明，当下中国的社会成就观是“官本位”与“金本位”的混合。

吴风浪对此感同身受。过去，他一直满足自己在社会中取得的位置，因为他可以从别人的谈话乃至目光中感受到自己的成就。换言之，他在社会中是个受人尊敬、让人羡慕的人物。后来，人们对他的尊敬依旧，羡慕却渐渐淡化。人们更多地看到了钱，而他在许多人的眼中也就变成了一个挺能干但是也挺傻的“穷官”。他并不反对让一部分人先富起来的政策，但问题是应该让什么样的人先富起来。最让他难以接受的现实是：在那些先富起来的人当中有很多是曾经被他送进监狱的人！那些人曾经是流氓、小偷、抢劫犯，如今却摇身一变成了“万元户”甚至“百万富翁”！狗娘养的！凭什么？他骂人了。他过去也骂人，但只骂他抓到的和没抓到的罪犯。如今，他开始没有特定对象地骂人了，这大概就是心理“量变”的起点。

在他的“量变”过程中，有件事起了很大作用。在儿子结婚之前，他把自己多年省吃俭用积攒下来的一万块钱交给了儿子。他当时满心期望能看到儿子脸上的欣喜，然而，他在儿子脸上看到的是失望和不屑一顾的神态。儿子说，这点钱够干什么的呀？是够买房的还是够买车的？老爸你别怪我说话不好听。我觉得你们这些人最没有本事了！你们辛辛苦苦干了一辈子，给自己挣下了什么？要房没房，要车没车，连存款也刚到五位数！一万元，这也叫钱吗！虽然儿子的话很伤他的心，但是他觉得儿子的话不无道理。虽然他把儿子臭骂了一顿，但是他已清楚地看到钱在人们心目中的地位！

于是，吴风浪也开始搞钱了。不过，他开始不是给自己搞钱，而是为单位搞钱。为苦哈哈的干警们搞点福利，何错之有？当然，单位的钱多了，他花起来也就方便多啦。于是，他也可以像“大款”们一样出入豪华酒店，一样喝“XO”，一样唱“卡拉OK”。那段时间，他心中还有一条“公私界线”。他的原则是：公家的钱，可吃可用不可拿。后来，他心中的这条“界线”越来越模糊，越来越难掌握了。朋友送给他一条烟，这能算“拿”么？朋友送给他一台彩电，这能算“拿”么？朋友“借”给他几千块钱，这能算“拿”么？他的朋友很多，何错之有？他的交际广，人缘好，这正是他努力奋斗的结果嘛！诚然，他心里也明白，很多朋友看中的不是他的人品，而是他手中的权力。

甭管怎么说，吴风浪又成了社会中让人羡慕的人。然而，他的内心深处却隐藏着一种危机感，而且随着年龄的增长，这种危机感越来越强烈。他已经当到了市公安局长，而且是政法委书记，但他深知自己的政治生涯也就到此为止了。只要年龄一到，他就必须“到站下车”。而“下车”以后，他又会成为“穷官”，而且是“有级无职”的退休官。到那个时候，朋友们大概就都忙得无暇来看望他了。老局长那“门前冷落车马稀”的晚年生活不就是前车之鉴嘛！连医院的药费都得老局长亲自拿到财务科来报销。他对那种生活的评价只有一个字——惨！

俗话说，人生最怕老来穷。他是个有本事的人，绝不能让自己落到每个月都得盼着退休金和报销药费来生活的地步。他是个“曾经沧海无穷水”的人，怎能耐得了老年的贫穷与寂寞？这些年来，他渐渐看透了，什么国家的财产，人民的财产？都是骗人的鬼话！只有对那些真正有权支配这些财产的人，“全民所有”和“集体所有”才有实际意义。比方说，他坐的这辆尼桑牌轿车是公安局的，是国家财产，但是只有他能坐，只有他能支配。对别人来说，这种全民的所有权毫无意义，只有“阿Q”那样的人才会满足于徒有虚名的权利。即使对他来说，这辆轿车的所有权也只有在他当局长时才有意义。一旦下台，那些曾经属于他的“国家财产”就自然而然地转入他人名下。因此，为了保证晚年的“丰衣足食”，他必须积累真正属于自己的财产。

他已经不再信仰共产主义。他已经没有了任何信仰。他依然是共产党员，是中国执政党的成员。然而，这对他究竟有什么意义？他发现，周边的一些干部已经逐渐丧失对执政党的信心。有人说，失去信仰并不可怕，真正可怕的是失去信心。没有信仰，执政党依然可以保持凝聚力，但是没有信心，执政党就会变成各谋私利的乌合之众。他已经看到了这种迹象。

于是，吴风浪转变了人生态度，不再考虑虚无的党国利益，不再难为自己。他要考虑的就是如何让社会满足自己的需要，如何在“到站下车”之前多往自己的腰包里揣些有价值的东西。他并不觉得自己的想法卑鄙无耻，因为他看到周围的人都在拿——有人大拿，有人小拿；有人先拿，有人后拿。只要拿得巧妙，大家就会称赞你甚至羡慕你。说到底，这还是社会存在决定社会意识。

吴风浪不再约束自己的行为。良好的行为习惯不是天生的，是后天养成的，而养成的机制就是行为约束。行为的约束可以来自外界，也可以来自内心，而内心的约束往往以追求为动力。幼年人为了奖励可以约束自己的行为，青年人为了爱情可以约束自己的行为，成年人为了晋升可以约束自己的行为，老年人为了天堂可以约束自己的行为。诚然，社会角色不同，行为标准也有所不同，但只要按社会标准行事，就必须约束行为。无论你是学生还是老师，也无论你是平民百姓还是国家总统，没有了行为的约束，谁都会干出随地大小便之类的事情。

吴风浪放松对自己行为的约束，既有个人道德的原因，也有社会环境的原因。他整天看到和听到的都是谁谁捞到了多少，谁谁弄到了什么。那么多人都可以干，他吴风浪为什么不能干？他又不比谁笨！说实在的，他要真干起来，别人还未必能赶得上呢！当然，他也想到过党纪国法，想到过可能受到的惩罚，但是别人都没被抓住，怎么会就他倒霉呢？风险当然是有的。可干什么事情没有风险呢？当警察不是也有壮烈牺牲的风险嘛！为共产主义而奋斗不是也有光荣献身的风险嘛！人生能有几回搏？不干白不干！而且他吴风浪是不干则已，干就要大干。“无风”都有“三尺浪”，何况他曾经是“风口浪尖”上的人物呢！

吴风浪的“大干快上”并不是盲目蛮干。他在选择对象和手段时非常谨慎，而且绝对是“单线联系”。他很注意编织自己的“关系网”，既包括上边的人也包括下边的人。在他那张颇为庞大的“关系网”中，最为重要的人物大概就是市长曹为民了。这位曹大人是“高干子弟”，据说背后颇有些愿意为其撑腰的权贵人物。要说这曹大人也不是平庸之辈。他很有口才，干事也有魄力。但他有一个嗜好——那就是年轻漂亮的女人。而且他喜欢不断更新，因为再漂亮的女人在他的眼中也不过是一个女人而已。吴风浪发现了曹大人的这个特殊嗜好之后，很快就利用手中的权力和关系为其提供各种便利，于是他就成了圣国市最受曹大人信赖的人。他能当上市政法委书记就是最好的证明。因此，他对曹大人的指示总是坚决执行的。

就拿洪钧这件事来说吧，托他“收拾洪钧”的人固然重要，但是曹大人更为重要。今天上午，曹市长把他叫去，大发雷霆，问他为什么在这么敏感的时刻制造麻烦。开始他不明白出了什么事情，后来才知道曹大人说的是收容审查洪钧之事。曹大人说，中央正在考虑圣国建立经济特区后的干部人选问题，他曹为民要当上名副其实的一把手，就不能出任何差错。现在，律师的人权保护和收容审查都是社会关注的热点问题，你们怎么能在这个时候把一个著名律师给收审呢？这不是授人以柄嘛。立即放人！曹大人下了口谕，他吴风浪必须坚决执行。

想到此，吴风浪叹了口气，拿起电话，拨通了“市长专电”。当他听到那熟悉的声音之后，立刻用谦恭的口吻说道：“曹市长，我已经按照您的指示把那个洪律师放走啦。”

“好。”曹为民的回答言简意赅。

“另外，给上边的礼品，我也做了安排。”

“很好。”

“我什么时候把清单送去请您过目呢？”

“不用了。”

吴风浪放下话筒，轻声骂了一句。

第 24 章　纯洁的爱情

在去机场的路上，宋佳一直没有说话，只是歪着头，用她那双有些潮湿的大眼睛看着洪钧。洪钧很想知道宋佳是怎么把自己救出来的。他确信自己的获释是宋佳努力的结果。可宋佳究竟是怎么“努力”的呢？这对他来说还是一个谜。然而，看看宋佳的神态，再看看出租车司机，他几次话到嘴边又都咽了回去。

到机场后，两人急忙去办理登机手续。拿到登机牌，过了安全检查门，来到候机厅，宋佳看了看手表，才松了口气说：“还来得及。洪律，我说你去修理一下门脸儿吧。别让人再把你当成了逃犯！”

洪钧不好意思地笑了笑，从旅行箱里找出电动剃须刀，到卫生间去刮了胡子，又洗了脸，然后回到宋佳身边，笑嘻嘻地问：“怎么样，验收合格了吧？”

“去你的！谁敢验收您呀？”宋佳的脸红了。

“我看你一路上看得那么仔细，还以为你把我当成了冒牌儿货呢！”洪钧一本正经。

“别瞎贫！快登机吧。”宋佳轻轻推了洪钧一把，两人快步向登机口走去。

他们的座位是最后一排。洪钧让宋佳坐到里边，他把东西放进头顶的行李箱，然后坐到外面的椅子上。飞机很快就驶上跑道，飞向蔚蓝的天空。当飞机上响起一连串解开安全带的声音之后，洪钧侧过身子，看着宋佳，“宋小姐，说说你救我的经历吧？”

“瞧你说得那个轻松劲儿！你知道人家这几天是怎么熬过来的吗？”宋佳的眼圈又红了。

“谢谢你！真的！”洪钧真诚地小声说道。

宋佳感觉到洪钧口中呼出的气流，她觉得腮上痒痒的，心里也痒痒的。她等了一会儿，但是什么都没有发生。她轻轻叹了口气，转过头来，瞟了洪钧一眼。“上次在盲龙峪你救过我一次，这次我救了你，咱俩扯平了。”

“盲龙峪那次算不上救你，因为史金花她们本来也不会对你怎么样的。这次就不一样了。如果没有你救我，不知道我还得在那儿关多长时间呢！弄不好，我就得在那儿含冤九泉了！”

“别瞎说！”

“真有这种可能！”

“那他们也太无法无天了！简直跟那些和尚一样！”宋佳想起了那个噩梦。

“什么和尚？”洪钧莫名其妙。

“就是……”宋佳想把那个梦讲给洪钧听，但又有些不好意思，便改口说，“啊，没什么。对了，他们凭什么说你和走私毒品有关呢？”

“我从香港回来那天晚上，他们来检查，在我的旅行包里翻出一包‘白粉’。”

“真的？你从哪儿弄来的？”宋佳瞪大了眼睛。

“你瞧，别说他们怀疑，连你都不相信我。我怎么会有那个东西呢？”洪钧耸了一下肩膀。

“我不是说你要吸，我以为你有什么别的用处呢。”宋佳连忙解释。

“他们也是这么‘以为’的呀。可这么一‘以为’不要紧，我就进了收容所啦！”

“那到底是哪里来的呀？”

“别人放的呗！”

“陷害你？”

“就是啦！”

“你才出来几天，说话就带上广东味儿了。”

“入乡随俗嘛！”

“你知道是谁放的吗？”

“我要是知道就不会那么狼狈啦。”

“那你认为会是什么人呢？”

“我想过了。那包东西肯定是我到圣国宾馆以后被人放进去的。那天晚上回到宾馆时，我看见好像有人从我的房间里走出来，当时也没在意。现在看来，很可能就是那个人放的。那个人一定是圣国宾馆的工作人员，要不然他怎么能进我的房间呢？不过，幕后指使者是谁，就不好说了。我感觉，这事儿可能和达圣公司有关。”

“你在里边吃了不少苦吧？他们打过你吗？”宋佳关切地望着洪钧的脸。

“没有。”洪钧轻描淡写地应了一声，便转了话题，“你怎么知道我被关进收审所的？”

“心灵感应呗！”宋佳煞有介事地说，“那天晚上我突然做了个梦。一个人跑来对我说：不好啦！你那位洪钧在圣国市让公安局给抓起来啦！我当时就急醒了……”

“您见好就收吧，别再往下编啦！”

“谁编啦？那你说，我在北京怎么会知道你在圣国发生的事情呢?”

“我猜呀，你准保是一个人在北京闷得慌，想看看圣国有什么好玩儿的，就跑来了。结果呀，让你瞎猫碰上了死耗子，把我给救出来了。”洪钧笑了。

“你可真是把人给冤枉死了!”宋佳攥起小拳头，狠狠地砸在洪钧的大腿上。

“哎哟!”洪钧咧着嘴，小声说，“小姐，您注意点儿影响。这可是公共场所!”

宋佳红着脸，看了一眼旁边的乘客，好在人们都戴着耳机听音乐。她开心地笑着说:“谁让你说我的!不过，我要是瞎猫啊，那你就是死耗子。甭管怎么说，猫也比老鼠厉害吧?”

“那得看是什么猫。我在报纸上看见一篇报道，有人养了一只猫。那只猫很好看，可是从来没见过老鼠。有一天，那家突然来了一只大老鼠。你猜怎么样?那只猫居然让老鼠给吓晕过去了!你说是谁厉害?”

空姐送来晚饭。虽然很简单，洪钧和宋佳都吃得津津有味。空姐收走餐盒之后，洪钧心满意足地说:“我从来都没觉得飞机上的饭这么好吃。真的!看来，这人就应该时不时地饿上几顿，对幸福的感觉都不一样了!”

“那你就隔三差五地到收审所里去住几天呗!没人拦着!”宋佳揶揄道。

“我想‘辟谷’的话，在哪儿不成啊!对了，你到底是怎么知道我被关进收审所的?”洪钧一本正经地问。

“我还以为你吃饱了饭就把事儿都忘了呢!”于是，宋佳简要地讲了她打电话找洪钧以及她到圣国后遇到田良栋的经过。

听了之后，洪钧若有所思地说:“这么说，田良栋已经知道有人要陷害我了。”

宋佳说:“我觉得田良栋是个好人。他是真心想救你，只是心有余而力不足。当然，他的胆子也小了点儿。可话又说回来了，这年头，他凭什么为你去冒那么大的风险呀？他能把你被抓的事情告诉我，就算不错啦！”

“也是。那你是怎么混进收审所的呢？看样子，你好像装成了记者？”

“这可纯粹是偶然，也可以说你的运气好哦。”宋佳掏出那个临时记者证递给洪钧看了看，然后讲了她在飞机上遇到徐凤翔和后来去圣国市电视台的经过。她似乎漫不经心地复述了徐台长对她说的赞美之词。最后她说：“我还欠他们一篇报道呢。我跟徐台长说了，我有急事儿，得先回北京。一周之内，我一定写一篇寄给他。我已经想好了，题目就叫‘从律师被收审看收容审查制度的弊端’。用不用，那是他们的事情，但我必须写。化装侦查，我已经把人家给蒙了，不能再说话不算数。哎，你说，我这不算冒充国家工作人员招摇撞骗吧？”

“当然不算。那你后来是怎么让公安局同意放我的呢？”

宋佳不无得意地说：“我借助了新闻界的力量。”

“怎么借助的？”

“当然啦，这里也有你的‘名人效应’哦。那天从收审所出来，我立刻打电话找了以前报道过你的几位记者，说你在圣国市遭人诬陷，被公安局收容审查了。著名律师被收容审查，这本身就很有新闻价值。你知道，今年已经发生好几起侵犯律师权利的案件了。有的律师因为代理离婚诉讼被人抠出了眼珠；有的律师在代理经济纠纷中被人非法拘禁；还有的律师因为被告人在与其会见时与看守所人员串通逃走而被判三年。那几位记者都挺崇拜你，立刻就要公开搞一个‘紧急援救行动’，让我给拦住了。我说，你们先造点儿声势就行，洪律师不希望此事闹大。我说得对吗？”

“谢谢！”洪钧点了点头。

宋佳继续说：“所以，他们就纷纷给圣国市领导打电话，还从广州专门过来两个人。开始的时候，圣国市公安局不承认抓了你，但是我提供了你在收审所里的照片。他们没辙了，只好同意放人。于是，您就出来啦。”

宋佳的话说得很轻松，但是洪钧听得并不轻松。他用舌头舔了舔发干的嘴唇，说：“我该怎么感谢你呢？”

“您是老板，还用得着谢我这个小秘吗？”宋佳调皮地看了洪钧一眼，身体向后一靠，慢慢地闭上了眼睛。过了一会儿，她喃喃地说：“我困了。你知道吗？我都好几天没正经睡觉啦！”她向右挪了挪身体，头轻轻地靠在洪钧的肩膀上。

洪钧歪过头来，凝视着宋佳那微微颤动的又黑又长的睫毛。他感到肩头的压力越来越大，但他尽量让自己的身体保持稳定。

飞机的发动机发出平稳的轰鸣声。

洪钧和宋佳走出首都机场的时候，已经是晚上 9 点多钟了。洪钧叫了一辆出租车，先把宋佳送回家。分手时，他对宋佳说：“明天你先去买一套四通公司出的利方中文软件吧。‘利’是胜利的利；‘方’是方法的方。”

“好的。”宋佳看着洪钧，犹豫片刻，才下车向单元门走去。她走得很慢，似乎在等待什么。走到单元门口时，她听到洪钧的叫声，便停住了脚步。

洪钧从公文箱里找出那个在香港买的项链盒，下车追了过去。“这是我在香港给你买的小礼物，希望你能喜欢。”

宋佳打开项链盒，借着单元门厅的灯光看着那条金项链。“好漂亮啊！可这是为什么呢？因为我救了你？”

“不是。你到律所工作一年了，就算奖励吧。”洪钧的身体向前靠近。

“谢谢老板。我该回家了。”然而，宋佳的脚并没有移动。

两人面对面站着，四目相视，四片嘴唇慢慢地贴在了一起。

外面传来出租车的喇叭声。

第25章　痴呆的肉参

星期一上午，洪钧来到办公室，翻看积压的信件，心中却想着宋佳。昨天晚上分手后，他的心情难以平静。那热吻印在了他的心上。近来，他的心一直在两个外貌相似的女子之间徘徊。他不能忘怀对肖雪的爱，尽管那爱似乎是渐行渐远。他也不敢承认对宋佳的爱，尽管那爱仿佛是越走越近。昨晚的冲动让他恍然大悟，他已心倾宋佳。但是他就这样与肖雪分手吗？他一时还下不了决心。他该怎么办？

突然，几个熟悉的字迹映入眼帘。这是肖雪的来信。他急不可待地拿起那封信，却没有立即打开。翻看了两遍，他才小心翼翼地撕开信封，打开折叠的信纸，看到一页娟秀的小字——

洪钧：

你好吗？国庆节都没有接到你的电话。你在忙啥呢？又在办新的案子吗？

我还好。工作有了调动，到道外区分局当副局长。去年那起李青山被杀案就发生在道外区。我现在主管刑侦和经侦。别人说，这项工作不适合女人，但我很有信心。我发现，我俩的工作挺有意思。我搞侦查，你做刑辩。说不定有那么一天，我俩会在同一个案件中碰面，对着干。那一准精彩，都快赶上电影中的情节了。你喜欢这样的情节吗？

肖雄和英妹决定在12月24日结婚。那是个礼拜天，还是平安夜，很吉利的日子，而且是肖雄获释一周年的纪念日。他们的婚礼准备在哈尔滨办，很简单，只邀请十几个亲戚朋友。你是他们最想见到的嘉宾。你可一定要来呀！咱俩也有好几个月没见面了。对吧？

我很想念你。但是，我真的不知道咱俩究竟能不能生活在一起。这段时间，我一直在思考这个问题。我是很认真的呀！十年来，我们都有了自己的生活。我已经习惯了一个人的世界。我不知道能不能给你幸福。而且，我不希望破坏自己在你心中的形象。也许，对我来说，最好的选择就是永远做你的初恋女友，就这样封存在你的记忆之中！

上一次在电话中，你讲了那个核辐射的案子，很有意思。那东西叫啥？好像是龙眼石吧？都够写一部小说了。以后退休了，我就想写小说，专门写侦探小说。没准我还能成为第二个阿加莎·克里斯蒂呢！你信吗？在电话中，你好几次讲到了你的秘书宋佳。你真觉得她很像我吗？我听得出来，你喜欢她。我可不是在吃醋呀！我只想告诉你，她可以是你认真考虑的对象了。我也是认真的。

古人说，君子之交淡如水。我以为，如此之交应该不仅限于男人之间，也可以存在于男女之间。君子与淑女之情爱，也可以超越巫山云雨之欲望。我曾经送给你宋朝诗人秦观的诗句：两情若是久长时，又岂在朝朝暮暮。我还想再送给你几句：河汉清且浅，相去复几许；盈盈一水间，脉脉不得语。这也是关于牛郎织女的诗，汉朝诗人写的，可惜作者的姓名没有流传下来。

我期待着与你相见！

肖雪

1995年10月3日

洪钧反复看了两遍。他喜欢看肖雪的信，也喜欢捉摸那些文字后面的含义。他知道，肖雪是个很有智慧的女子。他情不自禁地在心中比较着肖雪和宋佳。这两个女子都很美丽，都很善良，都很可爱，但是略有差异。如果说肖雪是智慧的女子，那么宋佳就是聪明的女子。如果说肖雪是温柔的善良，宋佳就是活泼的善良。如果说肖雪是端庄的可爱，宋佳就是俏皮的可爱。面对这两个美妙女子，洪钧很难做出理性的选择。也许，他只能跟着感觉走了。肖雪是他的红颜知己，宋佳是他的人生伴侣。但是，二位女子会同意吗？

临近中午，宋佳终于来了。洪钧感觉她有些异样。她的步伐不像以往那样轻盈，她的神态也不想以往那样欢快。她把一套利方中文软件的磁盘放到洪钧面前，轻声说："我转了好几家商店，才买到的。"

"你怎么啦？"

"没怎么呀！"

"你昨夜没有睡好觉吧？"

"有一点儿。"

"为什么？"

"我也不知道，就是睡不着。"

"是因为昨晚的事儿吗？那是我的错，一冲动就越位了。"

"也是我没把握好分寸。"

"你后悔了？"

“没有，但我一直在想，你为什么要亲我？是因为我救了你，你用这个来感谢我吗？”

“当然不是。”

“那是什么？”

“那是真实的情感。你也是吧？”

“这正是我的苦恼。我究竟算什么呢？你是老板，我是小秘，但我可不想成为那种意义上的小秘！我更不想成为你和肖雪之间的第三者！”

洪钧沉思片刻，把肖雪那封信递到宋佳的面前。“这是我刚收到的。”

“肖雪的信？让我看，不合适吧？”

“我相信，肖雪也不会反对的。”

宋佳很快地把信看了一遍，然后递还洪钧，不无感慨地说：“肖雪真是个心地善良的才女。她的心太好了。她也太有才了。无论是当官，还是当作家，她一定都会很有成就的。你不能放弃，应该继续追求她，否则对你来说就太可惜了！”

“但我们大概是没有缘分了。”

“你忍心让她一辈子单身？”

“这可能正是她自己的选择。”

“还有，我是说，你们真的没有过？”

“什么？”

“巫山云雨。”两朵红晕浮上宋佳的脸颊。

洪钧用力摇了摇头。

“我记得你说过，你去哈尔滨办案，曾经在她家里过夜的。”

“但我是在客厅里睡的。”

“你俩可真够伟大的！”宋佳轻盈地在原地转了一圈，又恢复了以往那带有调侃的语调。“那好吧，我就等你们在哈尔滨见面之后，再作决定。不过，我可要跟你约法一章哦！”

“什么内容?”洪钧饶有兴趣地看着宋佳。

“这里是工作场所，不许谈情说爱，更不许拥抱接吻!”

“这好像应该是老板说的话吧!”

“想老板之所想，急老板之所急。这就是小秘的职责哦!”宋佳不停地眨动着漂亮的大眼睛。

“那你得给出立法解释。”

“什么叫立法解释?”

“就是制定法律的人要对法律中的规定或者概念作出解释和说明。比方说，什么是谈情说爱?你用眼睛向我放电算不算谈情说爱?你向我暗送秋波算不算谈情说爱呢?”

“眼睛又不能说话，当然不算了。”

“那就是说，你冲我眨眼，我也就冲你眨眼。我们这是在发送电子邮件吧?”

“那不行，万一让别人看见，还以为咱俩的眼睛都有毛病呢。那我就这样解释吧，就算我这边送了秋波，你那边也不许收!”

“你的意思是说，只要你一冲我眨眼，我就得立马闭眼。是吗?”

“你讨厌!规章制定了，你就执行呗!哪儿来的这么多问题?”

“做律师就一定要把法律规定搞清楚。这可是基本功!”

“为了钻法律的空子，对吧?”

“有些时候，钻空子也是必要的。我还有最后一个问题。”

“问吧。”

“咱们这卫生间算不算工作场所?”

“当然算了。我上厕所也是工作。你可不能钻我的空子!”说完之后，宋佳感觉有些不妥，脸一红，转身跑了出去。

午饭后，洪钧坐到计算机前，连续将 4 张磁盘中的利方中文软件拷贝到计算机的硬盘上。

宋佳在旁边看着，不知洪钧要做什么。她知道洪钧不愿在得出结论前把自己的想法讲出来，就没有问。她想到佟文阁的催眠治疗，便有声有色地讲了起来。她讲到了佟文阁对计算机的反应，也讲到了那张古画。

洪钧一边操作计算机一边听着，不时地说些“很好”“不错”“真有意思”之类的话。

宋佳看得出来，洪钧的心思已经集中到计算机上，不禁有些沮丧。

电话铃响了，宋佳拿起话筒。打电话的是金亦英。听到宋佳的声音，她就像找到了大救星，急切地说：“你可回来啦！我跟你说，又出事儿啦！我这两天一直在找你，可就是找不到。”

“又出什么事儿了？”宋佳心头一震。

“琳琳走了！”

“琳琳？她去哪儿了？”

“不知道去哪儿了！”金亦英的话音带着哭腔，“她留下一封信。宋佳，你能到我这儿来一趟吗？我在家里，不敢出去，因为我怕琳琳会突然打来电话。”

宋佳很同情金亦英，但不知洪钧是否需要帮助，所以犹豫了一下。

金亦英感觉到了，有些不好意思地说：“老麻烦你，真是不好意思！对了，洪律师有消息了吗？”

“他还好，已经回来了。你稍等，我问问他。”宋佳拿开话筒，把目光投向洪钧。洪钧听到了她们的对话，就点了点头。宋佳便对金亦英说，“金老师，我马上就到你家去。”

路上车多，宋佳赶到金亦英家的时候已经下午3点多钟了。

金亦英说，她是上周五晚上从医院回家后看到了佟琳留下的信。她把信递给了宋佳。这是一封短信——

妈妈：

我走了。我跟他一起走了。我知道我不该在这个时候离开您，可我没有别的选择。我已经不能再像过去那样在家里生活，也不能再像过去那样在学校学习了。我必须开始一种新的生活。请您原谅女儿的选择。虽然我也不知道何时会再回到您的身边，但我永远不会忘记您和爸爸对我的养育之恩。

妈妈，请您多保重！

琳琳

1995 年 10 月 20 日

宋佳看完信，抬起头来看着面色苍白、神态茫然的金亦英。她忽然觉得世界上的母亲都很可悲，也很可怜。她们无私地为子女奉献自己的青春和心血，到头来得到的却是忧伤与孤独。而且，又有许多青年女子不顾一切地踏上她们的母亲所走过的道路！也许，这就是生命延续的规律。人类的生存必须建立在一代代母亲的无私奉献之上。为了使母亲们心甘情愿地作出牺牲，大自然为她们设置了一种奖赏，也可以说是一种诱饵，那就是——爱情。宋佳的心里既同情金亦英，也理解佟琳。她想，假如有一天命运需要她在洪钧与母亲之间进行选择的话，她也会义无反顾地走到洪钧身边。不过，她担心佟琳太年轻了，不知道那个“他”是否值得佟琳作出牺牲。她隐约有一种预感——佟琳大概是白牺牲了。

宋佳问金亦英：“你知道琳琳是跟谁走了吗？”

金亦英点了点头，“他叫南国风，据说还是个小有名气的画家。琳琳和他是在天安门认识的，一直瞒着我。上个礼拜让我在家里撞上了。我不喜欢那个人的样子。年轻人留着大胡子，让人讨厌！”

“南国风？我好像听说过这个名字。既然是有名有姓的，那就不难找了。这个南国风，是南方人吧？”

“是广州人，我通过美术学院的一位朋友查到了他家的电话号码。”

“你已经打过电话啦？”

“昨天晚上打的。他不在家，接电话的可能是他父亲。那人脾气很怪，我没说两句，他就给挂了。后来我又拨了一次，他说南国风没有家，要找就到山沟里找去。”

“画家的生活确实没有规律。我想，如果琳琳真的和这个画家在一起，倒也没有太大关系。”

“怎么没关系？琳琳才 18 岁呀！而且，她还得准备考大学呢！真是急死人了！”金亦英说到此，忽然感觉到宋佳的话中有话，忙问，“宋佳，你说什么？如果？难道琳琳还会跟别人走吗？”

“我也不知道，只是有点儿担心。”

“担心什么？我现在的反应很迟钝，不太明白你的话。宋佳，没关系，你有话就直说吧。”

“我担心琳琳的出走和佟总的案子有关。这次到圣国市去，我发觉佟总的案子比原来预想的要复杂得多。”

金亦英的嘴半张着，愣愣地望着宋佳。

宋佳要去找公安局的朋友，就起身告辞了。

第二天上午，宋佳又来到金亦英家。她请公安局的朋友帮忙打听，人家也只能查查报案记录，但没有任何结果。宋佳对金亦英说了一些宽慰的话。金亦英说她又去问了佟琳的老师和同学，也都没有消息。最后，两人都沉默无语了。

室内非常安静。墙上的石英钟发出有气无力的“嘀嗒”声。突然，电话铃骤响起来，金亦英和宋佳都情不自禁地把手放到了胸口上。

金亦英抓起话筒："喂!"

"你是佟琳的母亲吧?"一个陌生男子压低的声音。

"对，对！你是谁?"

"你不用问我是谁。你想知道佟琳的下落吗?"

"你是南国风吧?"

"什么南国风，北国雪的。我就告诉你，佟琳在我们手上。"

"你这是什么意思?"

"少废话！如果你想让佟琳完整地回家，就按照我说的去做。"

"做什么?"

"你家里有一幅古画，就是那幅'仕女抚琴图'。你把它用报纸包起来。今天晚上 8 点钟，你把它放到西直门立交桥中层东北角的外侧路边。中层就是骑自行车的人走的那层。我们拿到画之后，立刻就让佟琳回家。我告诉你，不许报告公安局，不要跟我们要花招。否则的话，你就甭想再见到你的女儿了!"

"我怎么知道佟琳是在你们那里呢?"

"你可以下楼去看看你们家的信箱，里面有一个信封，信封里有你女儿的照片。我告诉你，今天晚上 8 点。如果你不来或者去报案，那你女儿就死定了!"

电话被挂断了，但金亦英仍然拿着话筒，不知所措地看着宋佳。

宋佳没有听清对方的话，但是已经猜出了谈话的内容，便问道："琳琳被他们绑架了吧？他们要什么?"

"他们要那幅画，还说楼下信箱里有琳琳的照片。"

"那咱们先下楼去看看吧。"

"对，对!"

金亦英和宋佳跑了出去，坐电梯到楼下，在信箱里找到一个普通的白纸信封，撕开一看，里边果然有一张佟琳的彩色照片。

佟琳穿着一身牛仔服，坐在一间屋子门后角落的椅子上，目光呆滞地看着照相机的镜头。画面中的背景除了大半扇门就是半个花架，花架上的玻璃缸里用水泡着一株绿白两色的吊兰，长得很茂盛。相片右下角打上的冲印时间是1995年10月22日。照片的背面还有两个铅笔写的小字——肉参。

金亦英和宋佳回到家中，两人的心情都很沉重。

走进客厅，金亦英在沙发坐了一下，很快又站起来，毫无目的地来回走着，口中不停地念叨着："怎么办？怎么办？"

宋佳坐在沙发上，思考一番之后才说："金老师，我觉得咱们还是应该先报案。我给公安局打个电话吧？"

"不，不行！不能报案。一报案，琳琳就没命了！我想，咱们还是把那幅画交给他们吧。"

"佟总在信中不是说绝不能把它给任何人吗？"

"我不管了。我不能没有琳琳！就算那幅画能值一百万，如果琳琳死了，我要它还有什么用！"

"问题是我们把画交出去，能不能保证琳琳平安回来呢？"

"我想，他们要的是那幅画。只要把画给了他们，他们就不会伤害琳琳了。宋佳，那幅画还在你们那里吧？我们现在就去拿。对，现在就去。我晚上就给他们送到西直门去。我没有别的办法了，对吧？"

"金老师，咱们再考虑考虑？"

"不能再考虑了。我就要琳琳，别的我什么都不要了！"金亦英刚要往外走，又回身拿起电话。"我得给她姑姑打个电话。她说要过来，我让她去你们律所吧。"

宋佳陪着金亦英走出屋门。她心中还有一个希望，那就是洪钧能想出更好的办法。

二人坐车来到友谊宾馆，进了洪钧律师事务所。洪钧不在，宋佳用钥匙打开保险柜，她惊呆了，因为保险柜里放画的地方空了——那幅古画不翼而飞！

宋佳急出一身冷汗。她声音急促地说："我记得清清楚楚，去圣国之前我就把它放在这里了。怎么会不见了呢？"

金亦英心急如焚，但是看着宋佳脸上的汗珠，也不好再责怪，便问道："还有没有别人使用这间办公室？"

宋佳一边四处翻找，一边回答说："没有别人，就我和洪律师。"

"友谊宾馆的工作人员可以进来吗？"

"他们可能有门钥匙，但是他们打不开保险柜啊。"

"还有谁能打开这个保险柜呢？"

"只有洪律师了。但他不知道画在这里。再说了，他干吗要拿走那幅画呢？"

宋佳给洪钧打了电话，但是洪钧的移动电话没有开机。她看了看手表，不无怨恨地说："这个洪钧！上哪儿去了？怎么还不回来？真是急死人了！"

金亦英又问："它会不会被人偷走呢？"

"保险柜的锁是好好的，怎么偷呢？再说了，除了咱们俩，也没有别人知道那幅画在这里呀。我连洪律师都没有告诉。你告诉过别人吗，比如，佟琳的姑姑？"

"没有哇！我也没跟任何人说过，连琳琳都不知道。"

"那么，除了我俩以外，就只有一个人了。"宋佳若有所思。

"谁？"

"佟总啊！"

"他？"

"如果不是洪钧拿走了，那就只有他了。他最近的情况怎么样？"

"还是那个样子，就像个小孩子。"

“他到这里来过，也知道我们把画放在了保险柜里。但是，他怎么能打开这屋门和保险柜的门呢？如果真是他，那可就太神奇了！”

“我倒真希望是他把画拿走了！”

“我希望能看到奇迹！”

“可我们现在怎么办？”

“只能等洪律师回来再说了。”

两人默默地坐在沙发上，在等待中煎熬。突然，外面传来急促的脚步声，接着是敲门声。宋佳连忙起身开门，进来的是佟爱贞。这几天，她一直在医院照看佟文阁，听说佟琳被人绑架了，急忙赶了过来。金亦英把情况讲述一遍。佟爱贞也束手无策，只好一同等待。

第26章　血色的初恋

佟琳怀着矛盾的心情走出家门。一方面，她舍不得离开这个生活了18年的家，舍不得离开生她养她的父母；另一方面，她又为自己的抉择感到兴奋。她是个古板的女孩，一直专心学习，很少与男孩子交往。虽然她的内心也产生过朦胧的异性之恋，但是她从未承认，哪怕是面对自己。然而，当她真正遭遇初恋的时候，她的情感不仅非常热烈，而且非常执着。此时，为了神圣的爱情，她义无反顾地冲破世俗的牢笼，心甘情愿地作出牺牲。她想到了梁山伯与祝英台，想到了罗密欧与朱丽叶，她的身体情不自禁地战栗起来。诚然，这不是因为恐惧，而是因为激动。她的心中有一种特别的感觉，那是面对黑暗时的高度紧张和面对幸福时的极度欣喜混合而成的感觉。

南国风体贴地搂着佟琳，向楼下走去，似乎他完全理解佟琳此时的心情。出了楼门之后，他们手拉手走到大街上，叫住一辆出租车，直奔首都机场。

佟琳是第一次出远门，很多事情都不懂，所以全部登机手续都由南国风去办，她只在旁边观望。南国风也确实像大哥哥一样，一边办事一边关照，让她感觉很踏实也很舒服。于是，离家出走的那一丝不安与忧伤很快就从心中消逝，剩下来的只有初次与恋人出行的快乐和兴奋。

佟琳本来以为他们是要去广州的。虽然南国风没有说过，她也没有问过，但她心中一直是这样认为的，因为南国风的家在广州。当飞机降落在圣国机场时，佟琳诧异地问："咱们为什么到这里来?"

南国风笑道："给你一个惊喜啦！你知道，我的老家就在圣国嘛。不是在圣国市内，而是在海边的渔村啦。我知道你从来没有见过大海，所以我要先带你去看看大海。那里的风景美极啦！你一定会喜欢的啦。另外嘛，我也想让你先去见见我的爷爷和奶奶。他们不喜欢城市生活，所以还住在老家嘛。他们一直盼着我早一点成家！所以嘛，他们看见你也会非常高兴的啦！"

"我可没有答应现在就跟你结婚呀!"佟琳撅着嘴说。

"是呀，是呀。我当然晓得啦。我们现在只是一起画画，结婚要5年以后再说啦!"

"你可不许反悔啊!"

"不会的啦!"

出机场后，他们坐上出租汽车，去圣国宾馆。路上，佟琳默默地看着窗外。南国风关切地问："琳琳，你在想什么？生我的气啦?"

"我在想我的老爸。"

"噢，你上次说你爸爸得了病。怎么样？好一些了吗?"

"恐怕很难好了。"佟琳叹了口气，一种内疚感从心底油然升起。

"不要太悲观嘛。"

"他以前就在这里工作。"佟琳的眼睛呆呆地望着窗外。

"在圣国吗?"南国风看着佟琳，过了一会儿，他慢慢地握住佟琳的手，声音诚恳地说，“琳琳，真对不起。我不知道你爸爸原来就在这里工作。我不该带你到这里来，让你想起那些不愉快的事情。琳琳，你生我的气吗？”

“这也不能怪你，你又不知道。”佟琳这样说也是在宽慰自己，“也许，我应该去看看老爸以前工作的地方。这也可以算是我这次出来的一个意外收获。”

“他在什么单位工作？”

“在达圣公司。”

“达圣公司？那可是圣国市最有名气的大公司啦！你老爸在公司做什么工作？”

“他是总工程师。”

“哇！你老爸很厉害呀！那他就是达圣健脑液的发明人啦？他很了不起呀！”

“他是个很有本事的人！”

“你去达圣公司是没有问题的啦。你是佟总工程师的女儿嘛！他们公司一定会非常欢迎你的。我们今天下午就可以去那里看看啦。”

汽车停在圣国宾馆的门口。下车后，佟琳跟着南国风办理好住宿手续，来到房间。她看着两张相隔不远的单人床，想到今天晚上就要和南国风同住在这个房间里，心中不禁有些惶然。虽然她在离家时就已经决定把自己的生命都献给所爱的人，但是她对那可能发生的事情仍然怀有难以名状的忧虑。

南国风看出她的心思，坦然地说：“琳琳，我爱你。我绝不会做你不愿意我做的事情。如果你不放心的话，我可以去另外开一个房间啦。”

佟琳的脸颊绯红了。她深情地看着南国风，轻声说了一句：“我相信你！”

佟琳把随身带的衣物放到柜子里，然后拿出一个漂亮的“芭比”娃娃放到电视机旁的写字台上。这是爸爸和妈妈在她 18 岁生日时送给她的礼物。爸爸当时说，这将是他们给女儿买的最后一个洋娃娃。收拾行装时，她几番淘汰物品，但是保留了这个洋娃娃。她认为这是最珍贵的东西，必须摆在房间中最为重要的位置。然而，她变换了几次洋娃娃的姿势，都觉得不太满意，因为她很难处理好洋娃娃和那个瓷瓶式台灯的位置关系。最后，她让洋娃娃站到电视机上，脸上才露出满意的笑容。

南国风一直在打电话。他说的是粤语，而且很快，佟琳听不懂。看着电视机上的洋娃娃，听着南国风那陌生的语言，一种人在他乡的感觉攫获了她的心。她觉得鼻子一酸，泪水润湿了她的眼睛。

南国风终于放下了话筒。他兴高采烈地对佟琳说：“没有问题啦！我已经给朋友打了电话。明天早上他开车来送我们回老家。我的老家离这里还有好几十里地哪。啊，很漂亮的洋娃娃！你喜欢洋娃娃？没有问题啦！以后咱们有了家，我一定给你买一个像真人那么大的洋娃娃。对了，你不是想去看看你爸爸工作的地方吗？咱们现在到达圣公司去看看，回来吃晚饭，正合适啦！”

佟琳和南国风走出圣国宾馆的大门，坐出租汽车来到达圣公司的门口。南国风对门口的警卫说，这位小姐是佟总工程师的女儿，想来看看她父亲工作过的地方。警卫用对讲机通报之后，一位女子快步走了出来。见面后，她笑容可掬地拉住佟琳的手，热情地说：“你就是琳琳吧？哇！这么漂亮的大姑娘啦！佟总经常跟我们讲他的宝贝女儿，我还以为是个小姑娘呢！欢迎你到咱们公司来啊！”

佟琳有些不好意思地叫了声：“阿姨，您好！”

“不要叫我阿姨啦！让我感觉自己已经是个老太婆了，让我很难过的啦！”

“我不是那个意思!”佟琳连忙说。

“没有关系的啦，我跟你开个玩笑嘛！我叫贺茗芬，是总经理助理。我跟你爸爸很熟。琳琳，这位一定是你的男朋友吧?”

佟琳点了点头，“他叫南国风。”

“哇！是那个蛮有名气的青年画家吧?”

南国风颇有风度地和贺茗芬握了握手。然后，贺茗芬带着佟琳和南国风走进达圣公司的大楼。贺茗芬简单地向他们介绍了达圣公司的情况之后，带他们去看佟文阁的办公室。

站在办公室门口，看着父亲曾经工作过的地方，佟琳情不自禁地有些伤感，也有些羞愧。她慢慢地走进去，用手轻轻抚摸父亲坐过的椅子，父亲的音容笑貌浮现在她的眼前。她仔细看着屋里的一件件物品，仿佛是在参观历史名人的故居。

南国风站在门口，默默地看着佟琳。大概是不想惊动沉浸在回忆之中的佟琳，他声音很轻地问贺茗芬洗手间在何处，后者便带他向走廊的另一边走去。

过了一会儿，贺茗芬带着一位身穿乳黄色套裙的小姐走回来，那位小姐的手中端着一个托盘，盘中放着水果和饮料。她把托盘放在佟琳旁边的写字台上。佟琳点头表示感谢。

贺茗芬说：“佟总病得太突然了！嗨，这都是命运的安排啦!”

佟琳觉得该走了，但是南国风还没回来。她又等了一会儿，仍然不见南国风回来，便问贺茗芬：“他怎么还没有回来?”

“谁呀?”

“南国风啊。”

“噢，那个大胡子的年轻人。他走了。”

“走了？去哪儿了。”佟琳迷惑不解地问道。

“那我就不知道啦。不过，他有一封信留给你的。”贺茗芬不慌不忙地说，脸上仍然挂着迷人的微笑。

“信?”佟琳愣了一下，接过贺茗芬手中折叠的信纸，打了开来——

佟琳小姐：

我不是南国风，我也不会画画，我是一名演员，一名很难拿到好的角色的三流演员。作为一名演员，我的工作就是演戏，因此在过去这段时间里，我一直在和你演戏。毋庸讳言，我演戏就是为了挣钱，而且达圣公司给我的报酬不薄，所以我就接下了这个工作。我想你是可以理解的，对我这样一名三流演员来说，这种机会并不是经常能够遇到的。我得说，你真是一个好姑娘。这次能与你同台演戏，我感到非常愉快也非常幸运。虽然我们以后不会再见面了，但是这段美好的时光将会永远留在我的记忆之中。我知道，你看了我的这封信之后会感到非常愤怒。你可以骂我，可以用任何恶毒的语言诅咒我。你确实有这样的权利。不过，我只想提醒你一句：生活本身就是演戏！尽管如此，我仍然真诚地请求你的原谅。

一个为生活所迫的演员

佟琳的手颤抖了，信纸发出一阵窸窸窣窣的声响。她眼前的字迹变得模糊不清了。她觉得一阵天旋地转，身体摇晃几下，坐到椅子上。

贺茗芬看着面色苍白的佟琳，心中不由生出一种幸灾乐祸的感觉。她并不喜欢自己心中的这种感觉，因为她知道面前的这个女孩子是无辜的牺牲品。她竭力想唤起内心的同情感，但是做不到。那种邪恶的想笑的感觉顽固地占据她的心。她终于忍不住哈哈大笑起来。然而，她的笑声奇怪地停住了，因为这笑声在她那遥远的记忆中引起了强烈的共鸣……

贺茗芬也曾经有过初恋，一种很特别的初恋。一般的女孩都是先有爱后有性，而她却是在有了许多次性体验之后才产生了爱。她本以为男女之间只有性爱，不会有情爱，不会有超脱于做爱之外的爱情，但是她的认知后来发生了变化。诚然，她的初恋并不纯洁，因为它带有“婚后恋”的性质，但它毕竟是一种超过了性与金钱之外的情感上的依恋和追求。她的那个男友就是创建达圣公司的三兄弟之一，人称“良仔”的苏志良。他们是在做香烟生意中认识的，而且很快就在一起睡觉了。开始的时候，她对良仔并没有特殊的感情，就像和她睡过觉的其他男人一样，只有性爱，没有情爱。然而，良仔对她产生了热烈的爱情。他以各种方式关心她，保护她，甚至粗暴地禁止她与其他男人之间的私下接触。她最初对此还有些反感，但是渐渐地，她的心被良仔那近乎狂热的爱感化了。她接受了，感受着性爱到情爱的升华，甚至开始憧憬自己与良仔的未来。在那段时间里，她觉得生活很美。然而，生活并没有朝着那个方向发展。她没想到这初恋的结果竟然是一场令她每次回想起来都会感到毛骨悚然的血案！

那是一个月色朦胧的夜晚，良仔押车到广州送货去了。贺茗芬一人在公司的办公室里值班。那时的达圣公司还只有一栋小楼，就在她白无聊赖的时候，公司的二佬阿雄带着一身酒气走了进来。她以前也跟阿雄睡过觉，但是自从与良仔相好之后，她就谨慎地疏远了阿雄。大概阿雄也深知良仔的火暴脾气，所以没有再来认真地纠缠她，只是在没有外人时跟她动手动脚。当然，她也不想得罪阿雄，因为其毕竟是公司的副经理。

阿雄进屋后转了一圈就开始跟她说些很“咸湿”的话。她正觉得寂寞，也就半真半假地跟阿雄打情骂俏。但是阿雄后来要跟她来真格的，她就不愿意了。这倒不是为良仔保持贞洁，而是害怕让良仔知道。然而，阿雄借着酒劲不管不顾地把她抱到办公室里屋的行军床上。她本来对性关系就很随便，心想良仔不会回来，就半推半就地让阿雄脱去了她的衣服……

然而，就在他们完事后并肩躺在床上休息的时候，良仔突然闯了进来。良仔见到赤身裸体的阿雄和贺茗芬后，愣了一下，然后就发疯般冲过来，拔刀猛刺阿雄的身体。阿雄几乎没有喊出良仔的名字就倒在血泊之中。虽然贺茗芬是个见过世面的女人，但也被这场景吓坏了。看着阿雄那血肉模糊的尸体，良仔也害怕了，他连话都没说便仓皇地逃走了。

孟济黎把良仔藏了起来。后来，公安局追缉得很紧，良仔只好乘船外逃，结果遭遇风浪落海身亡。当时，贺茗芬和别人一样，都只听说良仔死了，没有见到良仔的尸体。良仔便从她的生活中消逝了。后来她才得知，良仔并没有死，但只能在香港苟且偷生。她猜想，这一切都是黎哥安排的——是黎哥怂恿阿雄借着酒劲去公司找她，也是黎哥暗中叫回本应押车到广州送货的良仔，因为这样一来，黎哥既独占了达圣公司的资产，也隐瞒了那段不光彩的发家史。

这次去香港，贺茗芬在狮子山下的小屋见到了良仔。虽然她非常惊讶，但是她不再认为那个人和她之间存有任何关系。实际上，她对那个肮脏的残废人甚至没有一丝怜悯，只有厌恶——与恐怖的梦魇缠绕在一起的厌恶！

贺茗芬的心灵是被磨难扭曲的。然而，她的生命力异常顽强。每次磨难过后，她都会振作起来，重新调整生活的目标和路径，坚强地向前走去。渐渐地，她认为情感在生活中是多余的。当然，在必要时，她仍然可以向任何人表现出各种各样的情感。她就是这样闯进了佟文阁的生活。

那是一个中秋节的晚上，她拿着一瓶桂花陈酿敲开了佟文阁那十分冷清的家门。她说，今天是亲人们团聚的日子，但是她已没有任何亲人。她平时还可以忍受孤单和寂寞，但是在这样的日子，她实在不敢一人待在自己的小窝里。然而她又不愿意去打扰那些成双成对的人们，所以就来找同样是单身一人的佟总了。她的声音很诚恳，而且带着几分伤感。佟文阁犹豫片刻，请她进了屋子。

他们一起做饭，吃饭，喝酒，聊天。她谈了自己不幸的童年，谈了自己生活中的烦恼，还谈了自己对佟总的学识和人品的敬慕。她知道那些喝下去的酒精会使她的眼睛潮润，会使她的面颊绯红，而这些都会使她变得更加楚楚动人。饭后，她说身上太热，就脱去了T恤衫和牛仔裤。又说头有些晕，便躺到了佟文阁的床上。她用乜斜的眼光瞟着佟文阁。她看得出来，佟文阁的内心在挣扎。她变换了身体的姿势，耐心地等待着。终于，佟文阁投降了。

世界上有很多事情，人们第一次做的时候都会感觉很难，而一旦做了第一次之后，就容易多了。做好事如此，做坏事亦然。从那以后，佟文阁就无法再抗拒她的诱惑了。

后来，金亦英来到圣国，意外地在佟文阁的房间里发现了另外一个女人的痕迹。佟文阁在妻子的追问下交代了自己的“罪行”，并真心诚意地做了忏悔。金亦英带着极大的痛苦返回北京。妻子走后，佟文阁非常悔恨。他想断绝与贺茗芬的关系，但是贺茗芬不会轻易放过他。

平心而论，贺茗芬对佟文阁确有好感，至少是个值得她用心去勾引的男人。诚然，她这样做并不是为了破坏佟的家庭，也不是真的想当“第三者”。她所做的一切都是为了实现自己的人生目标……

第 27 章　神秘的古画

宋佳走后，洪钧一直在计算机前工作，先是熟悉利方中文软件的功能，然后再分析解答问题的路径。他小心翼翼地把佟文阁那封信输入电脑，然后逐字研究，反复实验。直到下午 5 点多钟，他终于找到了答案。看着计算机屏幕上那些神奇的文字，他非常兴奋。

洪钧站起身来，活动一下四肢，开始考虑下一步的工作。现在，他需要佟文阁的那幅古画了。宋佳说，她和金亦英曾经在这里用那幅古画做实验，试图唤醒佟文阁的记忆，但是没有成功。他便给宋佳打电话，想问那幅画放在何处，但是宋佳没开手机。他在房间里走了一圈，想了想，打开保险柜的门，果然找到了那幅古画。他拿出来看了看，用报纸包好，兴高采烈地拿着回家了。晚上，洪钧打了几个电话，找到了认识中国科学院光学研究所的人。

第二天上午，洪钧来到光学研究所，经熟人介绍，他见到了戴华元研究员。讲明来意之后，戴华元很热情，带他到实验室，对那张古画进行了分析，并且拍了一些照片。洪钧看到了科学技术的奥妙，也领略了那副古画的神奇。对于那幅画上的题诗，他也有了更为深刻的理解——新柳有枯黄，幼蝶无永翔；今夕窈窕女，明朝白骨娘。

是啊，人总是要死的，人的躯体终究是会腐败的。无论你多么漂亮，无论你多么健壮，最终都会变成一具骷髅，甚至是一把泥土，一缕烟尘。但是，在一个人的躯体走向腐败的过程中，往往又会诞生出新的生命，而且那腐败了的躯体仍然可以为其他生命提供养分。也许，从生到死，从死到生，循环往复，这就是生命的规律。个体生命是这样，社会群体也是这样吗？常言道，国无常强，家无常盛。在世界上，中国唐朝的文明曾经引领各国潮流；成吉思汗的金戈铁马曾经驰骋亚欧大陆；大英帝国曾经占有“日不落”的广阔版图；希特勒的飞机坦克也曾经霸道于近乎整个欧洲；苏联曾经拥有世界上最强大的军事机器；而美国显然是当今世界的超级大国。在中国，自从盘古开天地，三皇五帝到如今，各个朝代都经历了由兴到衰，由生到灭的过程。在世袭制的封建王朝中，开国者往往比较勤政廉明，但后继者却日渐荒淫奢侈，直至丧失社稷。俗话说，穷不过三代，富不过五代。诸如《红楼梦》中贾府那般的大家望族，最后也都不可救药地衰败下去。今天，游客们饶有兴趣地参观江苏周庄的“沈厅”、广东开平的“立园”、山西灵石的“王家大院”、山东栖霞的“牟氏庄园”时，往往都会情不自禁地为这些“大宅门”中创业者的勤奋和败业者的奢靡而感叹。王朝更替，家族兴衰，这样的故事，无论在中国还是外国，无论在东方还是西方，都是屡见不鲜。那么，在世道变迁的背后有没有可以把握的规律？

其实，有腐败，就有反腐败。例如，明朝皇帝朱元璋就痛恨腐败，大明天朝也曾经杀了不少贪官，但“奈何朝杀而暮犯”，贪官越杀越多，最终导致政权的垮台。这些年来，中国也查办了不少贪官，但是由于相关制度的缺陷和社会环境的恶化，中国的腐败问题却呈现愈演愈烈的态势。那么，一个民族，一个社会，一个政权，一个国家，如何才能走出从新生到腐败的循环？人们都痛恨腐败，但是都无法摆脱腐败的厄运。也许，这就是人类社会发展过程中的一种怪圈。而人类面临的重大挑战之一就是如何走出这一怪圈！

洪钧希望中国能够在法律制度的框架内找到反腐败的有效路径。他想起了在香港听说的反腐败经验。香港原来的腐败问题也很严重，特别是在警察部门。当年香港政府要大力查处警察中的腐败行为时，很多警察都不干了，据说还有好几千人上街游行。最后，香港政府只好发布特赦令，对警察以前的腐败行为一律不予追究，这才恢复了香港的秩序，并开启了反腐倡廉的新纪元。他觉得，香港的做法值得中国大陆借鉴。洪钧决定把他的想法写成一篇文章，但不知能否发表。虽然他现在从事法律实务工作，但是从骨子里看，他还是一个关注社会问题的学者。

洪钧带着沉重的思绪回到律师事务所。他一进门，三个等待的女人同时站了起来。

宋佳急不可待地问道："画儿在你那儿吗？"

"什么？"洪钧被这突如其来的话问愣了。

"金老师家的那幅画在不在你那里？"

"噢，在我这儿。"

"啊……"三个女人同时长出了一口气，坐到沙发上。她们的动作非常整齐，就好像有人喊了口令一样。

洪钧被她们的动作惊呆了，茫然地问："三位在表演什么节目呢？"

"什么表演节目！"宋佳仍然很生气，"你拿那幅画干什么？"

"我找人做了一项特殊的检验。"

"你怎么知道那幅画在保险柜里的？"宋佳的脑子里只有自己的问题，根本没有理会洪钧所说的检验。

“你昨天早上不是对我说，你用那幅画给佟总做了几次催眠治疗吗？”

“可我不记得跟你说过把画放在这里啦！”

“对，你是没有说过。可我一想，你们不可能一次次拿着画来回跑吧？而在咱们的办公室里，保险柜当然就是存放那幅画的最好地方啦。所以当我想用那幅画的时候，一下子就找到了。”洪钧从提包里取出了那幅包很好的画，放在茶几上。

“你真是太聪明了！”宋佳哭笑不得。

“过奖！”洪钧低着头，打开包着画的报纸。

“谁夸你了！”宋佳没好气地说。

“你……”洪钧抬起头来，看了看三位女士的神态，便收起脸上的笑容，“又发生了什么事情？”

“你忘啦？金老师的女儿不见了！”

“啊，我知道。怎么样？找到了吗？”

“她让人给绑架了。”

“绑架？什么人？”洪钧脸上的表情严肃起来。

宋佳简要地把佟琳认识南国风的经过和两人一起离家出走的事情讲了一遍，然后又讲了在金亦央家接到的电话，并让金亦英拿出照片给洪钧看。

金亦英把照片递给洪钧，“洪律师，我想就把这幅画给他们算了。如果琳琳再出意外，就算这幅画再值钱，我留着还有什么用呢？”

洪钧默默地看着照片。

宋佳在旁边说：“背面还有两个小字，你看看。我们都不明白是什么意思。”

洪钧翻过照片看了看，“噢，‘肉参’就是人质的意思。广东和香港的人这么叫。”然后，他又看了一会儿照片，抬起头来问金亦英：“金老师，宋佳说您给南国风家里打过电话，他家是在广州么?”

“是，可是我打电话的时候南国风不在家。”

“金老师，如果用这幅画能把您的女儿换回来，那当然是最安全也最简单的办法。但问题是能不能换回来。我认为，就算您今天晚上按照他们说的那样把画送去，您的女儿恐怕也回不了家，因为她已经不在北京了。”

“您怎么知道的?”金亦英不解地问。

“您看照片上的这棵吊兰。它不是种在花盆里，而是泡在玻璃缸里。您在北京见过这样养吊兰的吗?恐怕没有吧?这只能是在南方。这不仅是因为养花习惯上的差异，而且是因为气候条件上的差异。只有在南方那些气候潮湿的地方，吊兰才能够这样养活，而且能养得很好。所以，我估计您的女儿已经在广州了。往好处想，您给他们送去这幅画也就是当个‘陪嫁’!”

“那要往坏处想呢?”金亦英最关心的是女儿的安危。

“那就很难说了!”洪钧皱着眉头。

宋佳说：“洪律，你说佟琳被绑架的事儿会不会和达圣公司有关呢?”

听了宋佳的话，洪钧又低下头去，仔细看着那张照片。突然，他的眼睛一亮，抬起头来，对金亦英说：“宋佳的话很有道理。刚才听了佟琳被绑架的事儿，我以为就是那个画家看中了您家的古画呢，没往圣国那边想。还是宋佳聪明，提醒了我，金老师，您去过达圣公司，一定对这门上的颜色不陌生吧?”洪钧用手指着照片上的房门。

“我记得达圣公司到处都是这种乳黄的颜色。”

“还有，佟琳的脚旁边有个废纸篓，我看很像佟总办公室门后的那个。”

“您是说，琳琳就在她爸爸的办公室里?”

“很像。不过，这棵吊兰我可没见过。也许是我当时没注意到。您有印象吗?"

"我也不记得了。不过,老佟确实喜欢吊兰。他的实验室里就养着好几盆儿呢。这么说,琳琳真的是在老佟的办公室里。那咱们该怎么办呢?能用这幅画去把琳琳换回来吗?"金亦英的声音已经失去了自信。

洪钧摇了摇头,若有所思地说:"绑架佟琳的人绝不愿意让别人知道这件事和达圣公司有关。如果佟琳被关在别的地方,他们还有可能放佟琳回来。现在佟琳已经到了达圣公司,他们就不会让她这么回来了。"

"难道他们会杀害琳琳吗?"金亦英的声音颤抖得很厉害。

"那倒不一定。不过我担心他们会用别的方法来伤害佟琳!"洪钧站起身来,在屋里来回走着,他的右手不时地从前向后梳拢着头发。

金亦英张着嘴,目光机械地随着洪钧移动。她不敢去想洪钧所说的"别的方法"究竟是什么。

宋佳说:"我看,咱们还是去公安局报案吧,让他们帮助想办法去救出佟琳。"

洪钧说:"报案可以,但是等他们去救佟琳可能就来不及了。而且,他们肯定会请当地公安机关协助,可圣国市公安局会以什么方式协助,那就很难说了!"

"那该怎么办呢?"宋佳也没了主意。

"我看只好咱们自己去救了。对,咱们去圣国救佟琳!我去过佟总的办公室,了解那里的地形。不过,要去就必须是今天,明天可能就迟了。"洪钧仿佛在自言自语。他看了一下手表,转身对宋佳说,"我估计今天已经没有去圣国的飞机了。你马上查一下去广州的航班。咱们先到广州,然后再租车去圣国。我的意思是,你和我一起去,行吗?因为救佟琳的时候有你在场会比较方便。"

“当然可以!”宋佳走进了自己的办公室。

金亦英说:“我也跟你们一起去救琳琳!”

洪钧说:“不行,金老师,您得留在北京。我建议您一会儿就去公安局报案,让他们帮助您对付那个打电话的人,很可能不是一个人。请您暂时不要向公安局讲我们去圣国的事儿,也不要说佟琳的下落。您的任务就是既不把画交给那些绑架的人,也不惊动他们。我估计他们还会给您打电话的,很可能是再通知您改变交画地点。您可以说同意用画换人,但是要让他们先证明佟琳的平安。比方说,您可以让他们拿一盘有佟琳讲话的录音带来。总之,您要尽量拖延时间。”

“我知道了。我还有个想法。我给罗太平打个电话,让他帮助你们吧。他熟悉达圣公司的情况,里应外合,可能会更好办。”

“您觉得他可靠吗?”

“没问题。我们两家是老朋友了,遇到这种事情,他一定会帮忙的。”

洪钧沉思片刻才说:“那也好。您告诉他今天晚上在家等我的电话。到圣国之后,我会给他打电话,商量具体的行动方案。”

宋佳走进来说:“广州的航班是15点40分的。我已经订好了机票。”

“好,为了救人,咱们只好去冒一次险了!”说完之后,洪钧右手握拳,很有力地向前绕了两圈。

第 28 章　无和的残局

飞机降落在广州白云机场的时候，天色已经黑了。出机场后，洪钧和宋佳租了一辆标致轿车。洪钧开车，一路急行，到达圣国市时已经晚上 22 点多钟了。洪钧先找地方给罗太平打了电话，约好在达圣公司后门见面。然后，他开车来到达圣公司的后门外，把车停在路边。他和宋佳坐在车里，观察周围的情况。

深夜静悄悄。路灯在树叶间撒下一缕缕昏黄的光。附近的居民楼里只有几个窗户还亮着灯光。达圣公司那几栋大楼的乳黄色都变成了黑色，像个庞大的怪物一样趴在地上，而它后面那个凹进去的半封闭式货场则宛如怪物的巨口，等待着吞食猎物。货车入口的上方亮着一盏红灯，犹如医院太平间外的长明灯。一阵夜风吹过，路边摇曳的树枝在灯光的映衬下好像晃动的人影。

一个人从东边的达圣公园走了出来。洪钧认出来人是罗太平，就和宋佳一起下了车。洪钧跟罗太平握了握手，感觉对方的手掌又潮又凉。罗太平说，佟琳就关在佟总的办公室里，有人在门口看守。他先从前门进去，引开那个看守，然后洪钧二人从货场里面的楼道进去，救走佟琳。

看着罗太平的身影消失在大楼的黑影中，洪钧和宋佳翻过后门旁的铁栅栏围墙，轻手轻脚地沿着楼边向货场走去。货场上停着几辆汽车。他们从车缝中穿过，来到里边的角落，果然找到一扇门。洪钧一推，门没锁，他们便溜了进去。

这是一条紧急楼梯通道。洪钧拿出手电筒在前面带路，两人蹑手蹑脚地向楼上走去。上到四楼，他们隔着一扇玻璃门看到前面的走廊里亮着灯。洪钧走到门边，隔着玻璃看了看，只见佟文阁的办公室门外放着一把椅子，但是没有人。他侧耳细听，没有声音，便轻轻地推开那扇门，和宋佳走了进去。

他们来到佟文阁办公室的门外，听了听，里面鸦雀无声。洪钧拧了拧门把手，没有推动，他轻轻地敲了敲门，小声叫道："佟琳!"

屋里传出走动的声音。接着，灯亮了。一个女孩用颤抖的声音问："谁?"

宋佳走到门边，压低声音说："琳琳，我是宋佳，就是那天晚上在你家和你妈一起等你回家的那个阿姨。你妈让我们来救你，你把门打开吧。"

门开了，佟琳瞪大眼睛看着宋佳和洪钧。宋佳走进去，拉着佟琳的手说："琳琳，我们救你来了。这位是洪律师。"

佟琳认出宋佳，一下子扑到宋佳身上哭了起来。宋佳连忙劝道："琳琳，现在不是哭的时候。我们必须赶紧逃出去。让他们发现就糟了!"

佟琳忍住哭，跟着宋佳向楼梯口走去。

洪钧关了灯，掩上屋门，快走几步，在前面带路下楼。到了一楼的出口，他停住脚步，站在门边听了听，外面的货场没有声音。他让宋佳和佟琳等一会儿，自己走了出去。他站在门外看了看，才向门里招手，叫两位姑娘出来，三人向货场出口走去。

然而，他们刚走到货场中间，头顶上的大灯突然亮了，接着就从旁边跑出几个人，为首的正是达圣公司的董事长孟济黎，站在旁边的是贺茗芬和两个身强力壮的男子。洪钧三人都停住了脚步。

孟济黎向前走了几步，站在洪钧面前，笑道："洪大律师，欢迎你再次光临达圣公司。不过，你这次来访可不像上次那样讲究礼节啦！说老实话，我没想到你还有翻墙的本事啊！"

洪钧用身体护住两位女子，高声喝道："孟济黎！你想干什么？"他那有些颤抖的声音回荡着飞入漆黑的夜空。

孟济黎还真让洪钧的喊声吓了一跳，往后退了两步，冷笑道："洪律师，这句话本应由我来问你的啦。你深夜闯入我们公司，还问我要干什么，还用那么大的嗓门！怎么样，难道你还想动武吗？我可告诉你，我身后这两位都是武林高手，你还是不要自找苦吃的啦！"

洪钧回头看了一眼，见没有退路，便缓和了口气。"咱们谈谈条件吧？"

"谈谈条件？哈哈！我们本来已经谈好了条件嘛，而且我给你的条件是非常优厚的啦。60 万，不是个小数目啦！我跟你说过，我这人喜欢下棋啦。我本来以为我们两人是'棋逢对手，将遇良才'，所以我才跟你'求和'的啦。没想到你非要分个胜负，我只好奉陪到底啦。不过，你洪律师也太小看我孟济黎的棋术啦！我跟你说过，你能看出三步棋，可我能看出四步棋。难道我会看不出你有'沉底炮'这着棋？说老实话，我用的就是'诱蛇出洞'的杀着。我本来估计你可能明天晚上来，没想到你这步棋走得这么快，幸亏我有线人，才提前做了安排嘛。现在，你这盘残局是没有办法下的啦！你支士，我车沉底，你死定啦；你挪帅，我跳马，你死定啦；你落相，我进兵，你还是死定啦。你说，棋已经下到这一步，我还能跟你和吗？"

"那你想把我们怎么样？"洪钧很认真地问。

“把你们怎么样？这倒是一个有趣的问题。我当然不会让你们这样回家啦。不过，达圣公司也不想聘你做常年法律顾问，因为你只懂刑事，不懂商务嘛。还有这两位小姐，长得这么靓，在我们公司也没有合适的位置啊！所以我得放你们走，只是你们脑子里面的东西不能带走。那已经是我们公司的‘商业秘密’啦。”

“这么说，你也想对我们使用‘一号病毒’，就像你对佟文阁所做的一样！”

“你看，你已经知道了本公司的这么多秘密嘛。我怎么能让你带走呢？你是在美国留学的人，当然知道不允许雇员带走公司商业秘密是一项国际惯例啦。虽然你们不是达圣公司的雇员，但是你们所了解的情况使你们完全有资格享受达圣公司雇员的待遇啦。”

“我一直不明白，你是怎么让佟文阁感染上那种病毒的？”

“你这个人真是执迷不悟啦！其实你很聪明，也很有才干嘛。你的毛病就是太好奇，喜欢过问别人的秘密。不过，既然你这种爱好保持不了多久啦，那我就满足你的好奇心吧。你看，我这个人其实是很善良的啦。我告诉你，让人感染这种病毒的方法很多，比如讲，把病毒涂在你的牙刷上啦。对于那些牙龈出血的人来讲，这种方法既简单又有效，而且毫无痛苦的啦。难道你不想试试吗？”

“你对佟文阁就是这么做的吧？”洪钧很气愤地说。

“这还用我亲自动手吗？你的事情，我可以让贺小姐代劳啦。你们不是在佟总的家里幽会过嘛。哈哈！”

“孟济黎，你这样做难道就不怕受到法律的制裁吗？”

“法律会制裁我？你真会开玩笑啦！我告诉你，能够制裁我的法律还没有制定出来的啦！你不信？那你就去问问圣国市的人啦。可惜，你已经没有这种机会啦！”

“你在贿赂官员上花了多少钱？”

“你这人可真是不可救药啦！都到这个时候了，你还想打听本公司的商业秘密呀！好，我就再满足一次你的好奇心吧。我每年花的‘攻关费’都比我给你的那个条件还要多啦！我是当兵的出身，所以我说的‘攻关’可不是‘公共关系’，而是‘攻打关卡’。你明白其中的奥妙啦?”

孟济黎的话音还没落，门外传来一片急促的脚步声。孟济黎刚要让贺茗芬去看看，只见郑晓龙带着几个身穿检察官制服的人跑了进来。孟济黎身旁的两个壮汉打算动手，但是被孟济黎拦住了。他满面笑容地对郑晓龙说：“郑检察长，你深夜到我们公司来，有什么紧急的事情吗?”

郑晓龙看了看洪钧等人，满面笑容地说：“我听说孟总棋艺高超，想请你到我的办公室去下一盘啦！我这人虽说是个臭棋篓子，可是特别爱下，而且专门爱跟高手下。就像一位前人说过的，屡战屡败，屡败屡战。为什么？跟高手下棋总能学两着啦！孟老板，反贪局请你去下棋。这话很有意思吧？就像香港人说的，廉署请你喝咖啡，一样的啦!”

孟济黎沉下面孔，问道：“是逮捕吗?”

郑晓龙说：“不，是拘传。不过，你们要是反抗的话，那就不好说啦!”

孟济黎盯着郑晓龙的眼睛说：“郑晓龙，你是在拿你头上的乌纱帽开玩笑啦!”

“这我知道的啦！所以我才很客气地请你跟我去下盘棋啦。请吧!”

孟济黎回过头来，看着洪钧，说道：“看来，你这盘棋下得很不错嘛!”

洪钧笑道：“孟老板，您过奖了。您是号称能看出四步棋的高手，怎么就没看出我的‘沉底炮’是虚晃一枪呢？要我说，您这盘棋就输在求胜心切上了!”

“这盘棋还没见输赢呢!”孟济黎说完，跟着郑晓龙等人向货场出口走去。

洪钧这时才发现走在郑晓龙旁边的那两名检察官有些面熟。自己在什么地方见过他们呢？他想起来了，这一男一女就是那天在圣国寺前和罗太平一起爬山的人。哎，罗太平到哪里去了？

第 29 章　死亡的谜团

10 月 28 日，星期六。中午，圣国宾馆的大餐厅里生意红火，二十多张大小餐桌旁都坐满了人。谈笑声和碗筷声汇合在一起，组成既让人兴奋又让人疲惫的噪声。洪钧和郑晓龙坐在餐厅西北角的一张小餐桌旁，边吃边聊。他们的目光不时瞟向餐厅东南角的那张大圆餐桌。

郑晓龙说："那天夜里你可真够冒险的啦！万一我们没有及时赶到，后果可就不堪设想啦！"

洪钧笑道："咱俩既是老同学又是一个战壕里的战友，我怎能不相信你呢！"

"是啦。所以我那天晚上接到你的电话之后，立刻做了全面的部署，而且准备了两套行动方案，确保万无一失啦。就算你在货场里不喊那一嗓子，我们也会采取行动的。不过，你当时那声音可真够悲壮的啦！"

"我自己也有点儿英勇就义的感觉。"

"听得出来啦。"

"不过，那可不是我一个人，还有两位小姐呢，所以我真怕你出点差错!”

“跟你一起来的那位小姐是什么人？她长得很像肖雪嘛?”

“她是我们律所的秘书，叫宋佳。”

“是肖雪给你介绍的?”

“不是，招聘的。”

“那么巧?”

“生活中巧事儿很多啦！咱俩在这里相遇不也是一件巧事儿嘛!”洪钧不想继续谈肖雪和宋佳的事情，便换了个话题。“其实，我那天也准备了两套行动方案。”

“另一套是什么?”郑晓龙很感兴趣地问。

“向你赔礼道歉啊!”

“为什么?”

“万一我的推理失误，孟济黎没有出现，那我不就让你们白跑一趟了嘛。”

“推理？我还以为你得到可靠的情报呢。我要是早知道那是你老兄瞎猜的，就绝不会这么认真安排的啦。”

“所以我没有告诉你情报来源，只说绝对可靠嘛。”

“你推理的根据是什么?”

“根据绑架佟琳的人提供的那张照片。我当时想，如果孟济黎是这次绑架的幕后指挥者，那他一定不愿意让别人知道这绑架和达圣公司有关。可是那照片却偏偏是在佟总的办公室里照的，而且照相的人似乎生怕我们看不出那是佟总的办公室，还特意摆上一盆佟总喜欢的吊兰。由此可见，孟济黎显然是想让我们猜出关押佟琳的场所。而他这样做的目的也只能是引诱我们去救佟琳，然后把我们一网打尽。”洪钧喝了一口茶水，“我当然也想到了危险，但我觉得这是值得的。不仅救出了佟琳，还可以获取证据。如果我们不去冒险，你能那么容易就得到孟济黎的口供吗?甭管我给你的录音带能否被法庭采信，它起码可以帮助你查明案情，也可以帮助你在审讯中对付孟济黎。对吧？”

“看来我在破案报告里还得给你记上一功了！不过，现在谈记功还为时太早。虽然这一次是省委下了决心，一定要彻查嘛。据说，中央的领导都指示了，圣国要建经济特区，首先要反腐倡廉。省纪委的袁副书记带工作组进驻圣国，省检察院反贪局督办本案，所以我的大老板才能挺直腰板啦。不过，这个案子涉及的人太多啦。而且很多人都是很有活动能量的。我告诉你，胜负还很难预料的啦！”

“就算达圣公司的行贿案不好定，那么这绑架罪可是证据确凿的，应该没有问题了吧？”

“应该是的嘛。但是在圣国，任何奇怪的事情都有可能发生的啦。你知道，这类案件现在是由公安机关立案侦查。过去，《刑法》中没有规定绑架罪，这类行为一般都按非法拘禁罪处罚。根据高法、高检、公安部 1979 年关于案件管辖的通知，《刑法》第 143 条规定的非法拘禁罪案件由检察机关侦查。但是全国人大常委会 1991 年颁布的《关于严惩拐卖、绑架妇女、儿童的犯罪分子的决定》的第 2 条规定了绑架勒索罪。后来，这类案件就归公安机关管辖了。所以，我们这两天做你们几个人的询问笔录，主要还是以调查行贿罪的名义嘛。”

“这个案件也可以由北京的公安机关侦查吧？按照《刑诉法》第 19 条的规定，刑事案件由犯罪地的人民法院管辖。这个案件的绑架行为有一部分是发生在北京的，因此北京也是犯罪地。而且，金老师已经在北京报案了。”

“北京当然也有管辖权啦。但是《刑诉法》第 19 条还规定了嘛，如果由被告人居住地的人民法院审判更为适宜的，可以由被告人居住地的人民法院管辖。圣国市既是这个案件的犯罪地，也是被告人的居住地，所以我估计这个案子最后还是会让圣国市的法院审判啦。结果如何，我们就只能拭目以待啦。”

“孟济黎承认他们给佟总用了病毒。这个行为可以构成伤害罪，对吧?”

“投毒致人身体损伤的，可以构成伤害罪嘛。但是使用病毒伤害他人的案子，我还没有见到过。从法理上讲，应该也是可以构成的，关键还要看证据嘛。虽然孟济黎和你的对话中有承认的意思，但是不足以证明他确实实施了那个行为呀。公安机关调查的时候，他肯定不会再承认的啦。我记得，佟文阁患病是在看守所关押期间。那么，究竟是谁去投放的病毒，怎样投放的病毒，这些都是需要用证据来证明的啦。要我看，这个案子的难度也很大!”

“这里还有一个很难证明的案子。那就是贺茗芬对佟文阁的诬告陷害。根据我了解的情况，贺茗芬指控佟文阁强奸，很可能是诬陷。但是，这件事发生在两人之间。究竟是强奸还是通奸，只有这两人知道，而佟文阁现在已经不具有作证能力了。所以，根据现有证据，既不能认定佟文阁强奸，也不能认定贺茗芬诬陷，除非贺茗芬自己承认。看来，司法公正也是有局限性的。”

“就是嘛！我们在学校学习的时候，认为司法公正的界线是很清楚的，但是在司法实践中，我经常感觉这个界线是模糊的。这是没有办法的事情啦!”郑晓龙从人头的缝隙中向那个大餐桌望去，“客人都到齐了，主人公怎么还没出场呢?”

“你说的是吴风浪吧?”

“是呀。今天是他从警40周年的纪念日嘛。据说，下边的人本来想给他大办，但他说不合时宜，就改成小规模的了。今天来的都是他的亲戚朋友啦。”

“我和他打过一次交道。凭直觉，我很难相信他是个腐败的官员。”

“我开始办这起案子的时候也有这种感觉，但是我更相信证据啦。”

这时，郑晓龙身上的寻呼机响了。他看了上面显示的字，对洪钧说："他已经从公安局出来了。我觉得有些事情的发生真是一种巧合。今天是他从警 40 周年，而在这宴会之后，他就要……被反贪局请去下棋，很有意思的啦!"他显然对自己发明的说法颇为得意。

郑晓龙和洪钧不时地把目光投向窗外。那个大圆餐桌旁的人也不住地看着窗外。很显然，大家都有些心神不安。主角不来，这出戏怎么开场啊?

郑晓龙的寻呼机又响了。他马上拿起来，看过之后，神色严肃地对洪钧说："事情有变，咱们得过去看看。"两人站起身来，若无其事地走出餐厅，上了郑的汽车，飞速向北圣山驶去。

这是临近重阳节的周末，爬山和进香的人很多。山下的停车场已经没有空位，郑晓龙只好把车停在路边。他找到守候的检察官，得知吴风浪一人上了山，就问洪钧："你愿意跟我一起上山去看看吗? 不过我可是有言在先，可能会有危险的啦。"洪钧痛快地点了点头。

他们沿着不太宽的石阶路往山上跑，不断地超过一些上山的游人。被他们超过的人和下山的人大概都以为他们在比赛。于是，有人驻足观望，有人还给他们鼓掌加油。他们气喘吁吁地爬到山顶时已然是汗流浃背了。

圣国寺前面那块不大的平地上挤满了卖香的摊贩和前来烧香拜佛的人。每个摊位上都摆放着用红黄两色纸包裹着的粗细不同的香，每个摊位前都拥挤着争先恐后掏钱买香的人。洪钧觉得这里的情景和气氛很像以前北京过年时卖鞭炮的样子。同样的熙熙攘攘，同样的人声鼎沸，只是买卖的东西不同而已。

洪钧和郑晓龙无心观赏，便向韦驮殿门走去。他们费了很大力气才挤进圣国寺的院子。院内的人也很多，只是喧闹声小了一些。院子两边各摆着一口大铜缸，里面燃着很旺的香火。人们纷纷把手中的香在缸里点着，然后按秩序在僧人的指引下到大雄宝殿前进香拜佛。一位女士没有及时熄灭香束的明火，拿在手中犹如火把。她有些惊慌地上下挥舞，但香火却愈加旺盛，吓得周围的人一片慌乱。最后她只好把香扔到地上，而她已被香烟熏得泪流满面。

洪钧和郑晓龙分头在圣国寺的院子里找了一遍，没有发现吴风浪的身影。他们又挤到寺门外的人群中找了一圈，仍然没有收获。就在他们四处张望的时候，忽然从寺院的后面传来不太响亮的“啪”的一声。游人们没有注意这宛如鞭炮的声音，但是洪钧和郑晓龙都听到了。他们相互看了一眼，不约而同地快步向寺后走去。

他们沿着寺院后门外的小路向山下走去。这条土路弯弯曲曲的，路旁都是半人高的荒草和枝叶茂盛的灌木。他们走到半山腰的时候，在路旁的一块巨石旁边看到了吴风浪——他穿着一身新警服，仰面朝天躺在地上，警帽掉在了一边。他的右侧太阳穴处有一个仍在流血的伤口。他右手旁边的地上有一支手枪。

郑晓龙见状，急忙掏出对讲机，让山下的人来保护现场，并安排人向上级报告这里发生的事情。

洪钧在尸体周围仔细地查看着。他与尸体保持着一定距离，小心翼翼地不去触动现场的东西，也尽量不留下自己的痕迹。最后，他的目光停留在巨石下面那一小片没有草的土地上。

郑晓龙布置完后，走过来看了看，问道：“有什么发现吗?”

“你看见地上那些小圆坑了吗?”洪钧用手指了指那片有些潮湿的土地。

郑晓龙点了点头，没有说话，思考着这些并不引人注意的小圆坑能有什么意义。

洪钧走到旁边的一个很矮的石台上，蹲下来，一边查看一边说：“这些小坑显然是新形成的，而且是用什么东西戳出来的。你看，这些小坑的边缘都很整齐，底面也很平。这说明形成这些小坑的东西是一个很圆也很光滑的圆柱形物体，很可能是一支钢笔或圆珠笔的后端。你说呢？”洪钧抬起头来看了郑晓龙一眼，后者点了点头。

洪钧继续说：“这些小坑的排列毫无规律，应该是随手戳出来的。你看，这边的草还有点倒伏，显然有人踩过。根据这些情况，我们可以推断说，刚才曾经有一个人坐在这个小石台上，他的脚放在有草的这个地方，而右手正对着这片没有草的土地。他的眼睛大概看着山上的小路，手中拿着一支笔，下意识地戳着地面。你说，这个人在干什么？”

“等人，而且有些焦急或心神不安嘛。”郑晓龙脱口说道。

“非常正确！现在，关键的问题就是这支笔在什么地方！我们不能接触现场上的东西，但吴风浪身上好像没有笔。”洪钧站起身来，向周围看了看，又说，“我想，游人一般是不会到这边来的。如果这支笔不在吴风浪的身上——准确地说应该是不在现场的话，那我们就可以推断说，刚才这里除了吴风浪之外，还有另外一个人。”

“你的意思是说吴不是自杀？”

“我只能说有这种可能性。究竟吴风浪是自杀还是他杀，那得听法医的意见，而且还得看案件中的其他证据。”洪钧转身向山下望去。

郑晓龙看了看手表，说：“已经过去快一个小时了。如果真有另外一个人的话，现在去追恐怕也来不及了。”

“如果有警犬的话，倒不妨一试。至少还可以帮助我们查明刚才这里是否确有另外一个人。”

这时，山上传来急促的脚步声。

第 30 章　最后的推理

洪钧和宋佳带着佟琳回到了北京。出机场后，他们先坐出租车回到律师事务所，然后再开上洪钧的汽车送佟琳回家。在这一路上，佟琳几乎一言未发，而且经常看着一些莫名其妙的东西发呆，如飞机上的紧急救生按钮、出租汽车内的计价器、洪钧汽车内固定座椅套的带子等。开始时宋佳还试图用各种话题去改变佟琳的心境，后来因佟琳的反应消极，她也就无可奈何地放弃了努力。

金亦英已经在宋佳打来的电话中得知佟琳回家的消息。她一再嘱咐自己不要责怪女儿，不要感情冲动，要高高兴兴地迎接女儿回来。但是当女儿站到她的面前时，她还是忍不住哭了起来。然而，佟琳并没有母女重逢的那种激动，也没有历尽磨难之后想投入母亲怀抱的欲望。她只是声音平淡地叫了一声“妈”，又说了一声“对不起”，就走进了自己的房间，并固执地把母亲关在了门外。

宋佳费了很大力气才把泪流满面的金亦英扶到客厅的沙发上，又花了很长时间才劝得这位心碎的母亲止住了哭泣。金亦英终于擦干了脸上的泪水，低着头对洪钧说："请您原谅，洪律师，还有宋佳。你们为救琳琳，吃了那么多的苦，还冒了那么大的危险。我真不该这样，可是……"

"不用客气，金老师，我们都很理解您的心情。"洪钧觉得应该换个话题，便问道，"金老师，那个绑架的人后来怎么样了?"

"噢，那天晚上，那个人果然又打来了电话，告诉我要改变交画的地点。我按您说的告诉他，我同意用画换我的女儿，但是我必须先确信琳琳平安无事。我让他送一盘有琳琳说话的录音带来。开始他不同意，还威胁我。但我坚持不见录音带不交画。他最后没办法，只好同意了，并约好第二天下午再给我打电话，但从那以后就再也没有露面儿。"

宋佳说："他得不到上边儿的指示，当然就没法再给你打电话啦。我估计他现在早跑回圣国了，也可能跑到其他地方藏起来了。这些坏家伙，绝不能饶了他们!"

洪钧深有感触地说："有些事情，咱们是无能为力的!"

金亦英颇有同感地点了点头，"真是这样!"

"所以，我们只要尽力了，也就该心安理得了。"

"那么，老佟的那封信到底是怎么回事呢?"

"您别着急，这正是我要向您解释的。"洪钧站起身来，"您家里有计算机吧?"

"有。"

"您这儿有四通公司的利方中文软件和美国微软公司的英文文字处理软件吗?"

"有，利方中文环境和微软 6.0。这两套软件是老佟习惯用的，所以我在家里也用。"

"能让我们用一下您的计算机吗? 那样解释起来比较方便。我不是说您听不明白，主要是怕我自己说不明白。"

"当然可以。"金亦英带着洪钧和宋佳来到旁边的房间，打开计算机的电源开关，并很快地调出了那两套软件。

洪钧转身问宋佳：“你还记得那句谶语吗?”

“倒背如流。”宋佳说。

“那就麻烦你把那九个字打到屏幕上，请按‘汉字无空格’的方式输入。”洪钧等宋佳坐到计算机前，才开始用他所习惯的那种讲课的语气不慌不忙地说道，“坦率地说，我在这个案子的调查中确实走过一些弯路。就说这句谶语吧，我开始认为它一定和佛教有关，后来经过反复思考才终于找到了正确的答案。从表面上看，佟总这封信中的语言似乎不太连贯，好像是东一句西一句的，跳跃性很大。让人觉得有些前言不搭后语，甚至有些前后矛盾。但是，在反复研究了他那些话的含义之后，我发现它们之间其实有着相当严谨的内在逻辑。”

洪钧看了一眼金亦英，见其听得很认真，便继续说：“为什么这封信会让人觉得内容不连贯呢？我认为主要是因为信中的一些话很抽象，意思不明确。大概佟总在写这封信的时候就估计到不仅金老师一个人能看到它，而且信中有些话是他绝不想让别人知道的，所以他才使用了那些隐晦的语言。我们在分析这封信的内容时，最重要的一点就是要确定佟总写这封信的目的。这是一封普通的家信呢，还是一封具有重要使命的信呢？我认为它属于后者。具体来说，佟总写这封信的目的就是要告诉金老师一件重要的事情，或者说一个秘密。因此除了开头的问候语外，他信中的每一句话都是为这一目的服务的。明确了这一点，我们就可以根据信中的逻辑关系，分析他所要表达的真实意思了。”

宋佳已经把那句谶语输入电脑。洪钧看了看，点点头，继续讲道：“简单地说，他那封信中前一半的意思可以概括为：我和公司的人吵了一架；此事很难办；我要告诉你；但也可能无法当面告诉你；它与古画有关。按照这个逻辑，他下面就应该告诉金老师在他无法当面告知的情况下如何去查明此事。因此，他的这句谶语就不是讲一般的人生哲理，而是给金老师的具体指示。再下面这句话非常重要，但是开始时被我忽视了。他说：‘此话语义颇深，你需尽你所学，反复参悟。’按照上面的逻辑，这句话也应该是具体的指示，而不是泛泛之言。那么，‘尽你所学’指的是什么呢？显然应该是金老师的专业知识，也就是计算机的知识，换句话说，就是要运用一定的计算机知识来查明这谶语的含义。”

金亦英说：“您讲得很有道理，可我一下子还是没弄明白。这句谶语和计算机有什么联系呢？也许我现在脑子里太乱了。”

洪钧很谦虚地说：“我也是费了很多时间才找到了答案。我当时想，计算机的知识很广，我应该从那方面入手呢？我想，佟文阁的信是用计算机打的，那么，这主要是个文字处理问题。因此，我一方面要考虑文字输入的问题，一方面要考虑文字编辑的问题。当然，这都要以佟总使用的那套软件为基础。我记得佟总的计算机上使用的文字处理软件是‘利方中文’和‘微软 6.0’。我对‘微软’比较熟悉，因为我自己也用。但是我对‘利方中文’不太熟悉，所以我就让宋佳买了一套。”

洪钧停顿了一下，继续说：“不知道你们有没有过这种情况，就是在计算机上打中文字的时候，输进去的字有时会在屏幕上莫名其妙地变成别的字，特别是在打到屏幕右端的时候。开始我不知道这是怎么回事儿，还以为是计算机出了毛病呢。后来我才搞明白，这是因为我设定的屏幕宽度和字的大小不相匹配，使得有些字是在半格的位置上输入的。我们知道，在计算机上，一个汉字是由两个字节组成的，或者说，一个汉字要占两个字符的位置。因此，一个汉字在计算机内是可以被拆为两半的。但是这种拆开和英文不一样。英文字就是由一个个字母组成的，拆开来仍然是字母。中文字是由不同笔画组成的，分成两半往往就不是独立的字了。而且计算机的汉字合成也不是按照左右两半相加的方法，所以一个汉字拆开之后显示在屏幕上的就是完全不同的符号了。当人们进行文字处理的时候，计算机内的字号、字距、行宽等都是设定好的，无论是你自己设定的还是计算机自动给你设定的。这就是说，你输入的每一个字在屏幕上都有一个固定的位置。这就像在方格稿纸上写字一样。如果我们在半格的位置上输入汉字，那就等于说，这个字没有写在方格内，而是写在了两个格中间的格线上。但是，计算机和稿纸不同。在稿纸上，我们跨格线写的字仍然能保持自身的完整性。但是在计算机上，这个跨格线输入的字就被分成两半，并且在屏幕上显示为两个不同的字或符号，当然也有什么都显示不出来的时候。如果这个跨格线输入的字两旁还有别的字，或者说跨格线输入的不是一个字而是一组字，那么，每一个字的左一半就会和相邻字的右一半组成另外一个字。于是，这一组字就会变成完全不同的另外一组字了。金老师，我的计算机知识很有限，不知我说得对不对?”

金亦英点了点头，“在‘汉字无空格’的方式下输入是会出现这种情况。因此，为了防止这种情况的出现，计算机软件一般还设计了‘汉字有空格’的输入方式。就是在输入的每两个汉字之间都加上一个空格，以免相邻的两个字出现错误的组合。洪律师，您的意思是说，老佟利用这个写的那句谶语?”

“对！我当时猜想佟总很可能是利用这一原理来给您写了一组密码。也就是说，他用这种字与格错位的方法把另外一句话变成了这句谶语。他大概怕金老师一时想不到这点，所以又给了一句提示语：后退半步，海阔天空。这等于在说，后退半个字就全明白啦!”

宋佳很快地把计算机屏幕上的光标移到那句偈语第一个字的一半处，然后按动具有消字功能的退格键。只见屏幕上“驮谟蚁陆堑暮诘闵稀”九个字在一阵闪动之后奇妙地变成了另外八个字——“在右下角的黑点上”！金亦英和宋佳都情不自禁地惊叹了一声。

洪钧满意地看了看两位女士脸上的表情，继续说道："很显然，这里所说的'右下角'，指的就是他上面反复强调的那幅古画的右下角。不知你们发现没有，那幅画的右下角确实有一个黑点。用肉眼看的话，那似乎就是一个普通的墨点。但是在放大镜下仔细观看，就会发现那墨点的中间还镶着一个芝麻粒大小的东西。那是什么呢？这时就该用到信中的最后一句话了——'日后若有难处，可请老猫帮忙'。按照前面讲过的逻辑，这句话也不是一般性的对家庭生活的嘱托，而是具体的指示。这就是说，金老师在解读那个黑点上的内容遇到困难时，可以去找他的老同学戴华元帮忙。还记得吧，那天你们问我拿那幅画干什么去了，我就是到光学研究所找戴华元帮忙去了。"

"那上面到底有什么？"金亦英急切地问。

"那上面是佟总写给孟济黎的一份报告。他运用显微点照相技术拍摄下来，再贴到画的右下角上。这种技术可以把一张大地图缩微到一个芝麻粒那么小呢！"洪钧说着，从包里拿出几张照片，递给金老师，"这是戴华元帮我放大还原后的照片，我又按顺序剪接了一下。"

金亦英接过照片，看着上面那密密麻麻的字迹，在心中默念起来——

孟济黎董事长兼总经理：

我经过反复思考后决定给您写这份报告。经过一系列的动物实验，我得出了一个让我非常苦恼也非常不安的结论，那就是我们的达圣健脑液实际上对人脑具有潜在的副作用！虽然达圣健脑液确实具有一定的补脑功能，也确实可以提高大脑中的可的松含量，但是却使荷尔蒙含量减少了，而这就会大大降低人脑对某些病毒的抵御能力，并且会增大患失忆症和老年痴呆症的可能性。

我深知这一实验结果的关系重大，所以我一直秘密地一个人进行。我也清楚地知道这一结果的公布对达圣健脑液意味着什么。人们有时开玩笑说，达圣健脑液是我的“宝贝儿子”。虽然我一直说达圣健脑液是达圣公司全体科研人员的集体研究成果，但是我并不否认它凝聚了我的大量心血。因此，您应该知道我对它的深厚感情。有时候，我真的把它看成自己的孩子！然而，我们研究健脑液是为了提高人类的大脑健康水平，是为了让我们的后代更加聪明。如果我不将这实验结果告诉公众，如果我继续让人们去喝那实际上对他们有害的所谓“健脑液”，那我就将成为中华民族甚至全人类的千古罪人，我的良心就永远也无法得到安宁！

我知道达圣健脑液是达圣公司的命根子。我也从内心感激董事长这些年对我的信任和关怀，因此，我不愿意在未经您同意的情况下公布这一结果。不过，我真诚地希望您考虑我的建议。让我们把事实告诉公众吧。我们可以重新开始。我相信我们还会成功的！

附上有关的实验记录和数据。

佟文阁

1995 年 6 月 30 日

金亦英的眼睛里又充满了泪水。她被丈夫的话感动了。她仿佛突然理解了丈夫这几个月来的心境。过了好一会儿，她才用颤抖的手指翻了翻后面的几张照片。那些都是实验报告，她看不太懂。于是，她用手指慢慢地擦了擦眼角，抬起头来，看着洪钧，好像在等待着洪钧继续说下去。

洪钧想了想，似乎在寻找合适的措辞，“关于佟总的病嘛，我开始曾怀疑他是装的。后来才得知他确实是因为感冒病毒侵害大脑而失去了记忆。不过，我的脑子里还有一个疑问。据我所知，感冒是一种流行病，感冒病毒的传播也是有季节性的，而八九月份在圣国那个地方似乎不应该是流行感冒的季节。那么他是怎么传染上感冒病毒的呢？我在佟总的计算机里发现了一些用病毒在老鼠和猴子等动物身上做实验的记录。其中有一种代号为'一号'的病毒，就是专门侵害大脑的感冒病毒。我当时就怀疑有人以某种方式将病毒放入了佟总的体内，但是想不出这一切是为什么和怎样发生的。现在看来，整个事情的经过都已经很清楚了。"

洪钧停顿一下，继续说："佟总是个有良心的科学家。他不愿意为了金钱或者其他什么东西而出卖科学，更不愿意出卖自己的良心。在当前这种金钱至上、物欲泛滥的社会环境中，这确实很难得。不过，他也了解孟济黎的为人。大概他估计到孟不会轻易同意他的要求，因此他先利用回北京休假的机会把这份报告制作成显微点照片并贴在古画上，然后才将报告交给孟济黎。孟当然不会同意将实验结果公布出去。要知道，达圣健脑液对他来说意味着每年数千万元的收入，而且在合资扩大生产之后，这一数字还可能翻上几倍！他怎么舍得放弃这么巨大的收益！开始，他大概试图说服佟文阁，说那实验结果不一定可靠，顶多也就是一种可能性。但是，佟总比较固执。为了说服孟济黎，他一定还告诉孟说他已经复制了一份报告，藏在了一个安全的地方。于是，孟软硬兼施，让佟总交出那份复制的报告。在香港时，二人终于争吵起来。孟还带着佟总去看了苏志良，其目的是向佟总显示他的能力，或者说，那是一种恐吓。他可能还对佟总说了一些威胁的话。至于他具体说了什么，我们就不得而知了。但是佟总不愿意出卖自己的良心。孟见无法说服佟文阁，便严密监视佟总与外界的联系，包括电子邮件，并着手制定了罪恶的阴谋。他是个不惜一切手段来达到个人目的的人。"

洪钧用手梳拢了两下头发，"首先，他让贺茗芬诬陷佟总强奸，使佟总身陷牢笼。然后，他又让人找机会使佟总感染'一号病毒'。同时，他还让人去北京查找那份复制的报告。我们知道，他是个深谋远虑的人。按他自己的说法，是个能预先看出'四步棋’的人。因此他平时早有准备，对公司重要人物的家庭情况都了如指掌。于是，他把突破口定在了佟琳的身上。佟总果然感染了感冒病毒。从某种意义上讲，佟总也是自己研究成果的受害者，因为他肯定是达圣健脑液的忠实消费者。这大概也可以进一步证明他那实验结果的正确性。当然，这种证明实在是太残酷了！不过，即使他没有因此而丧失记忆的话，孟济黎也还会用其他方法来封住他的嘴。从孟济黎后来对我们的所作所为，我对他的这种魄力毫不怀疑。”

“孟济黎为什么要这幅古画呢？难道他也知道老佟把那份报告藏在了画上吗?”金亦英问。

“我想是这样的。他是个聪明人，咱们能想到的东西，他当然也能想到。别忘了他手下还有电脑专家呢。再说，他掌握的情况比咱们多，他知道佟总写那封信的真实意图，因此他比咱们更容易得出正确的推论。不过，他这个人太自信，而且容易过低地估计对手的能力!”

“我看他主要是过低地估计了您的能力吧?”宋佳一直在旁边默默地听着。她觉得洪钧这个人哪儿都好，就是在案件调查中总爱“守口如瓶”，让别人心里觉得有些别扭。因此她不失时机地揶揄了洪钧一句。

洪钧老老实实地点头笑了。宋佳觉得这倒是洪钧的又一个可爱之处。

金亦英又想起了洪钧曾经交给她的那封“九天佛祖”的信，便问道：“洪律师，您上次给我的那封‘九天佛祖’的信到底是怎么回事？它和老佟的病有关系吗?”

“大概没有什么直接的关系。当然，那封信可能是孟济黎为说服佟总交出那份报告副本所采取的措施之一。他知道佟总经常去圣国寺，而且对佛教很感兴趣，所以想借助‘九天佛祖’的力量说服佟总。但是佟总并没有看到那封信。”

“您怎么知道老佟没有看到呢？那封信不是在他的办公室里发现的嘛，而且信封已经被撕开了呀。”金亦英有些不解。

“我认为那个信封并不是佟总撕开的。金老师，您知道佟总拆信封的习惯吗？”

“这我倒没注意。”

“我看了佟总办公室里的其他信件。我发现他有一个独特的拆信习惯。他总是先在信封的右上角撕去一个很整齐的小三角，然后伸进一个手指把信封剿开。这也反映了他办事井井有条的性格特点。金老师，您没注意到他的这个习惯吗？”

“您这么一说，我倒想起来了。他是有这么个习惯。”

“但是‘九天佛祖’的那个信封不是这样拆开的，而是在右边撕去了很不整齐的一条。虽然拆信封的动作比较简单，但是它也能反映一个人的动作习惯特征，或者叫‘动力定型’，而且这种特征也是比较稳定的。根据这一点，我推断那个信封不是佟总拆开的。”

“那么信封是谁拆开的呢？”

“应该是孟济黎派去检查佟总办公室的人拆开的。他们发现了那封未被拆开的信之后，大概认为它虽然没有发挥原定的作用，但是还可以有其他功能，那就是干扰我们的调查。因此，那封信实际上又变成为我们准备的了。于是，他们不仅拆开了信封，而且还在信封上添写了日期，以便让我们误认为佟总的遭遇是‘九天佛祖’的报应。不客气地说，他们这步棋走得不太高明！难道我是那么容易上当的吗？”

“洪律师，您老说‘他们’，孟济黎还有同伙儿吗？”金亦英问道。

“当然有了。不过，孟济黎是个‘独裁者’，他的同伙儿都是听他命令的人。其中的重要人物有贺茗芬，可能还有罗太平。”

金亦英的脸上呈现出非常复杂的表情。

尾　声

1995年12月15日，又是一个星期五。

下雪了，是北京罕见的大雪。天空是灰蒙蒙的。空气是湿漉漉的。枯叶和干草都已被白雪覆盖。城市交通又瘫痪了。

该下班了，宋佳仍独自坐在办公室里，焦急地等候洪钧。她的目光从窗外回到面前的《北京晚报》，心不在焉地看着那篇关于达圣健脑液事件的报道。自从《深圳特区报》率先披露了佟文阁那封信并作了相关报道之后，圣国市和达圣公司已经成为社会舆论关注的焦点，各地媒体纷纷进行持续性报道，使该事件成为了“中国食品药品安全第一案”。

门外终于传来熟悉的脚步声。宋佳站起身来，向外走了几步，又退回来，靠在自己房间的门边。

外面的门开了，洪钧走了进来，拍打着身上的雪花，对宋佳说：“航班晚点了，又赶上堵车。你着急了吧？”

“我又没赶路，有什么可着急的呢？”

“我还以为你回家了呢。”

“回家也是在路上堵着，还不如在这儿赏雪呢。这场雪真好！”

“是啊，北京太需要下雪了。”

“圣国那边的情况怎么样？”

“我有一个好消息，一个坏消息。你想先听哪一个？”

“那就先听坏消息吧。我这个人，喜欢先苦后甜。人家都说我跟领导干部一样，属于吃苦在前，享受在后。”

“不是这个意思吧？”

“就是，吃苦在当官之前，享受在当官之后。老祖宗就说过，吃得苦中苦，方为人上人嘛！说吧！”

“噢，孟济黎跑了。”

“什么？他不是被抓起来了嘛，怎么跑了呢？”

“具体情况我也不清楚，但肯定是有人帮他跑的。”

“他跑哪儿去了？”

“出国了，可能是美国，也可能是加拿大。”

“有人会高兴的。”

“那是肯定的。这次我才知道，孟济黎在圣国可是个不得了的人物，而且是黑白两道通吃的人物。一方面，他是著名的民营企业家，人大代表，在政界和商界都有很多有分量的朋友。另一方面，他是当地的黑社会老大，靠走私起家，靠欺行霸市发财。他至今还控制着圣国市的地下色情业，包括圣国宾馆。他还进军房地产业，已经拿到了很有油水的项目。他甚至能左右一些政府部门中干部的任用。你想想看，他有这么大的能量，肯定得去行贿吧。用他的话说，就是用钱去‘攻关’。据说，他被抓起来之后，许多官员都坐卧不宁，四处打听消息。后来他失踪了，那些人也就踏实多了。我估计，就算政府知道他逃到了美国，也很难引渡回来。”

“孟济黎跑了，那其他人呢？”

“检察院已经就绑架佟琳案和伤害佟文阁案提起公诉。被告人有七八个，包括贺茗芬和罗太平，还有那个假画家。”

“罗太平真有问题呀？那天晚上去救佟琳，我觉得就是他告的秘。”

“他并没有参与绑架佟琳的活动，那是由贺茗芬负责的。但是他参与了伤害佟文阁的事情。他和佟文阁是老朋友，却干出这么缺德的事情。这可真是知人知面不知心啊！”

“你说的这些都属于坏消息吧？那你就再说说好消息吧。”

“法院考虑到本案的社会影响和被害人的具体情况，作出了先行给付的裁定，60万元人民币从已经扣押的孟济黎财产中执行。你知道，这事儿的难度挺大。按照我国《刑事诉讼法》的规定，刑事附带民事诉讼遵循先刑事后民事的原则，法院得先判被告人是否有罪，然后再判是否赔偿。而且，我国的刑事诉讼中没有缺席审判制度，不能对在逃的共同犯罪人进行缺席审判。虽然《民事诉讼法》规定，对于下落不明的共同侵权人可以适用缺席审判制度，但是在刑事附带民事诉讼的案件中，法院一般只允许被害人先就到案的被告人提起附带民事诉讼，其他共同侵权的犯罪分子待归案后再另行提起附带民事诉讼。如果是那样的话，金老师恐怕就很难拿到这笔赔偿金了。”

“这是个好消息。不过，这个好消息大概也不能让金老师高兴了。”

“为什么？”

“嗐，佟琳又离家出走了！”

“去哪儿了？”

“这回可彻底——她出家啦！”

“出家啦？”洪钧大吃一惊。

宋佳点了点头，“她给金老师留下一封信，说是要按她爸的话去做。”

“做什么？”

“后退半步，海阔天空啊。她说经过反复思考，她认为后退半步是最为明智的人生选择。她说，人活着等于是前进，后退一步是自杀，后退半步就是出家。她认为自杀太残酷，所以选择了出家。咳，金老师真是太可怜了！丈夫的病还不知道什么时候能治好，女儿又出家当了尼姑。我看她的样子木呆呆的，连眼泪都没有了！”

洪钧沉默片刻，又问：“你知道佟琳到什么地方去出家了吗？”

宋佳摇了摇头，“金老师说，她可能去五台山了，因为金老师曾看见她的枕头边上有一张五台山的旅游地图。怎么，你还打算去把佟琳找回来？”

“能不能找回来，我不知道，但总得去找找吧。她会不会去圣国寺呢？”

“有这种可能。但是我有一种感觉，无论她在哪里，金老师的生活中都没有女儿了！我倒希望能帮助她把佟文阁的病治好。”

“那更不容易了！咳！事情怎么会是这样？”洪钧皱着眉头，似乎在苦苦思索。

“算啦，别愁眉苦脸的啦！咱们也不是观音菩萨，甭老想着那普度众生的事儿！”宋佳不愿意看着洪钧那忧心忡忡的样子，便转了话题，“对了，吴风浪的案子怎么样了？”

“按自杀结案了。”

“你不是说那可能是他杀吗？”

“他们说那只是一种推测，没有证据。我看呀，关键是有人不让往下查了。”

“他的死大概牵扯到圣国市的腐败大案吧？”

“是的。圣国市的官场已经发生了大地震。市委书记退了。市长曹为民被上边调走了，听说是另有任用。省里来的纪委副书记担任了圣国市委书记，上边又空降了一个市长，现在是代理，等待人大通过。郑晓龙说，圣国市的干部都人心惶惶，因为要彻查腐败问题，至少得有一半官员进监狱。”

“那怎么办？难道就不查了吗？”

洪钧看了宋佳一眼，继续说：“郑晓龙告诉我，圣国市在做一次非常重要的改革实验。他们戏称为：大赦贪官！”

“什么？你开什么玩笑！”宋佳瞪大了眼睛。

“真的！圣国市从明年开始建立经济特区，中央鼓励圣国市进行大胆的改革实验。圣国市的领导已经决定，从1996年1月1日开始，要求所有科级以上的市管干部公开申报家庭财产，截止时间是1996年9月30日。这也是向国庆节献礼的工程！你知道，全国人大常委会已经把干部财产申报制度列入立法规划，圣国市就是按照这一精神推进改革的。考虑到圣国市官员中具有‘灰色财产’的人太多，要想真正推行这项制度就必须制定给出路的政策。圣国市委决定，只要在1996年9月30日之前如实申报家庭财产的，而且在此之后没有新的犯罪行为，纪检部门和检察院就不再调查这些官员的财产来源问题。这就是说，只要你如实申报而且不犯新罪，以前的非法所得就不再追究了。每个官员的家庭财产申报都是向社会公开的，而且要包括直系亲属名下的全部财产。作为保障措施之一，圣国市检察院也进行了体制改革，把反贪、法纪部门整合起来，成立职务犯罪侦查局，市院对区县院实行垂直领导。职务犯罪侦查局负责审查核实官员财产申报的情况，而且每月随机抽查10%的申报人员。一旦发现没有如实申报的情况，就要对其财产进行彻查，如有犯罪，严厉惩罚。同时，圣国市政府设立一个专门的廉政扶贫基金，鼓励官员在申报之前把多余的财产捐赠给这个基金，实名捐赠和匿名捐赠都可以。郑晓龙说，他估计这个基金在明年收到的捐赠数额一定非常可观。我想，这就相当于附条件的大赦贪官嘛！我很欣赏圣国市领导的勇气！但是，我不知道他们的这项改革实验能走多远。我希望他们能探索出一条具有中国特色的反腐败之路!”

“打住!打住!”宋佳见洪钧越说越慷慨激昂，便打断了洪钧的话，说道，“您歇会儿，累了!”

“我不累。俗话说得好，站着说话不腰疼。我累什么?”洪钧正说到兴头上。

宋佳摆摆手，一本正经地对洪钧说:“我记得你曾经教过我一句英文，你说是非常重要的。”

“哪一句?”

“Thanks God，it’s Friday again.（感谢上帝，又到星期五了。)”

“Yes?”洪钧的反应有些迟钝。

“It is Friday again!”宋佳一字一句地说。

“啊，又到星期五啦!”洪钧愣了一下，终于明白了宋佳的意思。“那好，今天晚上我请你吃饭，然后再陪你去打保龄球吧。”

“这有什么说法吗?”宋佳看着洪钧，眼睛眨动了几下。

洪钧也眨动了两下眼睛，认真地说:“就算咱俩的第一次约会吧!”

洪钧和宋佳走出商务楼的大门，手拉着手，沿着树林下的小路，向友谊宾馆中区的友谊宫走去。他们在身后的雪地上留下了两趟弯弯曲曲的脚印……

后　记

1996 年 10 月，我应邀到香港城市大学法学院去访问讲学。在彼时的香港，内地人和普通话常被人小觑，但我是能讲英语的法学教授，所以还颇受尊敬。有一次，我沾婚姻法的顶级专家杨大文教授的光，应邀去参加香港妇女发展联合会的成立庆典。香港临时立法会的范徐丽泰主席亲自开车接送我们，而且安排我们与香港“待任特首”董建华先生等贵宾同桌就餐，诚为“殊荣”。

我的专业领域包括犯罪侦查、刑事证据和刑事司法制度，职务犯罪的侦查和预防是我研究的重点之一。这次香港之行，我还给自己附加了一项任务，就是要完成第 4 部以洪律师为主人公的犯罪悬疑小说的创作，而我设定的主题就是反腐败。

在香港可以得到一些在内地难以获知的信息，而当时给我印象格外深刻的信息之一就是“透明国际”公布的“腐败感指数排行榜”。“透明国际”是 1993 年成立的非政府组织。“腐败感指数”是该组织依据十几个国际机构（世界银行、世界经济论坛、盖洛普调查等）的专家或商业调查结果统计得出的人们对不同国家和地区的腐败状况的观感，是具有一定客观性的主观评价数据。“腐败感指数”（CPI）的满分为10分，表示最廉洁；0分表示最腐败；0－2.5之间为高度腐败；2.5－5.0之间为比较腐败；5.0－8.0之间为比较清廉；8.0－10之间为高度廉洁。1995年，“透明国际”首次公布了41个国家和地区的调查统计结果，中国大陆地区得2.16分，名列倒数第二；最后一名是印度尼西亚，得分仅1.94；香港地区排名第17位，得分是7.12。

看到这些数据，我确实有些震惊。虽然我当时也认为中国的腐败问题是比较严重的，但是没想到会在世界上排名倒数第二，而且得分如此之低，属于高度腐败的范畴。且不说那些政府清廉度名列前茅的新西兰、丹麦等国家，就是和香港地区相比，我们的差距也很大。我不能说，这是“资本主义国家的代言人”或“国际敌对势力”对中国的诬蔑，因为这样的话语说出来，连我自己都不信。

这是我第一次来到香港。在我那主要依据影视作品和负面宣传所形成的印象中，香港虽然有高楼大厦和商业繁荣，但是社会秩序比较混乱，以“三合会”为代表的黑恶势力相当猖獗，官员腐败，警匪一家，百姓缺乏安全感。但是到香港之后，我在街头巷尾看到那些身穿深蓝色或浅橄榄色制服的警察都很文明，都很规矩。通过直接和间接的感知，我发现政府官员大都是遵纪守法的，也是清正廉洁的。后来我得知，香港政府的清廉度在过去20年有显著提升，而成立于1974年的廉政公署功不可没。于是，我就产生了访问廉署的愿望。

1995年在北京召开的关于检察制度的国际研讨会上，我结识了廉署执行处的贝守朴副处长。他是个英国人。到香港后不久，我给他打电话，表达了访问联署的愿望。他很热情，当即答应转告有关部门。第二天上午我就接到了廉署负责内地联络事务的汤伟平主任的电话。大概是由于香港就要回归祖国了，他们对我这位毛遂自荐前去访问的内地学者非常重视，很快就用传真发来详细周到的访问日程安排表，使我颇有些受宠若惊。

11月19日上午，我来到位于港岛红棉道8号东昌大厦上的廉署总部。首先接待我的就是汤伟平主任。他向我介绍了廉署的历史和现状，给我放了一段录像，又带我参观了设在总部的廉署训练学校。然后，汤主任的助手唐淑贤小姐把我领到廉署执行处。廉署下设三个处：执行处、预防处和社会关系处。其中，执行处负责贪腐案件调查，共有800多人，占廉署人员总数的三分之二。执行处在“停车场大厦”的8层。唐小姐在门口的会客厅把我“移交”给贝守朴副处长。然后，我会见了行动处的处长和另外几位副处长，并参观了讯问室等设施。

那天的访问使我对香港地区反腐倡廉的进程有了较为全面的了解，对于腐败和反腐败的问题也有了新的认识。于是，我在香港城市大学法学院的交流工作之余，潜心于这部反腐败小说创作。当我于1997年3月离开香港时，我的行李中已经有了小说初稿。这部名为《人生怪圈：神秘的古画》的小说曾在《深圳特区报》《生活时报》等报刊连载，并于1997年11月由法律出版社出版。

颇值一提的是，《神秘的古画》是我在法国出版的第一部小说。1998年5月，我应邀到法国艾克斯－马赛大学法学院做访问学者。回国后不久，我收到一位陌生法国女士的来信。她名叫玛丽娅·克劳德，正在法国普罗旺斯大学攻读比较文学硕士学位，并已学习中文多年。她通过偶然的机会读到了《神秘的古画》，很喜欢，决定把我的小说作为她的硕士学位论文的研究主题。她希望到北京与我见面并收集相关资料。1999年5月，我在北京接待了这位“不远万里来到中国”的研究生。我们交谈数次，她提了许多问题，也收集了许多关于我的资料。一年后，我拿到了她那印制精美的法语学位论文。随后，她开始翻译我的小说。2002年1月，法国的黎明出版社出版了法文版《神秘的古画》。由于这是第一部被翻译到法国的当代中国犯罪小说，所以反映甚佳，许多媒体都进行了正面的评介。2003 年，这部小说以“口袋书”的形式再版。2011 年，黎明出版社第二次一并再版了我的四部犯罪悬疑小说。

2002 年 9 月 2 日，我应邀到香港城市大学法学院做为期六个月的客座教授。抵达香港的第二天，我就给正在香港旅游的玛丽娅打了电话。我们已经两年没有见面。这一次，我从北京来，她从法国来，聚会在香港。此事本身就颇有诗意，而她又提出了一个更富诗意的建议——共同沿着“洪律师”在《神秘的古画》中的路线去游览港岛的太平山。

9 月 5 日下午，我来到玛丽娅在九龙下榻的酒店。见面后，她很兴奋，特别高兴我接受了她的建议。于是，我们从尖沙咀乘渡轮来到中环，在高楼大厦的缝隙中向山上走去。玛丽娅不时地重复着我在小说中提到的地名和街名，找到之后还会像孩子一样发出欢快的笑声。在香港公园观赏了各种植物和鸟类之后，我们乘有轨缆车来到太平山顶。走出月牙型车站大楼，我们来到山坡北面悬崖边的亭台，俯身观望下面的摩天大厦。稍事休息，我们沿着山边小径向后山走去。

9 月的香港，天气依然炎热。虽然路旁绿树成荫，但是没过多久，我们就已经汗流浃背了。不过，这里非常清静，偶尔才能遇到一两个行人或过往的车辆。我们走走停停，一边欣赏风景，一边谈论我的小说。玛丽娅正在翻译我的另一部小说《血之罪》，便不时询问一些翻译中的难题。我发现，她对我的小说读得非常仔细，在一些细节上，她甚至比我记得还要清晰。

夕阳西下，湛蓝的暮霭笼罩太平山顶。我们按照小说中的情节，来到车站南面的山顶餐厅，也像洪律师和郑晓龙那样选坐在室外临靠山崖的小桌旁。晚风飘逸，林木朦胧，音乐柔润，笑语轻盈。在这怡然的氛围中，我们似乎都在追寻那部小说中的意境。晚饭后，我们走出餐厅，又来到山坡北面的悬崖边，在深蓝色夜空下眺望香港的夜景。此时，港岛的北端和九龙的南端都变成灯光的海洋。在这两片“灯海”中间是黑色的港湾。我的思维开始像我的眼睛一样模糊起来——究竟哪些是小说中的画面，哪些是现实中的场景，我已很难分清。也许，生活本身就是由一部部小说组成的。

2010 年暑假，我应德国马普国际与外国刑法研究所的邀请到弗莱堡访问讲学，夫人与我同行。8 月 11 日，我们离开巴德小镇，乘火车来到瑞士的日内瓦，在旅馆门口见到了等候多时的玛丽娅和她的丈夫。他们家住地中海边的尼斯市，那天早上专程坐飞机到日内瓦与我们见面。她很激动地与我们拥抱，然后把她丈夫介绍给我们。在一家瑞士餐馆共进午餐后，我们一起乘坐游艇游览了日内瓦湖。然后，我们在湖边漫步，欣赏美丽的湖光山色。下午 5 点钟，我们告别，玛丽娅夫妇还要乘飞机赶回尼斯。分手时，她的眼睛湿润了，我也有些伤感。人和人之间的距离，有时很近，有时很远。

这些年，我一直在关注中国的反腐败问题。2006 年至 2008 年，我到最高人民检察院挂职担任渎职侵权检察厅的副厅长，对职务犯罪的现状又有了更为深切的认知。我认为，反腐败，严惩不如严查，严查不如严防。世界上许多国家的经验表明，公开透明的官员财产申报制度是预防腐败的有效措施之一。然而，这样的制度，在我们的国家却是“千呼万唤不出来”！究其原因，目前拥有“不宜申报之财产”的官员实在太多。

于是，我就提出了“大赦贪官”的设想。2008 年 1 月 27 日，我在《法制日报》上发表了题为“一个怪梦：大赦天下贪官”的文章，谈了自己关于中国反腐败路径的思考，引起强烈反响。后来，我又在《法制日报》上连续发表了 6 篇文章：“怪梦解析：反腐败的‘次佳’路径”，“怪梦延伸：开创反腐败的新纪元”，

"怪梦链接：从'暗赦贪官'到'明赦贪官'"，"怪梦演绎：社会成就感均衡论"，"怪梦升华：官本位、金本位、善本位"，"怪梦终结：执政党人的思想解放"，凑成了"大赦贪官：怪梦七夕谈"。为了回应网友的质疑并澄清我的观点，我在2009年4月22日的《东方早报》上发表了"以缓查贪官换取官员财产申报制度"的文章，并就"大赦贪官"问题接受了《南方周末》《凤凰周刊》《南方都市报》等记者的专访（2009年9－11月期间）。2010年1月16日，我还应邀到《南方都市报》在广州主办的"岭南大讲坛·公众论坛"作了题为"反腐败：敢问路在何方"的演讲。2010年8月，我又在香港出版的中英文双语期刊《中国法律》（2010年第4期）上发表了"探索中国特色的反腐败之路"的论文。2010年9月，由我倡议开设的最高人民检察院和中国人民大学联合培养的"职务犯罪侦查方向硕士研究生班"开学，引起广泛关注，包括英国的《卫报》等中外媒体都进行了专门的报道，并俗称为"反贪硕士"。我以为，培养社会需要的专业人才，是我的本职工作。

然而，有人说我是"痴人说梦"，有人说我是"不懂政治"。我确实有些痴，因为我的人生格言就是"当痴则痴，当醒则醒"。我也确实不懂政治，因为我希望自己能远离政治。在一个社会中，搞政治的人越少越好。于是，我从法学走回文学，在小说中演绎我的梦想。我利用今年的寒假，重写了《神秘的古画》，并改名为《无罪贪官》。在写作过程中，我不断自问：那个清廉的"圣国"究竟离我们有多远？

这是个问题。

2012年春写于北京世纪城痴醒斋

图书在版编目（CIP）数据

无罪贪官：犯罪悬疑小说／何家弘著．—北京：群众出版社，2012.11

ISBN 978－7－5014－5075－6

Ⅰ.①无…　Ⅱ.①何…　Ⅲ.①长篇小说—中国—当代　Ⅳ.①I247.5

中国版本图书馆 CIP 数据核字（2012）第 267757 号

无罪贪官

何家弘　著

出版发行：群众出版社
地　　址：北京市西城区木樨地南里
邮政编码：100038
经　　销：新华书店
印　　刷：北京兴华昌盛印刷有限公司

版　　次：2013 年 1 月第 1 版
印　　次：2014 年 2 月第 2 次
印　　张：8.625
开　　本：880 毫米×1230 毫米　1/32
字　　数：212 千字

书　　号：ISBN 978－7－5014－5075－6
定　　价：29.80 元

网　　址：www.qzcbs.com
电子邮箱：qzcbs@163.com

营销中心电话：010－83903254
读者服务部电话（门市）：010－83903257
警官读者俱乐部电话（网购、邮购）：010－83903253